致青春 065

親愛的楚楚動人

（上）

夜雪　著

高寶書版集團

第一章　醫院檢查　004
第二章　已婚身分　022
第三章　老公要狗不要人　043
第四章　同居生活　059
第五章　楚楚可憐　085
第六章　親愛的楚楚　103
第七章　夜宴　126
第八章　觸動　143
第九章　進入劇組　161
第十章　晏長晴醉酒　185

目錄
CONTENTS

第十一章 不解風情 208
第十二章 宋家過夜 224
第十三章 受傷撒嬌 240
第十四章 晏長晴的丈夫 256
第十五章 徹夜未歸 274
第十六章 被他厭惡 290
第十七章 晏長晴吃醋 306
第十八章 深夜挽留 329
第十九章 矯情、矯情 350

第一章　醫院檢查

晚上，八點，綿綿細雨接連下了幾天。

晏長晴剛走上「雪聲」會所三樓，想起還沒問阮恙她們在哪個包廂，正準備打電話，突然看到走廊左側外站著幾個人，可不就是阮恙、江朵瑤、管櫻她們。

幾人是大學同一個宿舍，關係很好，今晚難得有空又都在北城，便在群組裡邀約聚聚，此刻管櫻身邊站著一抹醒目的灰色身形。暗色的燈下稍顯迷離，男人注視著管櫻的清雋眼底深諳寒意，精美的臉部線條繃得緊緊，也看不出一絲瑕疵。

晏長晴還以為管櫻得罪了什麼人，趕緊走過去，男人突然邁開長腿朝她這邊走來，步履極快，晏長晴的肩膀和他碰撞後，撞到一邊的牆壁上。她捂著撞痛的肩胛，莫名其妙的看著男人下樓消失。

「長晴，妳沒事吧？」阮恙趕緊過來看她。

晏長晴懵懵懂懂的搖頭，看到管櫻柔柔弱弱，一張臉布滿歉疚的淚痕：「怎麼回事啊？」

江朵瑤和阮恙複雜的面面相覷，沉默不語。

「長晴，妳來啦，進去吧。」管櫻擦擦淚，上前輕輕拉著她往包廂走，進去後，才發現貴賓包廂裡還坐著一個偉岸的男人，黑色襯衫、長褲，指尖一抹猩紅的菸，幽暗中模糊的五官線條堅硬深沉。

「長晴，這位是我們上緯影視總裁傅總。」管櫻偎到那個陌生男人身邊細語介紹：「傅愈，這是我朋友晏長晴。」

晏長晴愣住，記得最後一次見傅愈，是大一那年暑假，她站在纏滿了綠意盎然的爬山虎陽臺上，看著他把一件一件的行李搬上轎車。

一別就是五年，只是沒想再見他竟然是影視公司的總裁。她的目光落在管櫻纏在他臂上的手，心裡隱約的升騰起一縷縷複雜，還有一絲灼痛的悶。他認出自己嗎？不知道該假裝不認識還是……

「長晴，長這麼大了。」傅愈深邃的眉峰動了動，打破了她的顧慮。

管櫻驚訝：「你們認識？」

江朵瑤開玩笑的埋怨：「長晴，認識傅總這尊大佛，怎麼不早點跟我們說。」

「我跟傅總也四、五年沒見了。」晏長晴乾笑，坐阮恙身邊解釋：「以前我跟我奶奶在揚州生活，傅總住我們家隔壁，後來搬到北城就一直沒見，也斷了聯繫，早知道傅總如今發展的這麼好，我就算死皮賴臉，也得攀上這層關係啊。」

傅愈綿綿的沖她笑：「妳啊，倒是會開玩笑了，有妳爸在，哪還需要我這層關係？」

晏長晴抿著唇笑，雙手放在膝蓋上，規規矩矩的坐姿，其實她自己知道，只有很緊張的時候才會這樣。

「所以說，這個世界真小。」管櫻濃情款款的小臉靠在傅愈肩上，晏長晴默默的別開臉。

確實是小，她曾經追了好多年的青梅竹馬變成了她朋友的男朋友。只不過傅愈原來喜歡管櫻這種的，她果然還是一點都不瞭解他。

晚上十一點，管櫻牽著傅愈的手走出會所，傅愈回頭看著晏長晴：「住哪？要不要我送妳？」

「不用，我和阮恙順路，坐她車。」

「好，再見，有空聯繫，我也好久沒有見到叔叔和妳姐姐了。」傅愈唇色在燈下柔和，他上車，管櫻自己拉開副駕駛位坐上去。

阮恙的保姆車上，車子開了一段距離，晏長晴才想起一件事來，有點難以接受的問：「上次聽管櫻說她男朋友不是醫生嗎？」

「就是妳上來時撞到的那位。」阮恙表情複雜：「今晚管櫻帶傅愈過來，結果在這裡遇上正牌男友，這才知道管櫻早做了傅愈的女人，妳說這麼大頂綠帽子扣下來誰受得了。」

「管櫻怎麼能這樣。」晏長晴喃喃，她接受不了腳踏兩隻船這種事，但這個男人是傅愈，她不能多做評價。

「正常。」阮恙扯起櫻花般的唇：「我們四個人裡，我和朵瑤都算小有名氣了，只剩妳和管櫻，不過妳在主持界做的也還算不錯，家裡條件也不差，但管櫻就不一樣了，她家條件不大好，如今也二十五了，出道早，也算圈內的剩人，再不紅，年歲越大越不好混，傅愈是個大金主，很多人想傍，這也是改變管纓命運的機會。」

「但是我覺得管櫻男朋友挺慘的……」

「哎，不過我聽管櫻那男朋友……那方面不行。」江朵瑤小聲說。

「不會吧？」

「真的，管櫻說他們交往一年都沒那個過，連親密也很少，我聽說很多男醫生因為見慣了女人的身體結構，對那方面都沒什麼興趣了。」

「長得還挺不錯啊，如果真不行也太暴殄天物了。」阮恙扼腕嘆息，晏長晴也小雞啄米的點頭，深有同感。

晚上，晏長晴沒睡好，又夢到大一那年，寫情書給傅愈被拒絕的畫面，後來還是晏長芯打電話將她從夢裡解救出來。

「妳昨天不是說不舒服，要看婦科嗎？我幫妳和醫院婦產科的一位朋友打過招呼，晚上七點過去，到醫院打我電話，我帶妳去讓她做個檢查。」

「姐，妳那朋友可靠嗎？不會把我做檢查的事洩露出去吧？」晏長晴不大放心的說：「我現在也算知名人士，要是傳出去，那些記者媒體肯定會寫什麼墮胎、私生活混亂之類的。」

「得了，就妳這樣還算知名人士，純粹是在主持界瞎胡鬧的。」晏長芯沒好氣的口吻充滿了寵溺：「放一百二十個心吧，是靠得住的人。」

晏長晴放了心。

晚上，晏長晴特意戴了口罩去醫院，晏長芯直接把她帶去了婦產科。

路上，晏長晴問：「姐，醫生是女的吧？」

「當然是女的。」

晏長芯瞥她一眼：「姐還能讓男人給妳做檢查嗎？」

晏長晴笑咪咪的挽緊她胳膊，有姐真好。

到診間時，晏長芯突然接到電話，聽完後，她為難的回頭說：「幫妳約做檢查的陳醫生，一個病人臨時送進手術室，這個病人比較棘手，晚上值班的女醫生都進去了，陳醫生說她拜託神經外科的宋醫生過來，這位宋醫生和她關係不錯，兼修的婦產科也是醫院裡頂尖的……」

「只要是可靠的人都行。」晏長晴現在挺不舒服，只盼著能早點治好。

「晏醫生嗎？」門外一抹秀雅頎長的白大褂進來，蒼白的燈下，男人一張畫筆勾勒的臉清清冷冷，他眼睛下有臥蠶，疲倦又性感。

晏長晴第一反應是：這人不是昨晚在會所遇到，管櫻的前男友嗎？第二反應就是，該不會給她做檢查的就是這位……男醫生？

當她看到他胸前「宋楚頤」三個字時，整個人都不好了：「姐，該不會這位就是……妳說的宋醫生吧？」

晏長芯咧唇朝她歉意的笑了笑。

晏長晴快瘋了，如果眼神可以殺死人，晏長芯肯定死一千次了。

「妳是晏醫生的妹妹吧，哪裡不舒服？」宋楚頤坐到辦公桌邊的椅子上，這樣安靜的醫院裡，聲音也是那種男人少有的乾淨。

晏長晴現在沒法冷靜，她用力拽著晏長芯走出診間，一臉惱火的表情：「妳怎麼沒告訴我這位宋醫生是男的！」

晏長芯趕緊拍拍她的肩膀，安撫她的情緒：「妳聽我說，在病魔面前，醫生不分男女，再說這位宋醫生雖然是男的，不過技術比婦產科的主治醫師還要好，他給妳看，保證藥到病除。」

晏長晴抓狂：「男的怎麼行，技術再好都不行，姐，妳別忘了，剛才還說不能讓男人給我做檢查，妳平時善變也就算了，這節骨眼上能別坑我嗎？」

「哎呀，如果是別的男人，姐當然是不會同意的，但宋醫生不是一般人，人家那是史丹佛大學畢業的華裔天才，在校期間就在美國醫學院拿了好幾個大獎，美國醫院那邊是爭搶著讓他留下來，長得年輕又帥氣，是我們全院乃至醫學界的偶像，妳能讓他看一下病都是妳的榮幸，快去吧，能被這樣一個大帥哥檢查也不吃虧。」晏長芯直接將她推了進去，然後猛地把門關上。

晏長晴表示嚴重懷疑這不是她親姐姐。

「妳的名字？」宋楚頤像是沒有看到她眉宇間的糾結，繼續平靜的換了個問題。

「……晏……上面是日，下面是安的晏……」

晏長晴低頭，看著他寫字的手，漂漂亮亮、乾乾淨淨，又很白，和他的臉一樣白淨，只是那鋼筆在紙上頓了那麼一秒，才飄逸的寫下「晏」字，然後繼續問：「是哪裡不舒服？」

不可避免的問到這個問題，晏長晴憋得臉色通紅，好在戴著口罩看不清楚，只是聲音乾巴巴：「上星期生理期後不久，錄節目時在又冰又涼的髒水裡待了很久，之後……一直不大舒服……」

宋楚頤這才抬頭認真看了她一眼，他濃而翹的睫毛下不易察覺的閃過絲陰霾，晏長晴心怦怦亂跳，唯恐他認出自己是管櫻的朋友，到時候把戴綠帽子的怒火發洩到自己身上。

不過她現在真的相信管櫻說他那方面不行大約是真的。也是，一個男人在婦產科出類拔萃，肯定天天面對女人的生理器官，時間長了，那方面不正常或者沒反應特別正常，沒心理變態就不錯了。

「怎麼個不舒服法，是癢還是痛，有白帶異常嗎？」出乎意料的，宋楚頤並沒有問多餘的話，只是又換了一個讓晏長晴更尷尬的話題。這個問題究竟要她怎麼回答，她要瘋了。

宋楚頤習慣這樣的病人，起身拉開後面的白簾，背影冷清如水：「進來吧，做個檢查，躺上去。」

「沒、沒那個必要吧？」晏長晴面上氣血上湧，再也冷靜不了：「你不是醫術高超嗎？問問情況，幫我開點藥就行了啊。」

宋楚頤背對著她戴上一次性防護手套：「小姐，再厲害的醫生也要望聞問切才能對症下藥，我現在不清楚妳究竟什麼情況，放心吧，我對妳沒什麼非分之想，幹我們這行的，跟看塊豬肉一樣，我遇過很多女病人，有些人也跟妳一樣，扭扭捏捏不好意思做檢查，非要疼的受不了才來，結果到後面弄得個不孕不育，更有甚者要做手術治療。」

晏長晴想像手術治療那個可怕的場景，嘴唇顫了顫，一咬牙，豁出去的朝那臺躺椅走去。

算了，反正他那方面不正常，都不能算得上個男人，讓他檢查也就這樣了。躺上去後，擱在腰上的皮帶卻怎麼也無力解開。

宋楚頤回過頭見她還一動不動，深邃的瞳孔裡湧過沒有耐心的光芒：「晏小姐，能快點嗎？今天晚上我值班，有很多病人可能下一秒發生突發情況等我去救治，妳要是一直拖拖拉拉，只能給妳換個醫生了，不過也是男的，而且四十多歲了，沒結婚。」

晏長晴蔫了，四十歲沒結婚說不定已經變態了，都是變態，她寧願選擇又帥又年輕的變態吧。

她像被送上刑場的犯人，一往無前的躺在床上，眼睛死死瞪著頭頂的天花板，心跳加速的快要迸出來似的。

口罩下的雙唇用力咬著，身體也燙的厲害，整個過程晏長晴尷尬崩潰想哭。她以後不要見人了，五分鐘的時間，對晏長晴來說簡直比五年還漫長。

「好了。」宋醫生抬起頭，躺著像隻青蛙的女人眼睛紅紅的像要哭了，口罩下看不到臉色，只有兩耳朵紅彤彤的，像清晨被雨露沾過的玫瑰花瓣，瑟瑟發抖，我見猶憐。

他眸色不自覺的加深，轉過身去摘手套，晏長晴火急火燎的穿戴整齊。可能是檢查的太久，她落地時腿腳打顫，沒站穩，輕呼的扶住旁邊的床，宋楚頤聽到動靜回身扶了她一把，晏長晴看著那隻搭在自己手臂上的白皙長指，浮想聯翩。

她面紅耳赤的推開他，拉開簾子走出去，找個地方坐下，卻坐立難安。

宋楚頤低頭邊開單子邊問：「持續幾天了？」

「四天。」

「生理期每個月幾號？」

「八號。」聲音細若蚊蠅。

「妳這個已經有點嚴重了，需要消炎，平時多注意個人衛生，每天記得清洗，還有……沒好之前不要有性生活。」

晏長晴怒了：「我還沒有男朋友！」

宋楚頤輕笑了聲：「你們這行，有無男朋友和性生活相衝嗎？」

「你什麼意思？」晏長晴被侮辱了，氣鼓鼓的走過去，手壓在他藥單上：「給我道歉。」

宋楚頤眸子離開單子，與她對視，清淺的眸如一抹深不見底的墨，明明只是一個醫生，卻帶著與生俱來的清貴。晏長晴心咯噔一下，越發惱火。

「檢查完了嗎？」晏長芯找準時間敲門進來。

「在開藥，馬上就好。」宋楚頤繼續把藥開好。

晏長晴板著臉，算了，看在他被管櫻戴綠帽子份上，她大人不記小人過，今天好後，再不跟這個變態醫生見面就行了。

兩分鐘後，宋楚頤把藥單遞給晏長芯：「妳去樓下領藥讓護士給她打點滴，她這情況不打點滴消炎不行，我樓上還有事，不明白的可以打我電話。」

「謝謝你啊，宋醫生，改天請你吃飯。」

「不客氣。」

晏長芯拽過晏長晴走出診間後，笑咪咪的問：「被帥哥檢查的感覺如何啊？」

「這麼喜歡被他檢查，幹嘛不自己裝病讓他查個夠啊！」晏長晴雙眸惡狠狠的，一肚子火無處發洩。

「可惜我結婚了，妳姐夫會吃醋。」晏長芯一臉遺憾，晏長晴不想搭理這個姐姐，沒出息，花癡。

打點滴的時候，晏長晴飽滿的唇嘟的高高的。

晏長芯忍不住捏捏她臉頰邊的小肉肉：「別生氣了，姐姐去外面給妳買櫻桃吃行不行。」

「不用了。」晏長晴心情不好：「對了，姐，妳還記得在揚州時，住隔壁家的傅愈嗎？」

「記得啊，不是跟我同齡嗎，妳以前老跟在我們後面，小尾巴草一樣。」晏長芯曖昧偷笑：「妳那小眼珠還天天圍著人家轉呢。」

晏長晴臉熱：「我昨天碰到他了，原來他是上緯影視公司的總裁，不過他有女朋友了，是我大學朋友管櫻。」

「妳說管櫻啊，以前我在妳宿舍見過。」晏長芯皺了皺眉：「那姑娘很美，清秀可人，也會討男人歡心，男人會喜歡那種不奇怪，不過她條件不好，傅愈那樣的人家不見得會娶她，純粹是鬧著玩玩，不過說實話，傅愈妳小時候暗戀就算了，長大就別肖想了，聽說影視公司的人都喜歡玩潛規則那套。」

「姐，妳不要這樣說，說不定傅愈是認真的。」晏長晴挺悶，不喜歡自己曾經喜歡的人被說成這樣。

「傻丫頭，人是會變的，尤其站在高位的男人，姐勸妳以後找男朋友還是找跟那個圈子無關的，好啦，我要去值班了，妳別亂走。」

晏長芯走後沒多久，晏長晴鬱悶的玩手機，玩著玩著來電螢幕上閃著「管櫻」兩個字，她手燙的差點把手機扔了，喝口水壓壓驚，她略帶心虛的接起電話。其實她沒必要心虛的，是管櫻劈腿在先，她也只是讓管櫻的前男友檢查自己……不行，不能再亂想了。

晏長晴拍拍亂跳的胸口，裡面傳來管櫻溫柔的聲音：「長晴，妳在做什麼？」

「沒做什麼，我在休息。」晏長晴儘量自然的問：「妳怎麼突然打電話給我了？」

「我……昨天晚上的事……」管櫻欲言又止：「長晴，妳都知道了吧，妳會不會看不起我？」

「怎麼會，我們都在一個行業裡，我明白，也能理解妳。」晏長晴不想她難受，安慰著，可理解歸理解，她還是做不來那樣，她認為要開始和另一人交往，最起碼也得結束另一段感情再開始吧，就算人家那方面不行，也不能這樣。

「長晴，我沒阮恙那麼漂亮，也沒妳那麼幸運，有個好爸爸跟你們臺長熟悉，我只能靠自己，但我努力打拚這麼多年，沒人在前面拉我一把，真的很難熬出頭……」

「嗯……」晏長晴心裡嘆氣，管櫻哪裡明白，她現在情況也好不到哪裡去。

她前面之所以還算一帆風順，也是老爸每年給電視臺一大筆贊助費，今年晏家公司不景氣，贊助費沒了，臺長也不管她了，年初安排好的幾個大型節目，都將她從名單上去掉，她有預感，她現在跟著左騫做的節目《挑戰到底》，主持人位置也快保不住了，被管櫻挑起那個話題，晏長晴突然覺得自己心情更鬱悶了。

凌晨十二點多，晏長芯過來幫她拔了針管。晏長晴憋尿憋了很久，急急忙忙先去了洗手間，解決完出來洗手時，旁邊的男廁所突然走出一抹白色身影，晏長晴先是看到他大褂上的鮮紅血漬，她害怕的往後退幾步，才看清楚宋楚頤那張英俊清冷的臉。

「宋、宋醫生……」她對鮮血素來畏懼，說話也打顫。

宋楚頤看到她的時候愣了一下。

她之前戴口罩檢查時，露出的桃花眼流露出一種誘人的媚態，好像時時刻刻都在對男人放電，因此給宋楚頤留下的印象並不是很好。如今沒戴口罩，下面的鼻、唇是如畫的感覺，嬰兒肥的臉蛋沒有化妝，乾乾淨淨，樣貌說清純又挺魅人，說魅人似乎又清純。

晏長晴這才想起沒戴口罩，他不會認出自己是管櫻朋友吧。兩秒鐘後，她發現自己想多了，對方眼裡絲毫沒有見到認識的人的光澤。也是，昨天她去的晚，他憤怒離開時，也沒正眼看她。

不過他直勾勾看著自己，晏長晴突然挺不好意思，扭捏的別開臉，看到他洗手時露出袖口裡面一枚精緻名貴的袖扣。

晏長晴想起，前幾天來電視臺採訪的一位知名企業家也戴相同的袖扣，當時聽同事說，這枚袖扣是歐洲某一線品牌的新款袖扣，一枚要人民幣兩、三萬。

現在的醫生都這麼有錢嗎？看來果然是那方面有問題了，不然管櫻幹嘛放棄這麼有錢的醫生，冒風險選擇傅愈那樣不好掌控的男人。晏長晴覺得有時候名氣固然重要，但比起一個真心相愛的人，她還是願意選擇後者。

「剛搶救完一個病人，動刀時病人的血濺到我身上，還來不及去清洗。」宋楚頤回過神，淡淡解釋了一句：「身上好些了嗎？」

「呃……」

「藥效可能要明天才有作用，妳還是要多注意身體休息。」宋楚頤忽然說：「妳應該有月經不調的問題吧，而且來的時候挺痛，平時飯量是不是很少。」

「……是的。」晏長晴臉紅，難道這也是檢查出來的？

「別熬夜的太晚了，我看妳臉色不大好，平時多吃點飯，開的藥要還是要記得擦才會好。」宋楚頤說完白衣飄飄的從她面前走過了。

擦藥……晏長晴臉不爭氣的又紅了。而且她臉色不好嗎？她不禁摸了摸。

翌日，晏長晴走進電視臺。步履之間她不得不讚嘆宋楚頤醫術確實不錯，女人那種地方生病確實尷尬，不過今早醒來她感覺自己好很多了。

「妳今天來的挺早啊。」體育臺的主播鄭妍從後趕上來，兩人一起等電梯。

「我想跟導播再溝通一遍今天錄的節目內容，鄭姐，妳也很早啊。」晏長晴朝她微微一笑。

鄭妍眸色複雜的四處看了看，進電梯後，只剩兩人，她才小聲說：「長晴，昨天我跟謝總編輯他們吃飯的時候，聽他們意思是，最近臺長是想把妳換下來，由池以凝接手。」

晏長晴心猛烈的跳了跳，臉也「唰」的白了。

去年公司來了一幫新實習生，公司老主持人都感到了危機，她也有，最近這陣預感特別強，尤其是最年輕漂亮的池以凝，可她沒想到這麼快。

「想開點，現在池以凝是馮臺長的心頭肉。」鄭妍輕聲安慰她。

晏長晴瞪大眼睛：「真的假的，池以凝真的跟了馮臺？」

「不然她一個沒背景的新人，年初能擠掉妳，和左騫他們擔任元宵晚會的主持人？」鄭妍冷笑。

晏長晴有點倒胃口，馮臺那張小嘴巴、塌鼻子的臉，池以凝也能下得了口，真夠讓她佩服的。

演播室的化妝間裡，晏長晴無精打采，鄭妍是電視臺的資深前輩，職位雖說不高，但待了十多年，高層和她關係都不錯，她的風聲也比別人收到的快，鄭妍一直對她頗為照顧，不會騙她的。

後臺鬧哄哄的聲音傳過來，她突然想哭。自從進電視臺後，她那麼努力，可這個平臺太過殘酷，說淘汰就要被淘汰。

「長晴，怎麼還沒換衣服？」左騫俊美如斯的身形出現在化妝間：「哭了？」

「……沒有。」晏長晴趕緊低頭用衣服蹭了蹭眼睛，再抬頭時，對上裡面左騫溫柔的眼神時，喉嚨堵了堵：「左老師，我是不是要離開這檔節目了？」

左騫目光裡多了一分深重。

「我明白了，這可能是我最後一期跟你錄節目了，我會好好表現的。」晏長晴深吸了口氣，打起精神拿眉筆畫眉。

就算要走了，她也要電視機前的觀眾朋友明白她是最優秀的。

左騫心疼的眉頭皺緊：「長晴，我會努力跟上面爭取不會讓妳被換掉。」

「真的嗎？」晏長晴桃花眼亮亮的，頭頂亮眼的光打進去，流露出別樣的風采。

左騫眼眸漸深，微笑的點點頭，又揉揉她瀏海。

左騫是臺裡的一哥，連臺長也是敬重他幾分，晏長晴聽他那麼說，心裡稍安，可錄完節目後，還是被馮臺長派人叫了過去。

到辦公室門口時，正好遇上池以凝出來，嬌顏的唇鮮豔欲滴，臉上泛著酡紅，晏長晴沒經歷過這種事，可看過電視，多少猜到了，再瞄了一眼裡面的馮臺長，晏長晴噁心了。

池以凝得意的看了她一眼，也不喊她，趾高氣揚的一抬鼻子拂秀髮離去。晏長晴氣結，她好歹也是前輩，現在連喊都不喊了，真是沒禮貌。

「進來吧。」馮臺長在裡面說，見她進來，起身走過去把辦公室門關上。晏長晴心也跟著那闔上的門「咚」了聲。

「長晴，《挑戰到底》這檔節目妳也做了不短的時間，當初主要是想讓妳跟著左騫磨練，現在既然磨練出來了，是時候讓妳獨當一面了。我和臺裡的人商量過，正好卡通動漫臺那邊新出檔節目，由妳去主持，至於《挑戰到底》這邊就由池以凝接手。」馮臺長倚靠在桌邊一副和顏悅色的表情。

晏長晴彷彿沉入谷底，卡通動漫臺雖然傍晚的收視不錯，但是給小朋友看的，根本沒什麼知名度。

「臺長，我在《挑戰到底》也主持一年多，積累不少粉絲，觀眾也習慣了我和左老師主持，池以凝她才來公司沒多久，功底也不熟練，沒辦法撐得起《挑戰到底》這樣的大型節目。」

「有左騫在，這個節目就撐得起。」馮臺長輕佻的望著她，突然低笑的將手放在她肩上。

剛握住，馮臺長身體都差點酥了。這肩，軟的像水一樣。再看晏長晴的打扮，白色的細紗長袖搭配黑色長裙，腰肢透著讓每個男人都想握一握的柔軟，目光再停留在她高聳的胸上，馮臺長差點要流鼻血了。整個電視臺，就屬晏長晴的身材最妖嬈了，還有那雙眼，像貓爪一樣，瞧一眼便撓一下，撓的人難耐極了。

「當然啦……」馮臺長話鋒一轉，手也順著她肩往下滑：「妳爸以前經常贊助我們電視臺，我跟他也算有些交情，我也不是個不講道理的……」眼看著那手要落在自己胸口了，晏長晴厭惡的立即往邊上閃躲，馮臺長握住她肩膀，不想到嘴的肉飛了。

「你再這樣我要叫了。」晏長晴沉不住氣，用力扳掉那隻手。

畢竟在辦公室裡，馮臺長也怕她鬧得太過，只得鬆開，只是臉色很難看：「晏長晴，妳別給臉不要臉，以前我是看在你們家那點贊助費上，不然妳能有今天。」

「臺長，您想換就換吧，不過時間長了，您會明白我到底靠的是贊助費還是我自己實力。」晏長晴再也不想多看這個人一眼，快速的拉開門離了辦公室。

「晏長晴，妳給我等著。」馮臺長陰狠的盯著她後背。

下午，晏長晴回家，有關她被調換主持人的消息，已經在網路上鋪天蓋地了。

晚上，晏磊回來敲響她房間的門：「寶貝，是爸爸不好，都怪爸爸今年沒贊助，才讓妳在電視臺被人欺負。」

「爸，不關你的事。」晏長晴下午偷偷哭過了，這一會兒不讓爸爸擔心，眼睛兒也不紅了：「我要是自己爭氣點，就能像左老師一樣臺長都不敢換，不過現在想通了，做卡通綜藝就做唄，能在電視臺露露臉就不錯了。」

晏磊嘆氣：「傻，每年那麼多的應屆畢業生出來實習，今天那個池以凝把妳拍下《挑戰到底》，下次就會有第二個池以凝，把妳拍的連卡通臺都待不下去，到時候合約一到期，臺長就能讓妳走人。」

晏長晴再次被打擊的沮喪，她不是沒考慮過，可事已至此能怎樣呢？

「爸，現在你公司怎麼樣了？」

晏磊坐到床邊上，摸摸她頭：「長晴，明天有事嗎，陪爸出去吃頓飯，相親。」

晏長晴傻眼：「爸，我還年輕呢，你不會也要搞商業聯姻那套吧？」

晏磊看著女兒受傷的模樣著實難受，可沒辦法：「相親是ＳＫＹ集團的宋總提出來的，以前妳陪爸參加晚會的時候，他見過妳一次，印象不錯，他有個兒子也到了結婚年齡，想讓你們見個面。長晴，爸實話跟妳說，近年來政策改革很多對公司都不利，晏家從去年開始業績就下滑，今年開始一直在補虧損，年初行內其他公司一直打壓晏氏，現在公司還纏了好幾樁官司，這樣下去遲早會宣布破產，而且我們還得背著幾億的債款過日子，如果是爸一個人也就算了，可妳跟妳姐還年輕，妳姐夫哪怕再喜歡妳姐，家裡扛著一身的債，妳姐夫也會受不了的。」

晏長晴突然發現晏磊的鬢角都有白髮了，她心疼的一抽一抽的，從小爸最疼她，要不是真的熬不過了，爸是不會跟她說這些的，可她一直衣食無憂的過著日子，從沒想過要去面對這些。

「爸，要是對方長得又胖又醜人品也不好，也得硬著頭皮上嗎？」她撇嘴。

「宋總長得比爸爸還好，他的兒子肯定不會醜的，至於人品，明天看看，要真不行，爸去坐牢也不能委屈妳了。」晏磊強擠著笑說：「不過宋家那樣的門檻，能嫁過去還是我們晏家高攀，爸倒是希望妳能嫁了，一輩子衣食無憂，有宋家撐腰，以後你們那馮臺長還得看妳臉色行事。」

晏長晴不稀罕用終身大事去換工作前途，可不能讓晏磊五十多歲還背一身債坐牢，他身體不好，一直是用藥養著，在牢裡吃不好、穿不好很容易出事。她心疼，相親也只能去。

第二章 已婚身分

第二天，晏長晴跟著晏磊去了本城一家沒有去過的私房菜館。

進去時，包廂裡已經坐了兩個人，沙發上的年輕男人一雙大長腿隨意伸著，熨的一絲不苟的黑色西裝，妥帖的修飾著流暢的身線，裡面搭著白色襯衫，腳上是國外一款剛上市的白色運動鞋，露出的腳腕很精緻。

晏長晴很少用精緻去形容一個男人，可當再次看到宋楚頤那張臉時，便沒辦法冷靜了。

「宋、宋醫生……」她沒關緊嘴巴，聲音洩露了出來，晏磊和宋懷生都聽到了。

「怎麼，你們認識？」晏磊很高興，他第一眼看到宋楚頤的時候，印象格外的好，這模樣、這身高配自己女兒完全綽綽有餘。

晏長晴臉紅，唯恐他說出來自己去做婦科檢查的事丟臉，趕緊道：「上次去醫院看姐姐的時候見過宋醫生，他和姐姐是同一個醫院的。」

宋楚頤看她一眼，和晏磊打招呼：「晏叔叔，你好，沒想到原來您是晏醫生的父親。」

宋懷生高興的笑起來：「老晏，原來你大女兒和我兒子同一個醫院，看來這兩個年輕人真有緣份啊，說不定這親家還真能結成。」

「是啊。」晏磊也真心高興起來：「我倒沒想到。」

「坐吧、坐吧。」宋懷生招呼。

宋楚頤拿了菜單過來讓眾人點菜。晏磊瞧著他禮貌的模樣讚不絕口，回頭還可以從晏長芯那裡打聽這孩子品性。

「老晏，你大女兒在醫院哪個科啊？」宋懷生問。

「兒科。」

「行，有能力。」宋懷生不住點頭。

「就是太忙了。」晏磊嘆氣：「忙的連生孩子的時間都沒有。」

宋懷生笑道：「這兩個孩子要是談的攏，我拜託院長給你大女兒換個好崗位，輕鬆又薪水高。」

「還要看長晴有沒有這個福氣了。」晏磊笑笑，他知道宋懷生不是吹牛的，以宋家能力確實是輕而易舉的事。

晏長晴始終低著頭很少說話，宋楚頤也說的少，大部份時間都是兩個大人在說。

末了要結束時，宋楚頤突然主動邀約晏長晴：「時間還早，要不要一起去喝杯咖啡？」

一直心不在焉的晏長晴突然驚醒，還沒回答，晏磊已經替她答了：「去吧，年輕人就愛喝咖啡，你們好好處處，我和妳宋叔叔就不參與了。」

晏長晴完全沒法反駁，兩位長輩走的快，一眨眼就只剩晏長晴和宋楚頤了。

她兩隻水汪汪又勾人的桃花眼呆滯的看著他，宋楚頤拋拋車鑰匙：「走吧。」

他開奧迪A7，黑色的。晏長晴坐進去時，發現裡面的設施構造格外的熟悉，很巧，她自己的車也是A7，不過是白色的。她的車裡又髒又亂，他的乾淨的一塵不染。

晏長晴兩隻手糾結的擰在一起，侷促又尷尬。前天還想著再也不要見到這個人，今天就相親遇到，她想哭，偏偏旁邊的宋楚頤還一動不動的注視著她。

「怎……怎麼？」她緊張。

「安全帶。」宋楚頤提醒，晏長晴趕緊扣上。

「妳有喜歡的咖啡館嗎？」宋楚頤問，他的聲線一如既往的清洌乾淨。

「……沒有。」

「那我隨便挑個環境好一點的咖啡館了。」

地方並沒有多遠，是一家老洋房咖啡館，裡面很有情調。晏長晴以前和管櫻、阮恙她們來過，管櫻說這家店的蛋糕很好吃，她猜想宋楚頤會知道大約也是管櫻告訴他的。

果然，坐下後宋楚頤說：「要不要吃蛋糕，聽說這裡的蛋糕味道不錯。」

晏長晴故意問：「宋醫生怎麼知道這家蛋糕店好吃？」

宋楚頤斂眉沉默，光線落在他清冷的眉目，彷彿有絲淡淡的感傷。

晏長晴也難受，她喜歡好久的青梅竹馬成了管櫻的男朋友，現在努力要打好關係的相親對象，似乎也沒忘了管櫻這個前女友，如果可以，她真的想走。

「晏小姐認為跟我結婚如何？」咖啡香剛飄過來，他突然的聲音讓晏長晴呆若木雞。

「啊？」

「據我所知，晏家的情況不容樂觀。」宋楚頤完美的身形靠在沙發上，澈澈底底的貴公子模樣：「一旦晏家宣告破產，背負著幾億的債款根本無力償還，妳爸也許只能去坐牢，妳現在擁有的房子、車子都會一無所有，可能在電視臺也待不下去，還有妳姐……據我所知，妳姐夫雖然是位工程師，薪水還算不錯，但時間長了，面對這樣的債務，我想在現實面前，他未必能堅持這段婚姻。」

晏長晴咬牙：「有些愛情在金錢面前是無價的。」

宋楚頤眉一挑，不說話，只是用一雙能穿透人的眼睛看著她。

晏長晴漸漸底氣不足：「沒錯，我在電視臺工作，遇到很多真人真事，都很不堪，但我還是相信有不變的愛情。」

宋楚頤靜靜端詳幾秒，低頭喝咖啡：「如果結婚的話我希望可以儘快。」

晏長晴握拳：「我想知道你為什麼會選我，沒錯，我們家公司的確不好，但以你們宋家的條件應該可以找到比我更好的。」

「晏氏是個傳統的老牌子，有好幾種藥在國內賣得很好，正好是我們宋家需要的，如果晏家真的對我們宋家沒有一絲幫助，我們兩家也不會坐在這裡喝咖啡。」宋楚頤淡淡道：「而且我不想浪費時間在談戀愛，對我這樣的人來說，商業聯姻是在所難免，正好，妳需要我們宋家的幫助，我也需要完成我的義務，我們結婚，彼此雙方都能獲得益處不是最好嗎？」

晏長晴沉默。她對戀愛和婚姻一直有很大的幻想，可沒想到她要走入這樣一段婚姻，她被打擊的面無血色，卻無力反駁。

晚上九點，宋楚頤送她到晏家別墅門口：「結婚後，妳們晏家的一切都會得到解決，妳還是可以繼續在電視臺上班，我不干涉妳的事，妳姐在醫院也可以不費吹灰之力的平步青雲，妳好好想想，想通了打電話給我，一起去結婚登記。」他遞給她一張名片，說話的時候，眼睛沒有一絲溫度：「我想晏氏也等不了幾天了。」

晏長晴接過名片，默默的下車回家。

家裡燈火通亮，晏磊和晏長芯聊得紅光滿面，看起來心情很好。

「長晴，聽爸說妳的相親對象是宋醫生，緣份啊。」晏長芯嘿笑的攬過她肩膀，小聲的說：「現在可以讓他為妳負責了。」

「姐！」晏長晴拿眼瞪她，哪壺不開提哪壺。

「長晴，我都問過妳姐了，這位宋醫生不但家世優秀，連醫術都是全醫院最具權威、最好的，主要是聽說他人品不錯，從來沒在醫院裡拈花惹草。」晏磊現在是讚不絕口：「配妳完全足夠了。」

晏長芯笑咪咪道：「我雖然只跟宋醫生打過幾次交道，別看他平時冷冷面面的，話很少，但對待病人不管窮的、富的，一視同仁有耐心。上次有位老太太在醫院暈倒沒錢治病，宋醫生二話不說就替那位老太太出醫療費，更重要的是低調不炫富，要不是爸說我都不知道他是宋懷生的兒子，我現在上班的醫院都是他們宋家的產業，弄了半天他就是太子爺啊。」晏長芯很少這樣誇一個人，一旦她誇那就是真有其事，晏長晴難以想像宋楚頤有這樣的一面。

晏磊誇讚：「這樣的富家子弟不多了。」

晏長晴心裡嘀咕，那方面不正常的富家子弟確實不多，而且她要是跟宋楚頤結婚了以後怎麼面對管櫻啊。不過晏磊那麼高興，她不想給父親添煩惱。

晚上晏長晴抑鬱的沒睡好覺，第二天去臺裡路上接到馮臺長秘書電話：「長晴，臺長說妳的職位暫時不調動了，還是繼續在《挑戰到底》待著。」

這個天降的好運讓晏長晴以為沒睡醒：「為什麼？」

秘書冷笑了兩聲：「妳厲害啊，妳有手段啊，迷得左騫團團轉，昨天左騫親自找臺長說要是節目組換掉妳，他明年合約一到期就跳其他臺。」

秘書掛了電話，晏長晴發呆了一會兒，趕緊打給左騫：「左老師，聽說你為了我去找臺長……」

「長晴，妳什麼都不要多想，好好待在我身邊主持吧。」左騫溫煦的聲音打斷她。

晏長晴感動不已：「左老師，謝謝你，你就是我的救命恩人，我的伯樂。」

左騫低低笑了笑，忽然問：「只是伯樂嗎？」

「嗯？」

電話那端的左騫欲言又止：「我現在在北京出差，等我回來請妳吃飯吧。」

「不不不，這頓飯應該我請！」晏長晴趕緊說。

「呵呵，好。」

晏長晴手捧著電話笑的合不攏嘴。左老師真是好人啊，就像恩師一樣，不但教會了她很多東西，還一直提攜她，別說請吃飯，吃滿漢全席都是應該的。

到電視臺後，晏長晴忽然發現不少人在她背後議論。不過她一回頭，大家又安靜下來低頭工作。

她莫名其妙，回辦公室後，池以凝主動找上門，高跟鞋「噠噠」的聲音散發著一股強烈的氣憤：「晏長晴，我還真是低估妳了，平時裝的跟聖人一樣，私下早勾搭上左老師，真是不要臉。」

「妳說誰呢？」晏長晴平時很少跟人吵，可不代表她沒有脾氣：「池以凝，妳以為妳是誰，大吼大叫的跑到我辦公室來，難道妳老師都沒有教過妳要尊重前輩嗎？還有，不要隨便血口噴人，不是人人都像妳一樣，出賣肉體利用男人上位。」

「妳有什麼資格說我，妳自己還不是一樣，現在全臺裡都在傳，如果妳沒上左騫的床，他幹嘛那樣幫妳，平時經常看到你們私下裡眉來眼去，說是什麼老師學生，我看你們早就暗度陳倉，不要臉，怪不得大家都說妳長得一副水性楊花的模樣，依我看，妳本來就是……」

門口陸陸續續的有人站過來，晏長晴氣得臉色發紅的用力推開池以凝：「妳再說一句試試看。」

「好啦好啦，妳們別吵了！」路過的梁導趕緊把兩人拉開。

「梁導，你沒聽到，她剛才汙衊我，還動手要打我！」池以凝哽咽告狀。

「到底是誰先來找麻煩的。」晏長晴從來沒受過這種侮辱，也紅了眼睛，不是只有她會哭。

梁導頭疼，如果他不管這兩個人，吵上去只會讓臺長為難，要管了，他自己為難。

「這件事你們兩個都有錯，以凝，妳這樣大吼大叫，跑到晏長晴辦公室確實很沒禮貌，不管如何，晏長晴是前輩。還有長晴，以凝畢竟還年輕不懂事，妳何必跟她這樣爭吵，大家都是公眾人物，要傳出去多不像話，好啦好啦，就這樣散了吧。」梁導是總導演，大家都要看幾分薄面。

散了後，晏長晴一個人坐辦公室裡，難受極了。她不覺得自己做錯了，明明全是池以凝的錯，可認識了兩年的梁導也不幫她，大約也是怕得罪馮臺長吧。以前，晏氏還很好的時候，臺裡人人都捧著她，現在知道晏氏不行了，大夥也跟著換了方向，人怎麼能這樣不講道理呢。

下午，晏磊打電話過來問她宋楚頤晚上約了她沒有。晏長晴喉嚨一噎，沒做聲。

晏磊失望了：「他昨天應該是看上妳了啊，不然幹嘛約妳去喝咖啡，是不是醫生都太忙了，我打電話問問妳姐。」

「爸，公司真的有那麼急嗎？」晏長晴拚命忍著才沒落淚，以前受了委屈都會跟晏磊說，可現在不能給他添負擔。

晏磊有點心虛：「長晴，爸之前是怕委屈妳，可宋楚頤確實不錯……」

「好了，我知道了，不用擔心啦，昨天我們聊得挺好的。」晏長晴把電話掛了，拿出包裡精緻的白色名片。

她看了許久，才撥通宋楚頤號碼。

「你好，哪位？」電話那端的聲音低沉的陌生。

「是宋醫生嗎？我是……晏長晴。」

「晏小姐。」宋楚頤似乎一點都沒有驚訝：「打算什麼時候和我登記？」

晏長晴嘴角抽搐：「你怎麼就這麼肯定……」

「我想我找不到妳拒絕我的理由。」宋楚頤完全能猜到她要說的話。

晏長晴無語一陣才吭哧道：「你想什麼時候？」

「嗯……後天上午應該能抽出點時間，我們十點鐘戶政事務所門口見，關於拜訪妳家人的事後天晚上吧，本來我應該提前去的，主要是這幾天有幾個大型手術要做，實在沒有時間。」

「沒事……」反正晏長晴對這段婚姻也沒抱什麼想法。

算了，就這樣吧，反正對方那方面不正常，應該也不用她履行夫妻義務，以後各過各的。

登記那天早上晏長晴睡過了頭。

最後還是保姆張阿姨上來敲門：「小姐，有位宋先生打家裡電話來找您。」

晏長晴猛地驚醒，趕緊下樓，接電話的時候看了一下時鐘，已經十點五分了。

「晏小姐，從早上九點我打了妳不下五通電話，不打算登記了是不是也應該給個電話？」宋楚頤聲音有種敲擊玉石的冰冷。

「不是的，我……睡過頭了。」晏長晴小聲解釋：「手機關機沒聽到。」

「……妳來戶政事務所吧，我在這等妳，記得帶上戶口名簿。」宋楚頤沉默了下說。

晏長晴車子到達戶政事務所門口的時候，已經看到宋楚頤站在大門口，單手抄口袋，劍眉斜飛，挺拔清華的身形足以將周圍的一切都成為他的陪襯。

晏長晴心中酸楚，雖然宋楚頤各方面都不錯，但並不是她喜歡的人，她從小到大想嫁的是傅愈那種，不過傅愈有女朋友了，她也不要再癡心妄想了。

戴上口罩走過去，宋楚頤清眸淺淺：「這麼重要的日子我以為妳會失眠，沒想到還能睡過頭。」

晏長晴被說的不大好意思，低頭小聲解釋：「我是失眠了，昨天晚上三點才睡。」

宋楚頤睨了她一眼，轉身：「進去吧。」

「等等！」晏長晴叫住他，心裡頭微亂：「你要答應我條件我才能跟你登記。」

「說。」

晏長晴略微高傲的抬頭：「婚後不能告訴任何人我們結婚的事，不准你親我，也不准碰我，要分房睡，你過你的，我過我的，不能干涉彼此的生活。」

「好。」他回答的乾脆，眸光泠泠。

晏長晴沒想到他那麼爽快，呆了呆，更加深信不疑，果然那方面不行啊。她有點小小的失望，要是以後能離婚還好，要是不能離婚，她不是連那種事情什麼滋味都不知道嗎？雖然她不好色，也不喜歡他，可總歸是好奇啊。

婚姻登記處，為了能做到絕對隱私，宋楚頤找了熟人。

字簽下的時候，晏長晴心突然空空蕩蕩的，眼淚莫名其妙的湧了出來。

她渴望的美好愛情，就這麼斬斷了。

辦理的人員看到她這副模樣嚇了跳：「怎麼哭了，是不是不想結婚啊，章還沒蓋，你們想清楚。」

宋楚頤低頭看向她，長長的睫毛上掛著一滴滴小水珠，粉嫩嫩的臉上也有淚痕，他揉揉眉心，無奈：「妳要是不願意結就算了。」

「……不是。」晏長晴吸吸鼻子，把簽好的字推過去。

「肯定是婚前恐懼症，宋先生你要多安慰安慰她，女人嘛，都是要呵護的。」大姐很快就把結婚證弄好遞過去：「祝你們新婚愉快。」

「謝謝。」晏長晴低頭接過。

辦好手續走出戶政事務所，她始終低著腦袋瓜子，宋楚頤很高，看不到她臉，只說：「我等一下打電話給妳爸，晚上去妳家拜訪，順便告訴他，我們登記的事。」

「噢，那我先走了。」晏長晴往自己車走去，她現在落寞的不想說任何話。

宋楚頤一直看著她上車，也看到她的車，白色的奧迪A7，他眼底劃過絲淺淺的訝異，這才開車回醫院。

晚上，晏長晴回晏家，院裡停了輛黑色奧迪，她心噗通一跳。進屋時，裡面傳來姐夫林亦勤爽朗的笑聲，宋楚頤坐他旁邊，見她進來，唇角彎起一道笑容，晏長晴第一次見他這樣笑，如沐春風，看的她一愣一愣。

「妳這孩子，登記這麼大的事，怎麼也不跟爸打聲招呼，一聲不響的。」晏磊口氣責備，但眼神卻沁滿了複雜又喜悅的笑意。

晏長晴咬唇懊惱的瞪了一眼宋楚頤，他提前來了也不說聲，弄得她都沒做好心理準備。

晏長芯打趣：「爸，剛才宋醫生不是說，他們是一見鍾情，要我看這兩人醫院第一次見面的時候就有好感了，在這一相親，緣分到了，趁熱打鐵，命中註定。」

「對，是這樣子的。」宋楚頤淡笑的附和，晏長晴不敢相信從他嘴裡能說出那樣的話，一見鍾情，見鬼，明明對她冷漠的要死。

晏磊又高興又惆悵：「楚頤，我這女兒從小被我寵慣了，沒吃過什麼苦，以後你多擔待點，也多照顧她點。」

「爸，您放心吧。」宋楚頤始終溫文有禮。

「就叫爸了……」晏長晴無語的嘟囔。

「當然該改口了，妳以為都像妳一樣不懂事。」晏磊輕斥：「妳啊，以後跟楚頤住在一起的時候也勤勞點，別總玩到半夜三更才回家，記住，從今天開始妳是已婚人士，凡是以家庭為重。」

「住一起？」晏長晴眨眼。

「當然，登記了肯定要住一起。」晏磊雖然捨不得女兒，可總歸是要嫁入的：「楚頤說婚禮下半年辦，別墅也有了，只是暫時還沒裝修，他為了工作方便暫時住院醫院附近的社區裡，三房兩廳，也足夠你們兩人住，明天楚頤就來幫妳把東西搬過去。」

「明天？」晏長晴整個人都不好了：「爸，我這才結婚，不能讓多我住些日子，多陪陪你嗎？而且我明天要錄製節目，沒時間搬。」

「那就後天吧。」晏磊摸著她腦袋，心裡嘆氣：「新婚燕爾的，多處處。」

「噢。」晏長晴不願，可也只能老老實實答應了。

晚飯時，晏磊開了收藏多年的白酒。

宋楚頤神色輕微的變了變：「爸，我酒量不好，還是算了吧。」

「不行。」晏磊還親自給他倒了滿滿的一杯：「我很久沒這麼高興過了，這酒必須喝，來來來，就當陪我，平時亦勤不來，總是一個人喝沒意思。」

林亦勤也笑：「喝點吧。」

晏磊每餐都要來點小酒，宋楚頤根本不好拒絕，誰知道喝一杯後，上了興頭的晏磊又倒第二杯，到第三杯時，宋楚頤已經迷迷糊糊，白皙清冷的臉上此刻染滿醺醺的紅暈，雙眸氤氳，在柔和的燈下，透著一股子鮮亮的豔麗。晏長晴看的呆了。

「這孩子，酒量真不行，這就醉了。」晏磊看他趴在桌上的模樣樂呵呵的笑。

「爸，你以為人人都跟你一樣是酒仙啊。」晏長晴聽著撇撇嘴。

「才結婚就幫著他說話了。」晏磊笑著擺手：「還不快點扶楚頤回妳房裡去休息，這個樣子今晚是回不去了。」

晏長晴心一緊：「爸，你的意思是他今晚……要睡我房裡？」

「都結婚了，不睡同一個房間那要睡哪。」晏磊衝林亦勤說：「她肯定扶不動，你幫下忙。」

林亦勤身材高大，輕易的就扶著宋楚頤上二樓房間，放在晏長晴粉色的大床上。

晏長晴小步跟上，看到霸占自己大張床的男人，小嘴巴高高的噘起來。

「他喝得滿醉的，等一下妳幫他擦把臉。」林亦勤笑著叮囑了晏長晴就出去了。

晏長晴把門關上後推了他好幾下：「喂，你起來啊，你這個樣子晚上讓我怎麼睡？」

「爸，不要了，我不能喝了……」他喉嚨微醺的推開她手，兩腿蹭掉鞋子，往床裡蹭，就像個大男孩。晏長晴好氣又好笑，真是，醉的還以為在酒桌上。不過她才不幫他擦臉呢，哼。

晏長晴自己拿衣服去洗澡，她房帶有浴室，不過是磨砂玻璃，沒鎖，她想著他睡了也沒在意。洗到一半「嘩啦啦」的水聲中，她好像聽到外面有動靜，心裡掠過不好的預感，忙關了花灑。

門突然被推開，宋楚頤搖搖晃晃的從外面走進來。

晏長晴臉好像被滾燙的火焰蹭過「啊」的尖叫起來：「你幹什麼，快點出去！」

她想去拿衣服，可衣服還在門後面，她完全沒地方可擋，只能雙手護著胸口，意識到下面沒擋，又手忙腳亂的騰出一隻手護下面，但只有她自己知道其實擋跟沒擋沒啥區別。

偏偏宋楚頤像沒發現她存在一樣，朦朧的眸從她身上掠過，又趺撞的走到馬桶前，掀開馬桶蓋，解開皮帶。

晏長晴再次震驚，她又發出尖叫聲，顧不得還沒穿衣服衝出浴室。

套了件睡衣後，晏長晴呆滯的坐在更衣室裡，腦海裡不受控制的迴蕩著剛才的一幕，她弱小的心靈受到一萬點傷害，不聽使喚的亂跳。

十分鐘後，她從更衣室探頭，宋楚頤又睡回床上，晏長晴有點複雜，第一次，她床上睡個男人。

她小步移過去，發現宋楚頤的外套扔在地上，裡面白色的襯衫鈕扣全解開了，右手搭在額頭上，凌亂的髮絲往後，精緻如墨的俊臉和耳朵、薄唇都是粉紅的。這畫面，太活色生香了。

晏長晴小眼珠不停使喚的往下移，她發現平時一本正經的白大褂下，竟然會是流暢的胸肌、腹肌，他不像健身房裡肌肉過剩的教練和運動達人，都是性感的恰到好處，不會讓人噁心，再下面……

晏長晴發現他閉著眼睛，放心了，心虛又帶點說不清的小興奮往下看，大約是他剛上完洗手間，褲頭鬆鬆垮垮，完美的V字型人魚線露出來，讓她頭暈目眩。

她活了二十四年，第一次這樣仔細觀察男人的身材，雖然在電視臺也常看到，很多身材很好的模特和明星，可也只能瞥兩眼，不好意思總盯著。

晏長晴捂著臉別開，又忍不住回頭再瞄了一眼，不得不說她這老公的身材真是完美的沒有話說。

不過欣賞歸欣賞，晏長晴別的想法還是沒有，晚上睡覺拿被子在床邊上打了個地鋪，她一定是世界上最悲催的新娘了，登記第一天睡地上。一天發生太多事，晏長晴又失眠了，半夜兩點才睡著。

早上宋楚頤醒來，睜開眼，發現眼睛四周都是一片粉紅，他手動了動，毛茸茸的，像是抱住了東西，他低頭看去，嘴角抽了抽，竟然是一個棕色大狗熊。目光四下裡看看，一看就是女人的房間，粉嫩的讓他頭沉沉的，好幾年沒有醉成這個樣子了。

他坐起來去找鞋時，才發現晏長晴睡在床邊，穿著薄荷綠的棉質睡衣，一張被子一半墊著、一半蓋著，顯然睡覺不安份，蓋著的被子全踢開了，人也滾到了冰涼的地板上，而且還是趴著，臉朝地，地板上還有灘小口水。

宋楚頤難以想像，平日看著光鮮亮麗的女人，睡相居然差成這樣，有點像動物園裡懶散的大熊貓。

他眉角劃過絲無奈，彎腰把她從地上抱起來放回床上。晏長晴翻個身，又拱著屁股鑽進被窩裡，宋楚頤看了她一會兒，幫她蓋上被子。

晏長晴睡醒後房裡只有她一個人，人也不知什麼時候到了床上，去上班的路上，她接到宋楚頤打來的電話：「妳姐說妳去上班了？」

「嗯。」晏長晴不知道他會不會記得昨晚的事，心裡七上八下。

「我昨天晚上喝醉了沒做什麼冒昧的事情吧？」宋楚頤忽然聲音清潤的問。

「沒有啊，什麼都沒，睡得死死。」晏長晴鬆了口氣。

「那就好，妳明天晚上有時間嗎？我爸說想讓妳來我家吃晚飯，本來是約今天的，但我今天要值晚班。」

電話那端好像有人在著急的叫：「宋醫生！」

他說道：「我這裡有點事，那明天電話聯繫。」

「可以……」晏長晴沒說完電話就掛了。她朝著電話嘟了嘟嘴，不大高興。

臺裡錄完節目已經是晚上六點，晏長晴剛卸妝，左騫走過來輕聲笑道：「妳上次說請我吃飯，就今晚吧。」

「好啊！」他不說，晏長晴也打算主動邀請。

吃飯的地點是左騫預訂的，是一家復古的名媛料理，露天的餐廳裡樹影婆娑，晚風輕柔，桌上點著蠟燭，很適合情侶，不過看到對面的左騫時，晏長晴感覺有點奇怪。

兩人剛點完菜，身後，突然傳來熟悉的不能再熟悉的聲音：「長晴，真的是妳啊。」

晏長晴回頭後，看到傅愈站在皎皎月光下，偉岸英俊的身形站在她面前猶如一座山峰，壓得她心漏跳了半拍：「傅、傅總……」她騰地站起。

傅愈看著她這副模樣低低的笑起來：「又不是上次在包廂，還是跟以前一樣叫我吧。」晏長晴聽了心裡澀了澀，她以前總是軟乎乎的叫他傅愈哥，可他再也不是自己的傅愈哥了，他是管櫻的男朋友。

「這位就是左騫吧！」傅愈目光轉向左騫，淡笑的朝他伸手：「你好，傅愈。」

傅愈的名字尋常人不知，可在圈內許多年的左騫還是知道的，去年空降上緯成了新任總裁，年紀輕輕卻老辣的像隻狐狸，他沒見過，可身邊好幾個相識的朋友都是傅愈公司的，每次那些朋友提起他，都是膽顫心驚的說得罪誰也不要得罪傅愈。

「傅總，你好，久仰大名。」左騫立即站起來說。

「這話應該我說。」傅愈撩起唇角：「業內最優秀的主持人，非你莫屬，長晴這些年多虧你照顧。」他一副長輩的口吻，左騫一怔，傅愈繼續說：「長晴跟我一起長大，算得上青梅竹馬。」

青梅竹馬，兩小無猜，晏長晴低頭苦笑。

「難得碰到也算有緣，一起吃吧。」傅愈自己拉開椅子坐下，他下屬趕緊又叫人過來重新點菜。

晏長晴裝鎮定的問：「傅愈哥，你怎麼也來這家餐廳了？」

「這裡菜色不錯，以前常來，我不想一個人做飯，下班就直接過來了。」傅愈唇角始終掛著笑意：「本來這幾天一直都想聯繫妳的，不過去外地出差，還想晚上打電話約妳，沒想晚飯就碰到了。」

「是啊。」晏長晴抿嘴找話題：「你現在一個人住嗎？伯父、伯母呢？」

「我爸在香港，媽在醫院裡，她最近身體不好。」

「伯母怎麼了，她以前不是身體挺好嗎？」

「腦腫瘤。」傅愈漆黑又深沉的眸黯然：「最近準備做手術，我媽挺喜歡妳的，什麼時候有空去醫院看看她吧，平時都是看護陪著她，她也無聊。」

「好。」晏長晴點點頭，傅母以前確實是對她極好的。

一頓晚飯，傅愈偶爾和左騫聊聊，有三個人在，倒也不尷尬，也不會沒話聊，將近八點結束時，傅愈的下屬爭搶著把帳結了。

「長晴，我送妳回去吧！」傅愈撈上菸盒，空氣中飄蕩著一股好聞的菸草氣息。

左騫剛要開口，傅愈已經轉過身說：「走吧。」

晏長晴見狀也只好跟左騫說了聲再見，坐上傅愈的進口保時捷。

車開出一段距離，傅愈從後視鏡裡還看到左騫站在路燈下看著這邊。他眼眸斂了斂，問：「這個左騫是不是對妳有意思？」

晏長晴嚇了跳，眼波兒也顫了顫。

「我記得他三十三歲了吧，比妳大一輪，別考慮了。」傅愈雙眸幽潭，漫不經心的丟出一句話。

晏長晴瞄了他一眼：「你以前不是說找男朋友要找大點的嗎？」

「大個四、五歲正好，九歲太大了。」傅愈瞇眸看著她笑。晏長晴漏跳一拍，他正好比她大四歲。

大腦不受控制有點想多時，傅愈放在儀表板上的手機響了，晏長晴一眼就瞄到「管櫻」兩個字。她捏捏大腿，望向窗外，妳這個已婚之婦，該清醒了，何況朋友的男朋友是絕對不能肖想的。

傅愈眸子一暗，按下拒絕鍵後關機。

手機不響了，晏長晴疑惑的看過來：「幹嘛不接。」

「跟重要的人在一起不想接電話。」傅愈懶洋洋的說。

重要的人，是她嗎？晏長晴看著眼睛俊朗的眉目，心裡湧出縷縷複雜，說不上高興：「傅愈哥，你跟管櫻交往了，下次別這樣，被拒絕電話，女孩子會很難受。」

傅愈瞳孔一點點變深：「妳跟管櫻交情很好嗎？」

「是啊，我們是要好的朋友。」晏長晴點頭：「所以你要好好對管櫻。」

傅愈握著方向盤緊了緊，蹙眉盯緊她。

晏長晴被他盯得呼吸困難：「至於……以前我們那些事都過去了，我也挺不好意思的，那一會兒總是讓你為難，現在我也長大了，也忘了，傅愈哥，真高興你能找到喜歡的人，管櫻她很好。」

「是嗎？」傅愈手背青筋爆出來，只可惜晏長晴沒有看到。

到別墅門口時，晏長晴自己解開安全帶：「傅愈哥，晚安。」明亮的桃花眼睜的大大的，好像唯恐別人發現她眼底的柔弱，傅愈手背一鬆，忽然忍不住輕輕捏了捏她粉嫩粉嫩的臉頰。

從小到大，他不知捏了多少次，親暱的時候、生氣的時候、淘氣的時候……晏長晴再也憋不住心頭的難受轉過身往院子裡走。

第三章　老公要狗不要人

翌日，晏長晴錄完節目後，打開手機，發現有兩通宋楚頤的未接來電。她趕緊回撥過去：「我剛錄完節目。」

「我知道了，我快到電視臺樓下了，妳準備一下出來吧。」宋楚頤一如既往的簡潔。

他在樓下等了十五分鐘，才看到從大樓裡急匆匆跑出來的長晴，清新素雅的雪紡面料荷葉袖上衣，下面是藍色的短褲，今天變天，還是有幾分冷，她似乎挺愛俏，好在外面套了件駝色的風衣，步履間有一種時尚模特兒的樣子。

宋楚頤一直看著她走到自己車前，不得不說隨便找的結婚對象確實很漂亮，只是她手裡提的一大堆禮品，似乎和風格不搭。他打開車窗，清淡的道：「我已經準備了禮品，妳把這些東西放後車廂，晚上帶回家。」

晏長晴提的滿頭大汗，一聽他話人都不好了，都怪晏磊早上非要提給她帶去宋家，說空著手不好：「你去我們家你送了，我去你們家自然是我送啊。」

宋楚頤略涼的眸色裡難得的掀起一抹異色：「我們已經結婚了，這些事由男人負責是理所應當。」

晏長晴心裡也泛起奇異的滋味，從小被寵慣了，上面有姐姐和晏磊照顧，她這人其實不大想事，很多人情世故也不懂，此時此刻宋楚頤的話讓她莫名覺得自己以後好像有多了個靠山，這種感覺一點都不討厭。她老老實實把東西放後車廂時，發現裡面竟然擺滿了禮品，各種名菸名酒、土特產、補品。

晏長晴回到副駕駛位上，忍不住問道：「後面那些全是送你們家的？」

「嗯。」宋楚頤不緊不慢的發動車子。

晏長晴心裡升騰出一股小小的感動，原來自己的舉動是多此一舉，人情禮數方面他都安排的妥妥當當的。

「妳身體好些了嗎？」突然的話題，讓晏長晴臉部「蹭」的燥熱起來，那尷尬的檢查讓她無地自容。

「……好了，多虧宋醫生醫術高超啊，宋醫生該不會經常給女人做檢查吧？」

「不是啊，只是婦產科忙不過來的時候，這個月我也就給妳一個人看診。」男人好像沒有察覺到她的尷尬，不緊不慢的開口。

晏長晴悄悄的轉臉往窗外，心裡抓狂，怎麼就正好偏偏遇上他。

宋家，院子裡一派生機勃勃。

晏長晴下車時還是蠻緊張的，亦步亦趨的跟緊在宋楚頤身邊，大廳裡，坐著宋奶奶、宋懷生，還有一個看起來只有二十八、九歲的靚麗女性，緊挨在宋懷生身邊，略隆的肚子看起來有幾個月身孕了。

晏長晴來之前，晏磊特意提點過，宋懷生前年新娶了一個二十多歲的老婆，親眼見到內心還是挺複雜的，典型的老牛吃嫩草啊，雖然宋懷生保養不錯，可看起來也有五十歲。

「長晴，快過來。」宋懷生笑呵呵的朝她招手，一個厚實的大紅包塞進她手裡。

紅包太大，晏長晴手足無措的看向宋楚頤。

「爸的心意，收下吧。」宋楚頤說。

「謝謝爸！」晏長晴漂亮的小臉立即堆滿笑容，宋懷生老婆也給了她一個大紅包，晏長晴差點飆出一句：「謝謝媽。」幸好她嘴巴剎的快，又看向宋楚頤。

「叫阿姨。」宋楚頤又提醒。

晏長晴窘，只比自己大幾歲，卻要叫阿姨，不過她還是乖乖的叫了。

接著是宋奶奶遞給她一個精緻的禮盒，晏長晴打開一看，裡面是一整套的鑽石項鍊和戒指、手鐲，看鑽石的亮度和克拉，價值不菲。

「這個，太貴重了。」晏長晴被驚到了。

「是聘禮。」宋奶奶笑咪咪的說：「也是我們宋家的習俗。」

晏長晴見大家都沒說什麼，只好收了，到宋楚朗時，倨傲又暗沉的眼神定在她身上卻一動不動。

「楚朗，弟弟娶媳婦，你準備的紅包應該挺厚吧。」宋懷生帶著點警告的看向大兒子。

「爸，我忘記了，晏小姐應該不會介意吧？」宋楚朗帶著幾分痞意的口吻說道。

「當然沒關係。」晏長晴有點納悶，這個大哥對自己好像有敵意似的。

「時間不早了，去餐廳用餐吧。」宋楚頤上前一步，攬了她肩膀，兩人第一次這樣親密接觸，晏長晴不大適應的被他攬著走進餐廳。

用餐時，宋楚頤的後媽戴媛笑的無比親和：「前幾日才聽說你爸介紹了晏總的小女兒，不成想才幾天就登記了，聽到的時候都嚇了一跳，你們這結婚登記得太快了。」

宋楚朗瞇眸，勾著嘲諷的笑：「聽說是晏氏實在不行了吧，我們宋家再不出手，估計撐不過這個星期。」

晏長晴很是尷尬，宋懷生沉了眸。

只有宋楚頤冷靜從容的夾了一隻鳳爪放入她碗裡，說：「關晏氏什麼事，是我自己看對眼，先求婚的。」

晏長晴感激的看了他一眼，低頭咬鳳爪。

宋楚朗皺眉看著他們，正要開口，發現宋懷生瞪著他的眼神才住了口。

晚飯後，晏長晴陪著宋家人聊了一會兒天，離開前順便去了趟洗手間。

出來就碰到宋楚朗靠在牆壁，臉色晦澀深沉：「開個價吧，妳要多少錢才跟楚頤離婚？」

晏長晴滿頭霧水：「大哥，我是不是哪裡得罪你了？」

宋楚朗上前一步，危險的容顏湊到她面前，冷笑：「妳嫁給楚頤不就是為了晏氏嗎？妳離婚，我幫晏氏不成嗎？難道妳還貪得無厭，覬覦宋家的財產？」

晏長晴氣得小臉通紅：「沒錯，我是為了晏氏，可是這是我跟宋楚頤的事，不需要大哥干涉。」

她轉身就走，懶得搭理他，宋楚朗臉猛地沉下來，扯住她胳膊。

「大哥，你幹什麼？」宋楚頤皺眉出現在轉角口，大步過來把晏長晴扯進懷裡。

他手臂緊緊的箍著自己，晏長晴抬頭，橘色的廊燈下，顛倒眾生的臉散發出強烈的不悅。

他的胸膛有節奏的起伏，晏長晴聞到他身上一股男士的香水味，很淡，淡到如果不是這樣零距離的挨著他，絕對聞不到。

「楚頤，剛才爸在，我不好說。」宋楚朗盯著晏長晴臉說：「這個女人和左騫勾三搭四，有不正當的關係，上次雜誌都要刊了，不過被左騫的公關壓下去，我是為你好，不然戴了綠帽都不知道。」

晏長晴錯愕，微微的蹙眉：「大哥，你好歹也是SKY集團的掌舵人，應該明白娛樂圈有很多事並不是真的，左騫是我老師，我也一直尊敬他，他上次幫了我一個忙，電視臺一些想要排擠我的人，憑空捏造出這些難聽的話。」她邊說邊注意宋楚頤臉色：「宋楚頤，我們登記雖然快，但我可以用我的人格向你保證，我不是這樣的人。」

宋楚朗嗤笑了聲：「妳們這些演戲的說的比唱的好聽，我見多了。楚頤，你忘了那個管櫻，要不是我叫你過去，你到現在還被瞞在鼓裡。」長晴隱約明白，看來那天晚上宋楚頤會出現在「雪聲」也是這個哥哥的原因。

「夠了。」宋楚頤神情越來越不悅：「哥，我的事自己有分寸，不早了，我先走了。」他轉過身，拽著還在發呆的晏長晴往外走。

上車後，他俊朗的臉像打了寒霜一樣。晏長晴想著是管櫻的事刺到他心裡的傷疤了，她禁不住又想到了傅愈，心裡酸苦。

記得上大學那一會兒，每當她和管櫻一起出門的時候，學校男生第一眼看到的都是自己，可不用多久注意力就會轉到管櫻，後來偷偷聽到男生們私底下議論自己長得太豔，而管櫻的長相清純動人，越看越耐看，能讓男人輕易產生呵護欲望。

要換成任何人她都能嫉妒，可管櫻是她好朋友，她不能。大學四年，她、阮恙、江朵瑤、管櫻，經歷了太過歡聲笑語和同甘共苦。晏長晴越想越鬱悶，一股腦兒把紅包和首飾盒全塞到宋楚頤手裡。

宋楚頤愣了一下，推回去：「這是我家人給妳的，好好收著。」

「我不能要。」晏長晴噘起小嘴：「免得又有人說我貪圖你們宋家的錢，再說我們結婚本來就是商業聯姻，有些事還是分清楚好點。」

宋楚頤本來還想警告她幾句，可看她這副模樣，小嘴巴噘的像茶壺手把一樣，唇上還塗著水潤的淡色口紅，波光流轉的桃花眼還橫了他一眼，嬌俏、嫵媚又幼稚的不像話，心裡的那一點氣倏忽被陽光照曬成一縷縷水汽，憑空消散。

「好啦，把東西收好吧，剛才是我哥不對，既然結婚了，我不喜歡有些事分的太清楚、斤斤計較，除非……」宋楚頤語氣一頓，淡淡的說：「妳是想一早就開始劃清界限，等著以後好離婚。」

晏長晴短暫的失語：「離婚也很正常啊，你又不喜歡我，我們沒感情。」

「雖然我也不清楚我們的婚姻能走到什麼時候，但我們既然結婚了，婚姻規則該遵守的還是要遵守。」宋楚頤低沉開口：「首飾是聘禮，禮金是人情，回去妳爸爸肯定會問，如果宋家什麼都沒給，或者給了妳還我，我又收了，妳爸肯定會不高興，也會認為我們宋家小氣、刻薄妳，不管出於什麼理由結婚，禮金方面還是要遵守，也是對妳家的尊重，結婚不是我們兩個人的事，是兩家人的事。」

晏長晴聽得愣愣的，不過她不傻，還是明白：「那……我是為了我爸收的，不是為我自己啊。」她手上的東西慢慢的收回來，瞳孔裡綻放著一種「我不貪財」的光芒。

宋楚頤嘴角不易察覺的微彎。

晏長晴忍不住問道：「你哥是不是嚴重的弟控啊？」

宋楚頤挑了挑眉。

晏長晴怕他不懂，詳細解釋：「就是那種不准任何人搶走你，不准你跟別人交往，你永遠只能跟他在一起，依賴他一個，喜歡他一個……」

宋楚頤越聽越不對勁，眉頭猛地抽搐：「晏長晴，妳還可以更噁心點嗎？」

「人家開個玩笑嘛！」晏長晴咧嘴，笑的很心虛，好吧，她承認自己邪惡了。都怪阮恙以前總在宿舍看日本動漫，什麼兄控、妹控……

宋楚頤抿著唇，沒說話。

氣氛陷入尷尬，晏長晴覺得應該找點話題，她腦子轉啊轉，這時，車子到了十字路口停下，宋楚頤朝她看過來，她腦子一陣短路，脫口道：「妳後媽孩子幾個月了？」

宋楚頤臉澈底黑了，難道她沒看到自己吃飯的時候對戴媛一直冷冷淡淡的嗎？

晏長晴也想拍自己嘴巴一掌，弱弱的說：「對不起，戳到你心上了，你要是不願意說就別說了。」

「妳這樣的性格在電視臺混到現在，還沒被整走真是奇蹟。」宋楚頤摁了摁眉心冷諷。

晏長晴不服氣：「我只有面對你才會這樣好吧，誰讓你總是板著臉那麼嚇人。」

宋楚頤懶得搭理她了，到晏家門口下車時，他諱莫如深的警告：「晏長晴，我不管妳以前怎樣，但結婚後自己的行為還是要多注意點，我不希望哪天在新聞上看到妳亂七八糟的緋聞。」

晏長晴氣結，之前他在宋楚朗面前幫自己，她還以為他是相信自己的：「行，你放心，就算哪天我被人綁架了，我寧願壯士斷腕，也會保全你們宋家的名聲。」她摔門離去。

宋楚頤摁著眉心，有點後悔自己是不是不該找這樣的公眾人物做老婆。

第二天晏長晴特意上午請假搬家。

早上九點多，宋楚頤過來幫她搬行李，他住的地方是博瀚醫院附近一帶最高檔的社區觀湖公館，進去還要刷卡按密碼，住十五樓。

開門的時候宋楚頤道：「記住我按的密碼。」他「嘀嘀」的按了幾個鍵，晏長晴反應過來，心裡泛起奇異的感覺：「怎麼是我生日？」

宋楚頤目光閃爍著點嫌棄：「妳爸說妳記性不好，怕妳記不住，所以昨天我改了。」

晏長晴：「……」

「還有件事……」宋楚頤話還沒說完，門突然被裡面一股力量撞開，一隻米白色的拉布拉多犬撲到宋楚頤身上，絨絨的尾巴熱情甩動，看到晏長晴時，烏黑的眼睛忽然一亮，轉而朝晏長晴撲去。

晏長晴起初嚇了一跳，但當牠撲到腰邊大力蹭著她時，她忍不住抱住牠親親又蹭蹭：「好可愛的狗，是你養的嗎？」

宋楚頤見她沒有討厭狗，淡淡一笑解釋：「我剛就是想跟妳說，其實我養了一隻狗，是前年我手裡一位去世的病患交給我照顧的，希望妳不會介意家裡養狗。」

「當然不會，我從小就想養隻狗，不過我爸不讓。」晏長晴心都狗狗給萌化了：「不過那位病人沒家人嗎，幹嘛給你照顧？」

「他是一個孤寡老人，兒子早年意外去世，只有這隻狗陪著他，他的病情很嚴重，只有做手術，但手術成功的機率非常低。」宋楚頤邊換鞋邊說：「他說如果手術失敗了，希望我能替他養這隻狗，後來……手術失敗了，那是我第一次手術失敗。」他說話的時候，神情依舊是淡淡的，可從他的隻言片語裡，晏長晴還是感覺到這隻狗對他的意義不一般，她心情變得複雜，姐姐也說他對醫院的病人都是很好的，她以前不信，現在卻有些信了。

「換鞋吧。」他拿了一雙嶄新的淡粉色拖鞋放到地上，鞋上可愛的笑臉軟萌萌的。

晏長晴驚喜：「這不會是給我準備的吧？」

「妳說呢。」宋楚頤神色冷淡的轉開臉，晏長晴眉開眼笑低頭去換鞋，狗狗突然調皮的咬住她拖鞋往一邊跑。

「羅本，別鬧！」宋楚頤蹙眉警告。

「這不是球星的名字嗎？」晏長晴扯動嘴角。

「嗯，之前養他的主人是羅本的球迷。」宋楚頤陰鷙的盯著羅本，羅本搖搖尾巴，又老老實實把鞋放回晏長晴身邊。

「好聽話喔！」晏長晴掃了一眼宋楚頤冷冰冰的臉，看來狗狗是長期生活在他恐懼威嚴之下，真是隻可憐的狗狗。

晏長晴摸摸羅本腦袋，四下望望，色調很冷的房子，她不是很喜歡。

「那是妳房間。」宋楚頤指指右邊。

晏長晴湊過去，表情再次驚喜，和外面的客廳不同，房間裡的被單和小沙發都是粉嫩粉嫩的，尤其是大床上還放了隻大號的白色毛絨北極熊。

「哇，好可愛！」晏長晴一把抱起北極熊，看的出來都是新的：「你什麼時候買的？」

大眼珠過分的撲亮，宋楚頤移開目光：「昨天晚上。」

那就是昨天送她回家之後去買的。晏長晴有一陣小小的感動，長這麼大，除了老爸之外，沒哪個男人替她準備過這些，而且眼光還很不錯。

「你怎麼知道我喜歡什麼樣的？」

「睡過妳房間，妳喜歡什麼都一目瞭然。」宋楚頤淡淡的雙手插口袋。

「謝謝。」晏長晴眉開眼笑，他瞭解是一回事，但做又是另一回事：「我很喜歡這裡。」

帶電的桃花眼乾淨的不行，曼妙的聲音甜滋滋，宋楚頤握拳低咳的轉開臉：「還有什麼需要的？」

「沒有了，都挺好的。」晏長晴說完後就看到了衣櫃，不大好意思：「就是衣櫃小了點。」

「旁邊還有一間房，留著妳放衣服鞋子吧，牙刷、毛巾都放浴室，日常用品我是買的，還缺什麼自己去買，我還要上班，中飯看是叫外賣還是妳自己做。」

「沒關係，你去忙吧，我自己可以解決的。」晏長晴不停的點頭說。

宋楚頤出門時，羅本還在晏長晴身邊繞來繞去，不像往常一樣跟著他到門口，果然是一隻公狗，他暗自搖頭。

十一點，晏長晴把東西收拾好，又牽著羅本開車去街上。家裡顏色太淡了，她決定要多買點裝飾品和盆栽。

奧迪窗戶打開著，羅本漂亮可愛的小腦袋探出窗，不少路過的車主都朝羅本投來喜愛的目光，晏長晴莫名驕傲和得意，腰也挺得直直的，以前她特別羨慕別人牽著漂亮的狗狗，沒想到老天也扔了隻這麼拉風的狗狗給她。她突然覺得嫁給宋楚頤值了。

車子停在一個花卉市場，羅本開開心心地跟在晏長晴後面，市場老闆還誇了羅本幾句，晏長晴笑的嘴角都快咧到耳朵上了。市場很大，她從這邊走到那邊，凡是看中的她一律買了，最後到鮮花區時，看到不少罕見的品種眼花撩亂，老闆一一給她介紹，都是國外進口的鮮花。

晏長晴拿了一個花瓶親自挑花，挑完後，回過神來發現之前用狗繩拴在一邊的羅本突然不見了。這猶如一個晴天霹靂，晏長晴懵了懵，花也不要了，四處找羅本，老闆也幫著找，可找了很久，狗毛都沒見著一根。

晏長晴額頭冒出了許多又冷又熱的汗水，臉色也白白的，天塌了，似乎也不過如此。她以前幹過不少事，國中考試零分、不小心摔了晏磊花了十多萬買的煙斗、開晏長芯的車撞壞了院子的圍牆……

可那些都是血濃於水的親人，罵罵打打就算了，但宋楚頤不同，是他們晏家有求於宋家，是自己還不熟的老公……自己在他心裡，恐怕連羅本一根毛都比不上的。

完了、完了，她肯定是這個世界上，因為狗被掃出門離婚的第一個女人。還有可愛的羅本，說不定會被無良的狗販子給殺了賣餐館去，現在的狗販子為了賺錢是埋地裡的狗都能挖出來賣。

「哎喲，美女，別哭啊。」老闆安慰：「拿狗的照片列印了到處貼貼，看能不能找到。」

「老闆，你不懂，這不是我的狗。」晏長晴惶惶的說：「是我老公的狗。」

「難道丟了狗，妳老公還把妳吃了不成。」老闆說。

晏長晴顫抖：「你不懂，我老公是要狗不要人的。」

老闆：「……」

晏長晴急的手足無措，完了、完了，她下午兩點半還要出席一場品牌活動，不過去的話要付一大筆違約金，她認命了，只能打給宋楚頤。

一點多，宋楚頤剛看完診，坐在員工餐廳裡吃中飯，他琢磨著上午看的幾個特殊病例時，手機突然響了。

電話接通後，晏長晴弱弱的聲音傳過來：「宋楚頤，我跟你說件事，你要冷靜點，十一點鐘的時候我帶羅本出來買盆栽，本來我不想帶牠的，可是出門的時候羅本一直黏著我，我關上門他就在屋裡鬧，我……我實在不忍心就帶了牠出來，誰知道買盆栽的時候牠突然不見了，我有把牠拴在一邊的……」

宋楚頤騰地站起，面如寒霜：「誰讓妳帶牠出來的，妳在哪？」

晏長晴說了位置。

宋楚頤真恨不得把她皮給剝了：「在那給我等著，我馬上過來。」

「宋醫生，你要去哪裡？」旁邊的嚴醫生問。

「我的狗走失了。」宋楚頤連飯都沒吃，邊往停車場走邊打電話找辛醫生跟他換班，辛醫生今天是晚班，自然樂得願意跟他換。

去的路上，宋楚頤火冒三丈。這個晏長晴，真是行啊，搬過去才幾個小時就闖這麼大簍子，他真是後悔，找了這樣的結婚對象，今天丟狗，明天會不會門忘了關就出門了。

到花卉市場時，宋楚頤氣息森森的大步過去，看到晏長晴時，容顏濺出凜冽的寒光，正要教訓，晏長晴淚眼汪汪的先哽咽開口：「你……要罵就罵吧。打也行……我不是……故意的……只要能找到羅本，給你……做牛做馬都行……」她抽噎著，桃花眼裡緒滿了亮晶晶、水汪汪的淚水，鼻子、臉頰都哭的紅通通的，這模樣千嬌百媚的，像雨水打落在牡丹花上，嬌滴滴的。

宋楚頤一路上想要罵的話突然罵不出口。

晏長晴吸吸鼻子，背過身去伸手用力抹去紅腫眼睛上的眼淚。瞧瞧這模樣，委屈的任何男人都會心疼。

連旁邊花卉市場的老闆都實在不忍說：「這位先生，你可千萬別怪你老婆了，她是急，狗沒了，到處跑著找，又怕你為了狗不要她，嚇得一直在哭……」老闆露出一副你要是為了狗罵你老婆，就實在不是個男人的表情。

宋楚頤頭疼的壓壓眉心，把自己隨身攜帶的手帕遞過去：「好啦，擦擦，別哭了，羅本原本就頑皮，我之前應該叮囑妳的，現在狗走丟才兩個小時，還是有機會找到。」

「真的？」晏長晴接過手帕，眼睛撲閃撲閃的咬唇。

宋楚頤深吸口氣點頭。

晏長晴又可憐巴巴的說：「我兩點半要去參加一個品牌活動，可不可以……你先找狗，我晚點再過來找？」

宋楚頤僵住，輪廓每一根線條頓時噴薄出惱怒：「妳信不信我捏死妳？」

晏長晴腿腳一軟，趕緊抓住他衣擺慘兮兮的說：「如果我不去的話要違約十多萬，我賠不起啊。」

「行啦、行啦，妳給我走，反正留下來也派不上什麼用場。」宋楚頤算是明白了，這個女人就是成事不足敗事有餘。

「那你別生我氣，如果狗找到了馬上打電話給我好嗎？」晏長晴捏著他衣角搖啊搖，不自覺把對付晏磊那一套給拿了出來。

宋楚頤呼吸一頓，眼神如一把鋒利的刀朝她劈過去，晏長晴嚇得再也待不住，拔腿就溜。

「長晴、長晴？」活動會場上，左騫輕喚了好幾聲，晏長晴才猛地回過神。「妳怎麼了，心不在焉的？」左騫關切的注視著她。

晏長晴無精打采的撇嘴：「我把我新認的乾兒子弄丟了。」

左騫一怔：「妳什麼時候認乾兒子了，這事可不小，報警了沒有，我跟警局局長關係不錯，要不要……」

晏長晴嘟唇，沮喪：「乾兒子是一隻狗，今天上午帶牠逛街，牠趁我不注意走丟了。」

左騫抿了口香檳，尷尬無語，難不成讓他拜託局長滿城去找一條狗？

「我接個電話。」手機突然響了，晏長晴拿著去了一邊接：「宋楚頤，是找到羅本了嗎？」

「嗯。」宋楚頤也挺莫名其妙，自己幹嘛真打這個電話給她。

「你好厲害，怎麼這麼快就找到了！」晏長晴高興的連害怕都忘了，她中午可找了兩個小時，現在也才四點鐘。

「拜託朋友找的。」

「那羅本……」沒受傷吧？話還沒說完，晏長晴聽到「嘟嘟」的掛斷聲。

「真是沒禮貌！」晏長晴惡狠狠的嘟囔兩句，不過也總算安心了。

第四章　同居生活

晚上九點，晏長晴在外面應酬完便風風火火的趕回觀湖公館，屋裡燈亮著，羅本熟悉的身影「嗷嗷」的蹭進她懷裡。

「你這個小壞蛋，害我擔心的要死。」晏長晴沒好氣的揪起牠兩隻垂著的耳朵，眼睛心虛的往屋裡四處望，似乎沒人。她三間房間找了找，宋楚頤不在。

一個人晚上在一間陌生的房子住，晏長晴還是有點害怕的，她膽子小，以前在別墅晏磊出差至少都還有張阿姨在的。

晏長晴突然想家了。她眼睛微澀，不知道宋楚頤什麼時候回來，想打電話給他又不敢打。

洗完澡出來一看手機，竟然發現有宋楚頤的來電，她立即撥過去：「我剛才在洗澡。」

「嗯，晚上記得把門反鎖，我今晚值班，不回家睡。」宋楚頤靠在醫院走廊上，想起剛才晏磊還特意打電話告知他這個女兒以前單獨在家害怕的睡不著覺。

「怎麼不早說啊！」晏長晴不樂意了，嘟噥：「早知道我回晏家睡……」

宋楚頤語氣壓冷：「要不是妳把羅本弄丟了，我白天跟人換班找狗，我用得著在這值班嗎？」

晏長晴頓時心虛了，還升起一股小小的愧疚。

「怕的話讓羅本留妳房裡。」宋楚頤淡聲提醒。

「我才不怕呢，你不在更好。」晏長晴輕哼，聲音嬌嬌的。

宋楚頤心裡莫名泛起絲奇異。

算了，兩人確實不熟悉，興許他今夜不在她可能還自在點。

放下手機，值晚班的護士劉真找她：「宋醫生，郭主任找你。」

宋楚頤轉身往主任辦公室走，到那時，嚴醫生也在。

「楚頤，下午你不在，我和院長、嚴醫生他們商量了ＶＩＰ二號病人的病情，打算由你和嚴醫生一起負責。」郭主任為難道：「首先這個病人的家屬是上緯集團的傅愈，二來這起手術的難度極高，你的刀法是全院內最好的，由你主刀我放心些。」宋楚頤蹙眉，傅愈他見過，真是不想接這起手術。

「這也沒辦法，傅愈畢竟不是一般人。」郭主任解釋：「當然，我知道醫院還是你們宋家的，不過作為醫生我們都還是應該把病人安危放在第一位。」

「好，我知道了。」宋楚頤無奈的應著。

值完晚班，宋楚頤拖著疲倦的身子返回公寓，客廳的燈亮著，晏長晴睡的房間門敞開著。

他走過去，屋內飄出一股女性香味，站在床邊的羅本朝他搖尾巴，然後咬著被子一角往地上拖，床上柔軟玲瓏的身體突然露出來，女人側著身子，只穿了件白色的吊帶睡衣，睡衣的裙擺全部睡的捲在腰上。

宋楚頤輕輕的吸了口氣，用眼神瞪了羅本一眼，牠委屈的「嗷」了一聲，放開被子，跑到一邊趴下。

宋楚頤放輕腳步過去撿起掉在地上的被子正要為她蓋上，晏長晴忽然睜開迷糊的桃花眼，瞳孔停頓了幾秒，像是想起什麼來，她神情僵硬的低頭看向自己身子……

「啊……你你你！」晏長晴尖叫著滿臉赤紅的迅速扯緊被子蓋住自己，她裹得像隻北極熊，眼睛羞憤的死命瞪著他：「你……個臭流氓、老色狼！」她真是快羞死了，自己那個鬼樣子竟然全被他看到了。

宋楚頤英俊的眉峰抖了抖，竟然叫他老色狼，他很老嗎？這死丫頭。

男人面沉如水，想想還是不能告訴她是羅本幹的好事：「我剛回來，看妳被子都踢掉了，想幫妳蓋上。」

晏長晴一愣，自己好像確實有踢被子的習慣，可惡。越想越丟臉，臉往被子裡藏，露出的小耳朵紅彤彤的，整個人像隻小烏龜一樣。

宋楚頤瞳孔顏色變深，忍不住道：「再說，妳用不著這麼緊張吧，我不是都幫妳做過檢查了嗎？」

晏長晴小腦袋「蹭」的被點沸了。

再次遇到宋楚頤，她最惱的就是怕他提那件事，面部和心臟過分的被血液充斥，彷彿外面的空氣過分灼燙，她這次連頭都縮進了被子裡，藏的緊緊的，只有悶悶的聲音從被窩裡傳出來：「宋楚頤，你這個大壞蛋，我不理你了。」

宋楚頤看著那蜷縮一坨，眼底沁出啼笑皆非的笑意：「好啦，別待被子裡悶壞了，我只是回來換件衣服，等一下還要去上班。」他起身帶上門走了出去。

晏長晴鑽出來，看著緊閉的房門，臉部燙的要命。她在床上又趴了半小時才慢吞吞的走出房，餐桌上放著熱騰騰的玉米、豆漿、雞蛋。這早餐是她的嗎？晏長晴不大確定。

這時，宋楚頤從主臥裡走出來，他換了件淺灰色的襯衫，微潮的瀏海全弄了上去，整張臉清冽又乾淨的不可思議，只是眼睛裡的疲累顯而易見。

晏長晴臉又不爭氣的熱了熱，眸子掃了他一眼又飛快的別開。羞羞的模樣也讓宋楚頤詫異自己先前竟然也會說出那樣的話來，除了讀書那一會兒，後來性子穩重後很少再這樣去調戲女人了。

「桌上早餐給妳的，我去上班了。」宋楚頤交代了句往門口走。

晏長晴一愣，難以置信的問道：「昨天上了夜班，白天都不用休息的嗎？」

「沒辦法，我這幾天都是負責白班，只是昨天晚上臨時跟人調換，如果今天白天休息，晚上又得上晚班了。」宋楚頤邊說邊換鞋子。

等他離開後，晏長晴才噓了口氣，若是讓自己接連上二十四個小時的班，她肯定會吃不消的。

上午，晏長晴也趕著要去電視臺開會，早餐還是拿到車上吃的，玉米和豆漿的味道都不錯，宋楚頤會買早餐給她，她是萬萬沒想到的，現在感覺這個老公還不錯。

路上，接到一個陌生來電。「你好，哪位？」

「長晴，是我，沈阿姨，還記得嗎？」慈和的聲音從那端傳來，晏長晴整個心情都複雜了，她沒想到竟然是傅愈的媽媽沈璐。

七歲的時候，晏長晴媽媽就去世了，她和姐姐住在揚州那會兒，沈璐簡直把她當親生女兒一樣疼。晏長晴喜歡去沈家，因為沈璐溫暖的像她媽媽一樣，什麼好吃的、好穿的，都會給她，甚至她第一次來生理期，不敢跟奶奶和姐姐說，還是沈璐心細發現，上次傅愈說沈璐住院了，晏長晴是想去看看，只不過沒想到沈璐先聯繫上了她。

沈璐笑著說：「昨天愈兒跟我說，他前兩天碰到妳了，長晴，阿姨好像很久沒見到妳了。」

「是啊。」晏長晴心裡溫暖：「阿姨，聽說您身體不大好，您住哪家醫院，我下班後來看您。」

「不會耽誤妳嗎？」沈璐沒拒絕，倒是很高興。

「阿姨，您不要這麼說，這是我應該的，而且我也挺想您的。」這倒是真話，不是客套話。

「好好，阿姨在柏瀚醫院。」沈璐很是欣慰的說。

晏長晴汗顏，這麼巧……不過柏瀚醫院是全城最頂級的權威醫院，大部分的人都會選擇那。晏長晴回道：「我姐現在也在柏瀚醫院上班。」

「是嗎？」沈璐高興：「我也好久沒見到長芯了，能把她電話告訴我嗎？」

「好。」之後晏長晴又給姐姐打了個電話，晏長芯說她午休的時候去看看沈璐。

上午十點，電視臺在會議室召開大會，各大節目臺的編輯、主編、主任、主持人都會出席。

臺長還沒來之前，眾人便在議論這次會議的主要內容，晏長晴其實心裡也猜到些許，年初就聽臺裡謠傳，臺裡打算和某家傳媒公司合作出品一部電視劇，據說裡面幾個重要的角色都會在臺裡選，這是提高知名度的好機會。她豎起耳朵仔細聽，從大家嘴裡聽到幾個名字，都是形象不錯的主持人。

「要我說，妳的姿色和年齡完全適合這部電視劇。」鄭妍湊在她耳邊小聲說晏長晴正要回答，馮臺長突然進來了。

會議室裡瞬間鴉雀無聲，馮臺長坐下後果然直接說起了這件事：「這次和我們合作的公司是上緯集團，上緯已經定下了由他們臺裡剛簽約的管櫻和當紅小生柯永源、于凱出演，剩下的配角我們臺可以出四個人，當然，現在最主要的還是女二，女二的戲份很出眾，性格角色也很討喜，我昨天私下裡和各部門的主編、導演商量過，大家一致認為這個角色池以凝比較合適。」

「果然……」鄭妍諷刺的輕嗤，在晏長晴耳邊說：「馮臺心裡就那意思，部門哪敢得罪他。」

晏長晴沒仔細聽鄭妍的話，她滿腦子都是管櫻、上緯。看來傅愈真的很疼她啊，管櫻畢業後打拚了幾年都是女三、四的戲份，這樣也好，管櫻一直想紅，但願這次能如她的願。

「馮臺，池以凝真的合適嗎？」左騫突然開口，眾人都看向他，池以凝的臉色微微變了變。

左騫淡淡道：「首先，我承認池以凝外形確實不錯，可前幾次臺裡大型晚會，她的表現在網路上都有不少負面評論，我認為這個角色長晴比較合適，她漂亮是圈內公認的，再者她在外界建立的形象不錯，還有最重要的一點，她和江朵瑤、阮恙她們都畢業於北城電影學院，表演的功底沒話說。」他一開口，不少人都默默的點了下頭，只是沒敢開口。

馮臺長畢竟是隻老狐狸，心裡不悅，臉上卻露出惋惜的神色：「左騫，我明白你和長晴感情好，說實話，女二的角色我當時第一時間想到的就是長晴，可後來我看過劇本，曹總編輯、總導演他們都一致認為長晴長相過於豔麗，而這部電視劇是小清新的，我怕弄不好給長晴帶來負面評論。」

「是啊，要不讓晏長晴出演女四不錯，只可惜女三也讓上緯訂了。」曹總編輯笑著提意見。

左騫氣結，晏長晴比池以凝資歷高多了，這時候再讓她去當女四還不被外面笑死去。

「不用了，其實我並不是很喜歡演電視劇，謝謝曹總編輯您的一番好意。」晏長晴很清楚再爭執下去也不會有結果，立即給左騫使了個眼色，然後溫聲拒絕。

池以凝立即露出似笑非笑的笑容：「左老師，看吧，你好心想幫她爭取角色，結果人家根本就不稀罕。」

左騫蘊著薄怒的寒光朝池以凝掃過去，晏長晴懊惱的皺眉。

會議室裡鴉雀無聲，馮臺長畢竟不願得罪左騫，冷臉警告池以凝示意她閉嘴，之後轉移話題讓大家推薦女三的人選。

會議直到中午才結束，出來時，有人歡喜有人愁。

晏長晴收拾筆記本準備走，池以凝掛著得意的笑走到她面前：「長晴姐，妳幹嘛要推了女四呢，其實女四也挺好的，要是妳來，我們就可以同一個劇組了，我們都是為臺裡工作，在片場的時候我肯定會多多照顧妳。」

晏長晴壓制著怒氣，笑咪咪道：「謝謝妳這番心意，不過我奉勸妳還是趁這段時間，多練練自己的演技吧，管櫻、柯永源他們都是電影學院畢業的，妳到時候千萬不要拖劇組後腿，給我們電視臺丟臉啊，唉，我真的是很擔心呢，畢竟妳的水準平時只是在臺裡錄個綜藝節目，網友們都到處在刷妳做作呢。」

鄭妍「噗哧」一笑，點頭附和：「是啊，我也滿擔心的。」

「妳們……」池以凝氣得臉色通紅，晏長晴和鄭妍等人卻看也不看的離開了。

左騫在門口等著她，儒雅的眉目深鎖：「長晴，其實臺裡的人都看好妳，只是馮臺在上面施壓。」

「我知道啊。」晏長晴無奈的聳聳肩：「沒事啦，我還是專心做主持，拍電視的事以後再說吧。」

左騫見她好像確實沒有想拍電視的打算，也就沒再說了。

傍晚，晏長晴買了水果和花提著去醫院，左顧右盼的找到病房，進去，看到躺病床上的沈璐時她怔住，眼睛像進了沙子一樣，淚光濕潤。

曾經的沈璐是真正的美人胚子，舉手投足溫靜得體，可現在面頰消瘦，臉色蒼白，一頭烏黑的長髮也因為手術剃的乾乾淨淨。

「長晴，這麼大了。」沈璐溫靜淺笑的朝她招手：「妳現在漂亮的阿姨都快不認識妳了。」

「阿姨，您怎麼……會病了。」晏長晴抹著淚握住沈璐一隻手：「是不是美國的伙食不好？」

「是啊，說不定當初留在揚州身體還會好好的。」沈璐惆悵的開了玩笑：「時間過得還真快呢，當初妳還是個小不點，是我們兩家的小寶貝。」

晏長晴臉紅：「對了，您病的這麼重，叔叔怎麼沒來？」

「我們……離婚好多年了。」沈璐眸色黯然，晏長晴呆了呆。

「咚咚」，病房門突然響了兩下，門就推開了。走進來的男人一身昂貴的手工黑色西裝，氣宇軒昂的身形氣場十足，只是看到屋裡的人後，漆黑的瞳孔掠過抹柔和。

晏長晴緊張的站起來，不久前還想著要澈底忘掉傅愈，沒想到幾個小時後又遇著他了。

沈璐看看她，又看看兒子，眼底湧出笑意：「平時很少見你這個時間點來，不會是因為晏長晴要來看我吧？」

傅愈望著她微笑的頷首：「是啊，長晴來多久了？」

「沒多久。」晏長晴拚命按捺住自己的心，不要因為他的答案而亂跳或者有所期待：「阿姨，您什麼時候動手術？」

「明天。」沈璐嘆氣：「還不知道手術能不能成功。」

「阿姨，您這麼好，老天爺一定會保佑您長命百歲的。」晏長晴眼眶一熱：「我不許您有事。」

「希望吧。」沈璐拍拍她手背：「只要長晴答應明天手術後來看我，想著醒來能看到妳，說不定就能咬著牙撐過來了。」

「別說來看您，住這都行。」晏長晴紅著眼睛回答。

「要是我能有妳這樣一個女兒就好了。」沈璐感慨的望了一眼兒子。

傅愈沉默的取出一個蘋果開始削皮，沈璐和晏長晴又聊起了一些從前的事情。

一直到看護給沈璐送來晚飯，沈璐這才對傅愈說：「時間不早了，你陪長晴去外面吃飯吧，記得以前這丫頭一到飯點就叫餓。」

「不用了，我回家去吃就行了。」晏長晴趕緊搖頭：「而且我也不餓。」

傅愈彷彿沒聽見她說話，只站起來，說道：「走吧，這附近好像就有家不錯的餐館。」

「去吧去吧。」沈璐笑咪咪的不停揮手。

晏長晴不忍拂沈璐的意。她和傅愈走出病房，迎面就看到走廊上浩浩蕩蕩的走過來四位白大褂醫生，宋楚頤手抄口袋走在最前面，脖子上掛著聽診器，透著一股讓人望而生畏的清貴。

晏長晴腿腳一軟，她選這個時間來就是以為宋楚頤下班了，誰知道還是碰到了，更糟的是碰到她跟傅愈在一起，想躲已經是來不及，宋楚頤看到了她，眉峰瞬間皺緊。

傅愈沒注意，以為是宋楚頤不想看到他，不過他也並不擔心宋楚頤會愚蠢到公報私仇，除非不想要自己的前程了。

「傅先生，這是要走嗎？」宋楚頤視線掃過下巴快垂到鎖骨上的女人，冷漠的詢問。

「是啊，出去吃個飯。」傅愈也漠然的啟口：「你們這是要給我媽做檢查嗎？」

「明天早上要動手術了，以防萬一，我們打算給沈太太做個詳細檢查。」宋楚頤不疾不徐的說：「我建議傅先生您這頓飯還是晚點再吃，待一會兒我們還需要跟你聊聊手術、簽字等相關的事宜。」

傅愈蹙眉，晏長晴忙逮著機會說：「阿姨的事情比較重要，我就先回去了。」她說完也不等傅愈答應趕緊溜，好像後面有隻猛虎在追她一樣，溜得飛快，傅愈有點沒好氣，卻也無可奈何的只能折身和宋楚頤他們一道返回去。

「哎，你怎麼又回來了，晏長晴呢？」沈璐抬頭。

「先回去了，等您手術後我再約她吃飯吧。」傅愈解釋。

沈璐看到這群醫生大概也猜得到原由，任由他們做了檢查後，嚴醫生留下來叮囑她一些手術前要注意的事情，宋楚頤則讓傅愈和他回辦公室。

合約列印出來，傅愈簽了字後，湛黑的眸閃出森森的警告：「其實字面上的這些東西對我來說沒什麼意義，一旦手術失敗了，需要承擔的後果我只會按照我自己的手段來。」

宋楚頤仔細收好檔後才抬起眼皮：「傅先生好手段啊，母親生重病還能女人左一個、右一個。」

傅愈盯著他臉上的神情，勾勾優雅的唇，語調傲慢：「宋醫生，男人在感情上輸了就是輸了，管櫻那樣有野心的女人不是你能hold住的，也許若干年後，你該感謝我，若不是我幫你解脫了，說不定等你們結婚後再給你戴綠帽子，你丟的臉會更大。」

聞言，宋楚頤緩緩站起身來，清雅的臉陰沉的能滴出水。

「好好準備明天的手術吧，成功了錢是夠你花的。」傅愈嗓音淡淡的轉過身去，舉步離開。

他一走，宋楚頤脫掉身上白大褂冷冷的甩到椅子上。

晏長晴心虛。

將近七點，宋楚頤才從醫院下班，天已經全黑了，到家時，四處都是明亮的，廚房裡傳來細碎的動靜。

他大步過去，橘黃的燈下，晏長晴在流理臺邊弄電子鍋蓋，回頭看到他時，桃花眼裡心虛的閃爍了好幾下：「那個……我是想給你做晚飯的，可電子鍋弄了好久也沒蓋上。」

宋楚頤胸口憋悶的過去把電子鍋用力合上，「咯噔」的聲響弄得晏長晴忐忑不安，忙小聲解釋：「你千萬別誤會，傅愈和沈阿姨是我們以前住在揚州的鄰居，沈阿姨小時候對我很好，我得知她生病了才會去探望她，我姐姐中午也去了，不信你可以打電話問我姐問我爸都行。」

小丫頭彷彿很擔心，一雙桃花眼濕漉漉又討好的望著他，她身上的淺白色家居服襯得她皮膚水嫩嫩的，脖頸纖細優美，緊張的抓著他衣袖邊的小手修長勻稱，嘴巴上唇抿進下唇裡，甜美又嬌憨。

這是一個太會撒嬌的女人。

宋楚頤不得不承認自己回來的路上非常惱火，也很後悔不該跟她結婚的，他腦海裡有無數個想法，晏長晴私底下可能也像管櫻一樣，為了紅情願潛規則，但他沒想到回來會看到她這麼緊張的模樣，還跑去做飯。他是聽晏磊說過她根本不會做飯，是想討好自己嗎？

他的臉色好了一下下後又開始陰沉不定：「我剛回來好像什麼都沒有說，可以理解為妳心虛嗎？」

「我才沒有！」晏長晴瞪大眼睛哼了哼：「我是怕你誤會好心先解釋，反正我是坦坦蕩蕩的。」

她下意識的將胸挺了挺。

宋楚頤低頭，她家居服是拉鍊的，領口不經意敞的太開。他眸色深了深，伸出手幫她把拉鍊拉上去一點。

晏長晴臉上騰出發燙的羞意，正要罵他，宋楚頤已經先開口：「難道我幫妳拉上去也有錯嗎？」

晏長晴面紅耳赤的甩了他一副「不想跟你說話」的表情，懊惱的離開了廚房。

宋楚頤忽然不生氣了，還想逗逗她：「哎，妳不是要做飯嗎？」

「不做了，哼。」你惹惱我了。晏長晴氣呼呼的去客廳裡看電視。

宋楚頤好笑的搖搖頭，他其實挺累了，回來能吃到香噴噴的飯菜固然最好，吃不到只能自己動手了。只是平時在家吃的並不多，打開冰箱裡面菜少的可憐，最後弄了一個紫菜雞蛋湯、黃瓜炒火腿。

晏長晴看到的時候，櫻粉色的小唇嘟的高高的，不高興：「我來這第一頓飯就吃的這麼寒酸，都沒肉……」以前在家裡張阿姨的手藝頓頓都弄得豐富多彩，落差太大，一時之間接受起來好委屈。

宋楚頤不怪她，自己都覺得伙食差：「這幾天太忙，一直沒時間買菜，今天將就下，明天我再去買點妳喜歡吃的菜行嗎？」

晏長晴猛地想起他上了一天一夜的班，回來他做飯菜自己抱怨確實不好，她頓時感到過意不去，不過他能這樣低聲哄自己，她心裡聽著還是蠻舒服的，有種自己還是在被寵著的感覺：「好啦，那今天這頓我就將就下吧。」她傲嬌的望了他一眼後起身去盛飯。

可能她餓了，也可能是他廚藝不錯，晏長晴覺得那個紫菜雞蛋湯還不錯。

「不喜歡吃黃瓜？」宋楚頤看她一塊都沒夾。

「嗯。」她低著腦袋瓜子喝湯。

「那妳喜歡吃什麼？」

晏長晴想了想，不客氣的說：「蜜汁叉燒排骨、牙籤牛肉、玉米烙、水煮魚片。」

宋楚頤點了點頭。

晏長晴驚喜：「你都會做嗎？」

「都不會。」他搖頭。

晏長晴無語，不會點什麼頭。

吃了小半碗飯後，晏長晴緊張問：「明天沈阿姨的手術是你主刀嗎？」

「嗯。」

「那你有幾分把握？」晏長晴明亮的大眼睛裝滿希翼的望著他。

宋楚頤吃了口飯，說：「五成吧。」

「這麼少……」晏長晴沮喪：「你能不能盡盡力，沈阿姨真的是個好人。」

宋楚頤眸光一正：「長晴，每一個病人我都會盡全力，不管她是什麼身分，什麼病情。」

晏長晴一怔，對他還真有了刮目相看的想法，她咬著筷子，問：「你為什麼會想去學醫啊，難道你不覺得……醫術有時候其實挺噁心嗎？尤其是動手術的時候多恐怖。」

「所以因為噁心，有人生了重病，手術就不應該做了？」宋楚頤眉心輕微擰了擰，但並沒有生氣。

晏長晴被堵得啞口無言，她突然特別佩服自己姐姐，當初報考大學那一會兒晏磊見大女兒報了醫學院，也勸著讓她考，她覺得學醫太恐怖，死活不肯，後來正好有回在街上被一家雜誌社相中讓她拍套寫真照片，那期登上去後晏長晴就對娛樂圈裡產生了興趣，於是也誤打誤撞的進了這個圈子，其實相對而言，她對自己的人生沒什麼規劃。

「我不是這個意思。」良久，晏長晴複雜的開口：「可能每個人有每個人喜歡的工作吧。」

「做這份事業無關喜好。」宋楚頤淡淡的夾了口菜，睫毛幽長。

晏長晴愣住：「你不喜歡，那幹嘛要去學醫？」

宋楚頤吃了根黃花，咀嚼完吞下去才回答了她這個問題：「我十二歲的時候爺爺診斷得了腦瘤，惡性的，第一次手術的時候還算好，勉強成功了，可沒兩年又復發了，加上他本身又有高血壓、糖尿病，第二次手術後不久他幾度病危，那些日子我時常看著他做著各種治療，很痛苦，好幾次他說讓我們別救他了，他撐不住了，後來沒多久他就去世了，我當時很憤怒，認為我爺爺的離世是因為醫生沒用，我總是想如果我的醫術比這些醫生都高明，我爺爺肯定就不會去世了，後來我一直想證明這個原因，高中後就去學醫了。」他說話時一貫清冷的眼神帶著淡淡懷念的輕愁。

晏長晴久久說不出話，他爺爺去世的時候一定很傷心吧。她突然也有點懊悔，可能自己剛才不該冒冒失失說那些話的。

「其實我媽也是得病去世的，不過那時候我太小，什麼都不懂，等我有意識的時候似乎就沒媽了。」晏長晴惆悵的說：「但我姐比我大，她痛恨病魔奪走我媽的生命，所以也才會選擇學醫。」

「每個人學醫的目標都不同。」宋楚頤輕聲嘆息：「有些人是覺得醫生薪水高、待遇好，也有些人是真的為醫生這個職業驕傲。」

「那你呢，你也是為這個職業驕傲？」晏長晴仰頭，正好看到他弧度完美的下巴。

宋楚頤扯扯唇：「一開始只是想證明那些醫生沒用，結果輪到自己時才發現有些病人真的束手無策，畢竟不是上帝，我第一個病人在我的手裡去世時，我一度想放棄，直到後來我在門診看到很多病人吃了我開的處方痊癒時，心裡才有了做了醫生的滿足感。醫生嗎，看到在你手術刀下病人一個個康復的模樣那種滿足感才是我堅持這行的原因。也許妳姐姐也是如此，如果真的只是痛恨病魔奪走妳母親的生命，她不可能會堅持這麼久，因為這行太累、太苦。」他說完起身去盛飯，晏長晴看著他挺拔的背影，突然覺得有那麼一點點的帥，一點點的偉大。

這個人並不想表面上看到的那麼光鮮，他也有著像平凡人一樣的苦惱，但是在醫學方面他的醫德卻是讓她所敬佩的。拿他和自己一比，晏長晴突然都開始質疑自己的職業，質疑自己的人生了。

他盛好飯重新回到餐桌上，又轉回了沈璐的話題上：「妳關心沈璐沒關係，但以後不要跟傅愈走的太近，更不要跟他出去吃飯。」

晏長晴噘嘴：「不是說不干涉彼此生活嗎？」

「如果是別人我不干涉，但傅愈不行。」宋楚頤板起俊臉：「這次就算了，下次再讓我看到妳跟他單獨一起，別怪我不客氣。」

晏長晴有點生氣，雖然她現在敬佩他，但她最討厭被人威脅：「你說你要怎麼個不客氣法。」

「妳真的想試試嗎？」宋楚頤睇眸，寒光迸出。

晏長晴不爭氣的畏縮了，唇嘟了嘟，用鼻子哼了哼，繼續吃飯。

宋楚頤心裡很滿意，他就喜歡這種紙老虎的女人。

第二天晏長晴起來，宋楚頤已經去上班了，餐廳裡有一個中年女人正在倒牛奶，羅本兩腿搭在桌上，一臉嘴饞。

晏長晴揉揉眼睛：「妳是？」

「我是宋先生請的家事服務工，姓王。」中年女人笑說：「早餐弄好了，太太洗漱好就能吃了。」

第一次有人叫自己「太太」，晏長晴心裡彆扭，不大好意思，不過看到餐桌上豐盛的西式早點後心情頓時大好：「妳手藝真不錯。」

王阿姨笑了笑：「宋先生昨晚打電話去家事服務公司找我們老闆，說首先第一點就是要會做飯菜，尤其是要會做什麼牙籤牛肉、蜜汁排骨之類的。」

晏長晴心噗通一跳。難道他昨天問了那麼多是為了找服務工？她真的沒想到他會對自己這麼好。

王阿姨笑咪咪的看著她，晏長晴臉忽然紅了紅，背過身鑽進浴室裡，鏡子裡因為昨夜太生氣沒睡好黑眼圈微微嚴重，晏長晴突然覺得自己挺小心眼的。

到電視臺，晏長晴接到宋楚頤打來的電話：「早餐好吃嗎？」

「挺好吃的。」晏長晴笑的甜絲絲的：「王阿姨做的法式吐司上面放了好多蜂蜜，特別好吃。」

「小饞嘴。好了，我要手術了，再見。」

晏長晴納悶的望著手機，難道他特意來電話就是要問自己早餐好不好吃？

「看什麼呢，笑的這麼蕩漾。」助手文桐曖昧的撞她肩膀：「妳不會瞞著我找男朋友了吧？」

「才沒有呢。」晏長晴摸摸自己臉，她剛才笑了嗎？

下午晏長晴忙完電視臺的事情就趕往醫院，沈璐手術已經成功的完成了，不過還沒醒。

晏長晴過去的時候只有傅愈一個人守在病床邊，她猶豫了下要不要進去，傅愈已經看到了她：「長晴，到了怎麼不進來？」

「我也剛到。」晏長晴只得進去了：「阿姨什麼時候醒？」

「可能還要一個小時。」傅愈捏了捏眉心。

晏長晴注意到他模樣疲累，嘴邊上新長出來的鬍子也沒刮，她想起曾經的傅愈眉目舒朗、乾淨斯文，頓時有些心疼：「你昨晚一直在這？」

「是啊，媽她一直頭疼。」傅愈聲音微澀。

晏長晴關切的安慰：「手術後了一切都會好的，對了，叔叔和阿姨真的離婚了嗎，他們以前感情不是挺好嗎？」

「那只是妳看到的，我讀高中的時候他們關係就不太好了，都是為了我才沒有離婚。」傅愈冷漠又自嘲的扯了扯唇：「搬離揚州後沒多久我爸就在香港再婚了。」

晏長晴愣住。

傅愈看著她眼睛深處溢出來的心疼感，這些年孤寂的心突然好受了許多，不管過去多少年這個傻丫頭都一直關心自己：「對了，我們公司最近和你們電視臺投拍一部電視劇，女二在你們臺裡挑選，應該是妳吧？」

「不是啊，是池以凝。」晏長晴還在為他和沈璐難受，無精打采的搖頭。

傅愈皺眉：「怎麼是她，據我所知，以妳的年齡、外形、資歷應該是你們臺裡的不二人選才是。」

晏長晴尷尬的低頭，傅愈到底精明，立即便想通了這中間的彎彎繞繞。

這時，外面進來兩人，宋楚頤和醫院一名女實習生，實習生還推著一臺儀器。

宋楚頤瞄了他們兩人眼，晏長晴想起昨晚他的警告，如臨大敵般渾身緊繃。

傅愈不滿被打攪：「宋醫生，有事嗎？」

「我來看病患。」宋楚頤給那個女實習生使了個眼色，實習生拉上簾子。

簾外，傅愈手機突然響了，晏長晴聽到好像公司那邊有急事，於是道：「你先去忙吧，沈阿姨這裡我守著就行。」

「那這裡麻煩妳了，我大概晚上七點過來。」傅愈皺眉柔聲說：「那部電視劇的事我會和你們臺長打招呼。」

晏長晴一慌：「不用，我……」

「原本我會和你們電視臺合作，也是因為妳的緣故，我以為不打招呼妳也會是女二，看來我把你們臺長想的太好了。」傅愈冷冷一哼，不等她再說話就匆匆離開了。

晏長晴整個人都不好了，一扭頭，宋楚頤從簾子後走出來，目光清冷如冰雪。

她被那眼神凍得一抖，死定了，他肯定誤會了。

「宋醫生，檢查完了，病人心律、血壓都沒問題。」實習生聲音打破了病房的寂靜。

「嗯，走吧。」飄逸的白大褂一角掀起，宋楚頤率先離開，實習醫生推著儀器小步跟在他後面。

晏長晴鬆了口氣，誰知沒幾分鐘，手機傳來宋楚頤的簡訊：『來我辦公室，五樓，不來的話後果自負。』充滿赤裸裸的威脅。

晏長晴小心翼翼的回了簡訊過去：『沈阿姨一個人在這裡我不放心。』

宋楚頤：『要我來揪妳是嗎？』

晏長晴想到那張冷冰冰的臉孔，心顫，只能硬著頭皮上去了。

他的辦公室門口是寫了名字的，晏長晴很容易找到，推門進去。

宋楚頤正在安靜的敲擊電腦鍵盤，見她進來，眼尾掃了下：「把門關了。」

晏長晴不想老老實實聽他話，可手沒跟上腦袋，回過神來，自己真關了門，她暗恨自己不爭氣，但嘴巴還是小聲解釋：「我不是昨天跟你說過嗎？我跟傅愈從小認識，我姐跟他又是同學，他把我當妹妹一樣。」

「只是妹妹就為了妳投資拍電視劇？」宋楚頤冷笑，臉龐透著戾氣：「是什麼妹妹，乾妹妹嗎？」

他話裡充斥著輕蔑的譏諷，晏長晴也懊惱了：「反正我沒有騙你。」

「妳們女人最擅長的就是欺騙。」宋楚頤站起來，居高臨下的身體籠罩住她：「只可惜啊，妳耗盡了心思也不過就是個女二。」

「你……簡直太過分了。」晏長晴氣得顫抖，脫口道：「我跟你只不過是假結婚，就算我想怎麼也跟你沒關係。」

「假結婚？」宋楚頤怒極反笑，手猛地握住她肩膀：「結婚證書上白紙黑字寫的清清楚楚，一切法律效益都具備，妳是不是以為我們之間，沒有履行夫妻義務就是假結婚了？」

晏長晴被他握的肩膀生疼，委屈、憤怒的都快哭了：「簽字前我們說的清清楚楚的，說來說去我們不過是為了各自的利益而結婚。」

「看樣子妳是遇到傅愈，所以急著想跟我撇清關係了。」宋楚頤嗓音裡發出低低的笑，那笑猶如悶雷一樣，散發著濃烈的危險氣息。

「我不是……」晏長晴看他這副模樣有點害怕了，一直以來宋楚頤雖然冷點，但對她還是不錯的。

「還記得我昨晚說什麼嗎？我讓妳遠離傅愈，顯然妳把我的話當做耳邊風。」宋楚頤另一隻手也握住了她一邊的肩膀。

晏長晴想起他曾經受到管櫻的背叛，澈底慌了，聲音裡也帶了些哭音：「你要幹嘛？」她小眼睛裡害怕的淚水湧動，嘴唇哆嗦，盡是嬌軟。

宋楚頤呼吸一窒，眸底也漸漸冷靜下來，他這輩子最頭疼的就是女人哭，不過不管怎麼樣，有些事發火也是沒用的，他現在這副樣子大約也是受了昨天傍晚傅愈那些話的刺激。

「行了，別哭了，有些事我只是希望妳站在我的立場考慮，畢竟結了婚，妳也是我女人，自己的女人被別的男人投資事業，簡直是在踐踏我的自尊心。」

晏長晴鬆了口氣，不過還是忍不住嘟唇小聲反駁：「誰是你女的女人了。」

「我戶口名簿上那一欄有妳名字，就是我的女人了。」宋楚頤沒好氣的彎腰，俊臉警告的湊近她：「難道非要我把妳怎麼樣了才算是我女人？」

晏長晴咬唇，臉又紅又氣，結結巴巴的說：「你……你流氓。」

宋楚頤好笑的挑眉：「我什麼都沒做，哪裡流氓了？」

晏長晴動了動嘴唇，半天沒吭出一個反駁的字，反正心裡就是覺得他有時候說的那些話像流氓。

宋楚頤瞅著她小兔子般的模樣，低低說：「那個電視劇妳不要參加了，我這麼做也是為妳好，妳到底太單純，哪怕妳和傅愈關係以前再好，但他是一個非常精明的商人，上緯就是由他一手打造起來的，這樣的人不會平白無故為妳投資，他需要回報，男人跟女人之間能回報什麼，長晴，有時候別把男人想的太乾淨了。」他口氣是語重心長的。

晏長晴一半信，一半不信。別人肯定是那樣，但傅愈不會，他不過是因為傅愈搶走管櫻懷恨在心。

「行了，我知道了，我要去看沈阿姨了。」晏長晴推開他往門口走。

「妳真要等傅愈來？」宋楚頤這次倒沒拉她，他還有工作沒忙完。

「反正要等沈阿姨醒來。」晏長晴說完走了出去。出來後，她整個人癱軟了一樣。

她剛才在裡面挺害怕的，聽說被傷害過的男人容易有暴力傾向，幸好宋楚楚沒有，嚇死她了。

回到病房，晏長晴守著昏迷的沈璐玩手機。

外面的天色一點點暗沉下來，晏長晴滑微博滑得眼睛澀澀的時候，外面傳來腳步聲，她抬頭，宋楚頤來了，手裡拿著一個淺黃色便當。

「我幫妳在餐廳裡盛了飯，先吃一點吧。」

晏長晴睜大眼睛不可思議的看著他，沒敢相信剛才爭執完後，他還會對自己這麼好：「你……你不會在裡面下毒吧？」

宋楚頤臉一黑，轉身就走：「愛吃不吃。」

「我吃我吃，開玩笑的呢。」晏長晴趕緊把便當搶過來，她其實早餓了。

打開便當，裡面是青椒排骨，她吃了兩口就皺眉：「味道普普通通，昨天還說做我喜歡吃的，說話不算話，好歹也給我弄個五星級酒店的飯菜呢，簡直是敷衍我，虐待，哼。」

宋楚頤撫額，後悔來送飯菜了：「那些酒店的油水不衛生，我們餐廳的味道雖然普通，但很乾淨。」

「所以說你們醫生就是這麼麻煩，成天只知道衛生、衛生的，你應該學學我姐，她也是醫生，可她的座右銘是只要吃好喝好就夠了。」晏長晴嚴肅的糾正他觀點。

「是啊，所以她是妳姐。」宋楚頤無可奈何：「我還有事去忙了，對了，病人醒來記得按鈴，她醒來後我還得過來一趟才行，晚上我們一起回家。」

晏長晴吃飽後，沈璐醒了。

晏長晴立即按鈴，先是護士過來，宋楚頤晚五分鐘過來，又做了一系列檢查才拔了氣管插管。

沈璐虛弱的說：「宋醫生，真是謝謝你了。」

「等平安過了這三天再說。」宋楚頤仔細說：「這幾天如果有什麼不舒服的地方要馬上跟我們說，手術雖然成功了，但往往有些病人會出現後遺症。」

「嗯。」沈璐又望向晏長晴：「妳這孩子，讓妳來還真來了。」

「那當然，小時候我就最聽阿姨的話了。」晏長晴笑著說。

沈璐微微一笑嘆氣：「我早上手術前想著，要是失敗了，唯一的遺憾就是沒有看到傅愈娶媳婦，要是妳能成為我兒媳婦就好了，小時候啊，妳不是最喜歡跟在傅愈後面，成天嚷著要嫁給傅愈哥哥嗎？」

後面的話晏長晴沒仔細聽清楚，她只注意到宋楚頤的臉色又變了，比之前的還要難看。

「阿姨，那都是小時候的事了，傅愈哥哥現在有女朋友了。」晏長晴說完後宋楚頤臉上八級的颱風變成十級了。完啦，他肯定想到管櫻了。

「沈女士，我先走了。」宋楚頤冷著臉離開。

晏長晴著急的想上去解釋，偏偏沈璐拉著她不放：「傅愈真有女朋友了？」

「嗯，是啊，是我朋友，她很好的人。」沈璐沉默了。

晏長晴手機震動了下，她預感不好，果然是宋楚頤發來的：『二十分鐘後我在醫院門口等妳。』

「媽，妳醒了。」這時傅愈突然來了，手裡拿著幾個便當，只是看到桌上的淺黃色便當時他便怔住了：「長晴，妳已經吃完飯了？」

「是啊，傅愈哥你來就好，我臺裡還有點急事我就先走了，阿姨，我下次再來看妳啊。」晏長晴拿上黃色便當就溜。她才不會傻到和宋楚頤乖乖回家，現在逃命要緊。

傅愈失望的放下飯菜，他之前還以為她沒吃飯，特意給她在酒店裡訂的飯菜，只不過晏長晴那個便當哪來的，難道有人給她送飯來了？

「愈兒，剛才我聽晏長晴說你找了女朋友，而且是她的朋友？」沈璐皺著眉頭問：「你以前不是很喜歡晏長晴嗎？」

「媽，我一直都喜歡她。」傅愈面露懊悔：「那個女人是她自己黏上來的，我正好想收購她之前旗下的公司，利用了她一回，我要是早知道她跟晏長晴是同學，我根本就不會招惹她。」

「你這孩子，怎麼這麼糊塗。」沈璐斥責：「晏長晴是個很重感情的人，她就算喜歡你，為了她朋友也不敢和你有瓜葛的。」

「我會想辦法的。」傅愈瞳孔微微晦暗。

第五章　楚楚可憐

宋楚頤在醫院門口等了十多分鐘，別說晏長晴影子沒見著，連電話也打不通。他氣得火冒三丈，開車回公寓，她也沒回來。

他在家裡等了一個小時候，最後帶著滿腔怒火去了晏家別墅。

晏磊見他來了，忙說：「楚頤，是不是長晴在那住得不開心啊，怎麼才第三天就回來了？」

「爸，是這幾天我加班比較忙，沒時間陪她，長晴有點不高興，我回家沒看到她，著急。」宋楚頤皺眉擔憂的說。

晏磊恍然，自己這女兒小脾氣他是一清二楚的，也不懷疑：「她在房間裡，剛才一聽到外面有車聲就跑上樓了，肯定是鬧脾氣了。」

「那我上去找她。」

宋楚頤準備上樓，晏磊拉住他，小聲說：「你敲門她肯定不會開的，我把她房門的鑰匙給你。」

宋楚頤一愣，晏磊立即找了鑰匙給她，笑咪咪的叮囑：「小丫頭抱著哄兩句就好了。」

「……呃，謝謝爸。」

晏長晴聽到車聲後立即跑上樓把門反鎖，宋楚頤要敲不開門就是，諒他也不敢在家裡怎麼樣。晏長晴想通了心情愉快的在書房裡玩起了電腦，聽音樂、看新聞，阮恙這丫頭厲害啊，又衝進了影后候選名單裡了。

宋楚頤進來看到的就是這樣一幅畫面。小傢伙穿著粉色睡衣，腳丫子撩著，一隻手玩電腦，一隻手咬蘋果，搖擺的音樂還讓她屁股扭一扭。直到一抹陰影罩下來，晏長晴看到他陰氣森森的臉，她手裡的蘋果嚇得掉在地上，像見了鬼一樣，拔腿就跑。

宋楚頤沒好氣的扯住她睡衣，晏長晴腿動了半天卻一步都沒跑出去，她懊惱：「你怎麼進來的？」

「呵呵……」宋楚頤搖了搖她房裡的鑰匙：「看得出妳平時在家經常耍小性子，所以你爸很相信我，毫不猶豫就把妳房間鑰匙給我了。」

晏長晴咬牙切齒，大叫：「爸，你到底是不是我親爸……」

趴在門口不放心聽牆角的晏磊立即說：「長晴，不要鬧了啊，有誤會小倆口好好解釋，楚頤很擔心妳，爸也是為你們好。」晏磊想起自個兒年輕時候床頭打架床尾和，可能接下來的不適合他再聽了，他很放心的去看最近中央臺放的抗日電視劇了。

晏長晴抓狂：「你到底跟我爸說了什麼？」

「也沒什麼，就是說我工作太忙沒時間陪妳，妳生氣了。」宋楚頤冷笑著突然將她橫抱起來。

「啊啊啊！」晏長晴慘叫：「你要對我幹嘛，爸，救我救我！」

「叫破喉嚨也沒用。」宋楚頤把她扔到床上，晏長晴爬起來想跑，他抓住她兩條腿一扯，她身子又輕易的到了他胸膛裡。

看著這張通紅的小臉，宋楚頤很生氣：「我讓妳等我，妳倒是有膽，還給我逃了，是不是以為來了晏家我就沒辦法了。」

逃也沒用，晏長晴只好使出她最拿手的絕招了，撒嬌、賣萌、裝可憐：「不是的，我是怕你生我的氣。」她噘嘴，楚楚可憐。

若是之前宋楚頤會受用，但他現在真的很惱火，為什麼這個傅愈陰魂不散的總是纏繞在他身邊，管櫻喜歡她，現在連她也喜歡，他也不是嫉妒傅愈，主要是被同一個男人搶兩次女人，換成任何男人都不是滋味了。

「妳怕我生氣嗎？」他冷笑：「長晴，我之前是相信妳的，妳說和傅愈只是從小認識，我倒不知道，妳打小一門心思嚷著要嫁給他啊，現在是不是很後悔跟我結婚了，再怎麼說傅家也是有權有勢，如果當初妳找他結婚，說不定只要陪他睡一晚他也會幫妳呢。」

「宋楚頤，你說話太傷人了。」晏長晴這次真的被他話傷到了，眼睛裡的淚花不是裝的，是真的哭了：「沒錯，我是沒告訴你，可那都是很小的時候了，小時候什麼都不懂，難道這也是我的錯嗎？反正我比你強，至少我的初戀和初吻都還在，但你呢，雖然我對你的過去不瞭解，但我相信你肯定交過女朋友的。」

宋楚頤一愣，她倒打一耙，他竟然好像有點無法反駁。不過他萬萬沒想到她的初吻還在？

「妳真的沒談過戀愛、沒接過吻？」他有點不大相信，她也大學畢業幾年了吧，尤其是在娛樂圈這種泥染的大缸裡。

「你愛信不信，反正我真沒有。」晏長晴越想越覺得自己也挺心酸的，長這麼大戀愛都沒談就莫名其妙的結婚了。

宋楚頤狐疑的看了她兩眼，這才慢慢放開她手臂，晏長晴心中委屈，逃了出來後，翻身做主人爬起來搥他。

「夠了啊。」宋楚頤被她弄得頭暈，下意識的抓住她兩隻手。

晏長晴腦袋晃了晃，回過神來，她躺在了床上，宋楚頤壓在她上面，清雅的臉沒有剛才那麼陰沉，頭頂柔軟的光線鍍在他精緻的輪廓邊緣，眼睛明亮的像櫥窗裡珍貴的寶石。晏長晴盯著那雙寶石，薄薄的臉莫名泛起一層熱氣。

宋楚頤也看著她臉上仿若刷了一層明若彩霞的胭脂，一雙桃花眼裡彷彿有電流閃爍，明媚勾人。

晏長晴望著男人近在咫尺的眼睫毛，心中「噗通噗通」的彷彿要從胸口迸出來。

兩人這樣近距離的注視著，好尷尬啊。

「放開我。」晏長晴推他。

「別動。」他深邃如深淵的眼睛注視著她，聲音暗啞。

晏長晴眨眨眼，猛地察覺到腰處不大對勁，等意識到時，臉都熱透了：「你怎麼……你不是不行嗎？」

宋楚頤愣住，臉色頓時發黑：「妳說什麼，誰說我不行？」

晏長晴捂住嘴巴，要是他知道管櫻說他不行還不把自己弄死：「我……那個我是聽說很多男婦科醫生那方面都有問題。」

「晏長晴，妳腦子裡成天到晚裝了什麼亂七八糟的東西。」宋楚頤揉了揉她耳朵：「我告訴妳，我很正常，非常正常，妳要不要試試？」

「不用不用！」晏長晴頭搖的像波浪鼓：「你快起來。」

因為那句試試，晏長晴受到過度驚嚇，小臉蛋一會兒白一會兒紅。

「等等。」宋楚頤停留了將近半分鐘才緩緩爬起來，坐到一邊。

晏長晴撐著肘坐起來，目光瞄了瞄他褲子。

宋楚頤逮個正著：「妳看什麼呢？」

晏長晴困窘：「我什麼都沒看啊。」

「妳好像很好奇啊，要不要我給妳看看。」宋楚頤身軀朝她這邊側斜過來。

還沒碰著，晏長晴屁股下像著了火一樣彈跳起來，離他遠點：「流氓！」

宋楚頤挑眉，解開領口的襯衫鈕扣，男人漂亮如蝴蝶翅膀的鎖骨展露在水晶燈下。

「你脫衣服幹什麼？」晏長晴心裡如萬馬奔騰，捂眼睛。

「我洗澡啊。」宋楚頤黑臉：「妳的思想能再齷齪一點嗎？」

「誰思想齷齪了！」晏長晴懊惱的漲紅了臉：「你不知道去浴室裡脫嗎？」

「我只是解開上面幾顆扣子，這也不行嗎？」宋楚頤被弄得好笑又好氣。

晏長晴咬唇背過身坐回電腦桌旁，乾脆不理他，也不看他了。

宋楚頤去了浴室後，晏長晴這才氣沖沖的下樓。

客廳裡，晏磊看抗日片看的興致勃勃，她衝過去把電視機關了：「爸，你把我房鑰匙給他幹嘛，能不能尊重下我的隱私。」

「結婚了，兩個人的房間就沒隱私可言。」晏磊不滿道：「快把電視打開，我正看到緊要關頭。」

「我是你親生女兒哎！」晏長晴負氣：「他說什麼你就信。」

「就因為妳是我親生的，我才知道妳脾氣。」晏磊沒好氣：「人家楚頤多實誠的一個孩子啊，不像妳，從小到大坑蒙拐騙的闖禍，妳以為爸不知道。」

晏長晴跺腳：「他到底給了你什麼好處，你就這麼信他。」

「妳就是在鬧小脾氣，不跟妳爭，爸回房看去。」晏磊三十六計，溜為上計。

晏長晴懊惱的坐沙發上生悶氣。宋楚頤洗完澡下來，腰間繫著一條粉色浴巾，胸膛上幾滴水珠，性感的猶如藝術家深思熟慮後的畫筆勾勒，令人遐想。

她看了一眼，臉不爭氣的熱了，然後羞憤：「你幹嘛用我浴巾，還包、包……」他的臀。她說不出口。

「我也不想用啊，不過沒乾淨的衣服，暫時只能將就了。」宋楚頤斜睨了她一眼：「要是我洗澡前，妳給我條乾淨的浴巾我也不會這樣。」

晏長晴想罵人，用了她的私人東西，還說將就，好像很勉強似得：「你不曉得回家去啊？」

「妳就這麼希望我走。」宋楚頤清俊的眉目一沉：「如果換成傅愈呢？」

「你並不愛我，我不相信你會為了我吃醋。」晏長晴反擊。

宋楚頤眼眸狹長的瞇起，他承認，自己今天確實和往常不一樣，可能是真的被氣到了，他不想管櫻的事再次發生在晏長晴身上，一個男人失敗一次勉強可以隱忍，但再次失敗，他不確定會不會拿手術刀直接對付傅愈了。

他沉口氣，淡淡掃她一眼：「無論如何妳現在是我妻子，再說，妳搬到我那去不到第三天就回家來，如果我不過來你爸會怎麼想，沒錯，我們的婚姻是建立在利益上的，不過我看的出妳孝順，妳雖然在單親家庭裡長大，但妳爸給妳的愛很完整，妳也很孝順他，並不希望妳父親操心，婚後，我沒敢說我做的面面俱到，但我還是在竭盡全力讓妳的家人放心，如果妳認為我做的是多餘的，我可以不用來晏家，那我無話可說，我現在就可以走。」他說完站起身往樓上走，晏長晴怔愣了一陣，立即上樓。

他在浴室已經換了長褲，正拿著襯衫往身上套。

晏長晴見狀心裡掠過一絲茫然和不知所措，如果他以後再也不來了，她不敢想像晏磊會有多失望和生氣。其實她和宋楚頤雖然是利益結婚，但他和宋家對她禮儀都是周全的，這點，她是感激的。她可以不要宋楚頤愛他，但宋楚頤不能不來晏家。

「你別……」她低垂著腦袋走到他面前，眼睫輕顫：「別走，我剛才沒那意思。」最後幾個字，說的很小，軟軟的。

宋楚頤眸瞳微微一縮，低頭：「那我希望妳記住我們結婚的事，妳的事業、平時興趣活動、跟朋友出去玩，我都不會干涉，但婚姻要尊重。」

晏長晴心裡挺委屈的，她什麼時候沒有尊重過婚姻了。不過不想跟他爭，還是老老實實點了下頭。

「好啦，我先睡了。」宋楚頤摸摸她腦袋脫衣服去床上了。

晏長晴去樓下洗澡，他看到了也沒說什麼，洗完回來，宋楚頤已經睡著了。

她在書房玩了一下電腦後，像上次一樣在床下打了地鋪。睡得時候難免心裡淒涼，男人不都應該風度的讓女人嗎？為什麼每次都是他睡床她睡地上。好慘……更慘的是好不容易睡著半夜裡大腿上突然被人踩了一腳。她吃痛的醒來，借著月色正好看到宋楚頤模糊的輪廓。

「宋楚頤，你幹嘛踩我！」她很生氣：「痛死我了。」

「誰讓妳睡在床下，半夜上廁所當然很容易踩到。」宋楚頤也惱火，他差點就被絆倒了。

「你睡了床我當然只能睡地上。」晏長晴癟嘴揉大腿。

宋楚頤皺了皺眉後大步往廁所走，晏長晴煩躁的翻了個身繼續睡。閉眼沒幾分鐘，她被子突然掀開，緊接著她身體落入兩條結實的臂彎裡，她掙扎大叫。

「別叫了，大晚上的吵人。」宋楚頤不耐煩的把她放到床上。

她怔了怔，以為他好心的決定跟她換一下，誰知，下一刻他就睡在床的另一邊。

她立即就往床下爬，宋楚頤揪住她胳膊：「睡床吧，這個天氣地上還滿涼的，床很寬，我不會碰到妳的。」

「你這人說話不算話，誰知道啊。」晏長晴嘟囔，縮成一團，很警惕的樣子。

「到底睡不睡，不睡我就真的要碰妳了。」宋楚頤足足動了五個小時的手術，這種手術最耗費精力，他實在太累了，睏得很，大半夜的被她嘮叨的也沒以前有耐心和涵養。

他清冷的雙眼綻放出火氣，晏長晴這隻紙老虎畏畏縮縮的睡到床沿上，再不敢多吭一個字。

凌晨三點多的時候，宋楚頤在幽暗中看著黏在自己胸膛上的小藕臂和腰上的大腿時，真的很後悔剛才把她弄床上了。明明不久前還一副貞潔烈婦，唯恐他會碰她的害怕表情，這才多久，她便開始不斷地往他身上滾。

宋楚頤吸口氣，想像自己正在手術室裡，什麼女人沒見過。閉上眼，又快睡著時，晏長晴忽然大腿離開了他，扭動著上半身往他胸口蹭，在那上面找了個枕頭般的位置繼續睡。

宋楚頤咬牙不去理會。可沒幾分鐘，這死丫頭的小手在往哪摸。

她真的不是在裝睡耍流氓嗎？凌晨五點，宋楚頤憋屈的感受到胸口滴落一灘口水……

清晨，日上三竿。晏長晴被浴室嘩啦啦的水聲吵醒，她拿被子蒙住頭。五分鐘過後，聽到浴室門開動的聲音。晏長晴望過去，宋楚頤整齊的穿著昨天的衣服，不過黑色的短髮濕漉漉的滴著水。

晏長晴抱怨嘟囔：「大清早洗什麼澡啊，昨天又不是沒洗。」

宋楚頤陰惻惻的眼神掃過她。

晏長晴感覺被冷風吹了一下，她是哪裡又惹到他了，還是男人的大姨父來了，陰晴不定。

「我要去醫院了，妳等一下去電視臺還是我現在順道送妳去？」宋楚頤輕吐口晨氣問。

「我自己開車去就行了。」晏長晴怕他誤會自己不喜歡他送又補充：「因為我還要挑衣服、化妝，要挺久的。」

宋楚頤點點頭：「今天會去醫院嗎？」

「不去了，我今天有個廣告要拍。」晏長晴說。

他拿著她化妝臺上的譚木匠梳子瞅了瞅，前面頭髮往後梳：「妳好像不是很紅吧，還有廣告商找妳？」口氣輕描淡寫，倒不是故意挖苦，是他隨口說出來的真心話，可晏長晴卻感覺到了赤裸裸的惡意諷刺。

「誰說我不紅了，我告訴你，我很紅的好嗎，是你自己太古板了每天只知道上班又上班，你玩微博嗎？你看綜藝節目嗎？我看你連電視都不看。」晏長晴騰地坐起氣勢洶洶的反擊。

宋楚頤手指一頓。他太忙了，這些確實都很少去看。

「我也接觸過一點點心理學，妳這麼激動，好像因為底氣不足而心虛啊。」宋楚頤放下梳子，眉梢淡淡動了動。

晏長晴心裡膨脹的氣球好像被針刺了下，突然間氣勢都沒了。

「但願妳不是要去拍一些衛生棉、婦潔之類的廣告啊。」宋楚頤瞥了一眼嘴唇嘟的高高的她，薄唇勾了勾，這才離開。

晏長晴捂臉抓狂，她今天就是要去拍衛生棉的廣告，可惡！

「長晴，我讓妳練臺詞，妳苦大仇深的模樣給誰看咧。」文桐第N次走過來，敲敲她腦袋：「導演那邊都快準備好了。」

「為什麼人家都是接化妝品那樣高端大氣上檔次的廣告，我總是接這些……衛生棉、絲襪之類。」晏長晴嘴唇很鬱悶的翹著：「文桐姐，妳當我的助手能爭氣一點嗎？」

文桐「呵呵」兩聲：「那行，妳別接，回頭我就去跟人家老闆說。」

見她轉身要走，晏長晴趕緊拽住她：「哎呀，人家只是抱怨嘛，如果真的不拍，新款的夏裝就沒錢買了。」

「妳清楚就好。」文桐逮著機會立即訓斥：「我也想幫妳拉好點的廣告，可怪得了誰，妳自己不爭氣啊，除了你們電視臺那幾個平臺外，妳曝光率太低了，臺裡電視劇角色妳也拿不到，這些廣告要不是我死命的幫妳拉，哪輪得到妳，還給我抱怨。」

晏長晴心虛的縮縮脖子：「哎呀，別這麼說嘛，妳看人家要貌有貌，要身材有身材，遲早有天會發光發紫，跟著我有的是肉吃。」

文桐戳戳她厚臉皮：「對了，上次妳那個絲襪節目播出後，語瓊公司那邊的人竟然主動打電話給我，說想讓妳代言他們品牌呢，代言費不低，我已經答應了。」

晏長晴嘴角抽搐：「語瓊好像是內衣品牌吧。」

「是啊。」晏長晴想哭：「但願宋賤賤一輩子都不要看電視。」不然她臉丟大了。

拍完廣告，晏長晴接到臺長讓她回電臺的消息。她匆匆過去，馮臺長竟然親自為她開門，笑臉相迎的把她請進去，還給她拿椅子坐，晏長晴受寵若驚，那時候托自己老爸的福都沒受到這種待遇啊。

「馮臺，您找我有什麼事嗎？」

「妳這孩子，跟上緯的傅總從小一起長大，這麼重要的事怎麼都不跟我說呢？」馮臺長一臉慈愛的模樣，晏長晴雞皮疙瘩掉了一地。

馮臺道：「今天傅總親自致電給我，他說這女二務必由妳出演，我仔細一琢磨，妳確實比池以凝合適多了。」

「不不不，馮臺，我不喜歡拍戲。」晏長晴腦海裡閃過宋楚頤那張危險的臉，連坐的心情都沒有了：「我就喜歡現在這樣，真的，您還是讓池以凝演吧。」

「長晴，妳是不是生我氣了。」馮臺著急道：「當初不是我不想讓妳演啊，是曹總編輯他們都不大支持，我沒辦法。」晏長晴差點被他噁心到了。

馮臺苦口婆心的勸：「妳要不演，傅總說要撤資，這點錢對他來說不算什麼，但這部劇是我們臺裡今年的大項目，要是泡湯了，上面會追究我責任，長晴，現在哪個主持人不想爭搶著拍電視啊，人紅了，粉絲多了，妳主持收視率也能提高啊，我清楚的很，妳那助理一天到晚的忙著幫妳找資源，不過現在資源不好找。」

晏長晴從電視臺裡出來，心情更煩，想了想，給傅愈打了個電話：「傅愈哥，我不是說了，讓你別找臺長嗎？」

「長晴，我是為妳好。」傅愈語重心長：「一個人年輕是有時間性的，如果妳錯過了，就算《挑戰到底》有左騫護著，過兩年肯定還是會被淘汰掉的，我媽把妳當親生女兒一樣，她也希望我能好好照顧妳。」

晏長晴算是明白了，怪不得他會突然幫她，原來是托了沈璐阿姨的福。傅愈說的有道理，可她要怎麼跟宋楚頤交代。晏長晴耍了個小心眼，先打給晏磊，讓他跟宋楚頤說工作的事情。

晏磊仔細斟酌後，打了個電話給女婿，說清楚來龍去脈，分析了女兒如今的工作情況：「楚頤，晏長晴那性格，你別看她被我寵壞了，可某些方面保守的不得了，大學那一會兒，我說讓她好好讀書，別找男朋友，她就真沒找，何況你們都登記了，爸敢以人格擔保，她不敢也絕對沒那種觀念，做出對不起你的事，至於傅愈小時候就很照顧他，把她當妹妹一樣，她不小了，工作也確實也需要一個突破點，前不久，她差點都被新人換下來了。」

「我知道了，晚上我會跟長晴好好談談，她若真的想拍，我不會攔。」宋楚頤溫和的說著。

掛掉電話，他臉色隱隱的閃過怒氣。

這個晏長晴，膽子大了，現在都知道找晏磊出面。

電視臺，晏長晴打了個噴嚏，突然覺得冷。

糟糕，該不會是宋楚頤又生氣了。

正好管櫻突然來電說回來了，約她吃飯，說有事想跟她聊。

晏長晴突然心虛，不會管櫻知道她和宋楚頤結婚的事了吧？她想想，還是答應去了，兩人約在一家私密紅酒館。

「管櫻，妳要跟我說什麼事啊？」晏長晴一見面就直奔主題。

管櫻愣了愣，笑道：「長晴，妳幹嘛一副很緊張的樣子。」

「有嗎？哪有。」晏長晴趕緊低頭喝熱水：「這地方不錯啊，我都沒來過。」

「我也是傅愈帶我來才知道，他在這有會員，好像只有消費超過三千萬的才有資格進來，這裡的老闆知道我是傅愈的女朋友，所以我才能在這訂餐。」管櫻解釋，清秀的眉宇間有一絲絲的驕傲。

「噢。」

如果說之前可能因為傅愈給臺長打電話，晏長晴還有一絲絲幻想，但現在可能那一點也不敢殘留了。在傅愈心裡，她恐怕真的就只是一個妹妹，管櫻才是女朋友。

「那挺好的啊，說明傅愈是真對妳好，而且我還知道，傅愈和我們電視臺打算合拍一部電視，女主角是妳，他肯定是為了妳才大力投資的。」晏長晴彎著唇甜甜的笑說。

「他確實對我是極好的。」管櫻低著頭輕輕柔柔的說：「不過他跟我說，妳們臺會力捧妳為那部電視劇的女二，真好啊，我們可以在同一個劇組拍戲。」

「是啊。」這點晏長晴也是高興的。

管櫻忽然身子往桌邊挪了挪：「長晴，我聽說傅愈的媽媽手術住院了，妳知道在哪間病房嗎？可不可以帶我去探望探望他媽媽？」

「這個……」面對好朋友真切的眼神，晏長晴一時為難，但她又不願騙朋友自己不知道：「妳可以讓傅愈帶妳去啊？」

「傅愈不大願意說，他可能是覺得我們交往沒多久去不大合適，但我現在畢竟是他女朋友，不管不問也不大像樣，長晴，我聽傅愈的意思是，他媽跟妳關係不錯，妳帶我去嘛，有妳在，幫我說幾句好話，說不定能給她媽留個好印象。」管櫻握住她手，柔弱的神情讓人不忍拒絕。

晏長晴想到管櫻以前對她的好，實在推拒不了：「好吧。」

「長晴，我就知道妳最好了，這頓我請。」管櫻笑開了。期間她又問了些沈璐的喜好，分別後，晏長晴心裡總是不大踏實。

回觀湖公館，她剛下車，羅本搖著尾巴「嗷嗷」的朝她跑過來。

「哎呀，羅本，你怎麼在這裡啊！」晏長晴喜愛的彎腰摸摸牠頭。

「我帶牠出來散步。」頭頂上傳來一個聲音，晏長晴僵住。

晏長晴緩緩抬頭，宋楚頤一身黑色運動衣褲，英俊的嘴角似笑非笑：「晚飯吃的還愉快嗎？」

晏長晴想到管櫻那張臉渾身驚悚。

宋楚頤當她是心虛，笑的更深了：「妳爸今天打電話給我了，我們聊妳工作的事聊了滿久呢。」

「哎呀，羅本，你又咬我褲腳，太皮了。」晏長晴立即低頭當做沒聽見彎腰和羅本親切說話。

「羅本。」宋楚頤陰測測的一開口，羅本身子抖了抖，老老實實的坐他腳邊上。

晏長晴也像羅本一眼，老老實實的望著他，雙眸委屈。

宋楚頤狹長的眸閃過不知名的深沉，上前一步，晏長晴緊張的眼睛瞪得圓圓的。

宋楚頤低冷的問：「真的很想拍戲？」

晏長晴立即點了點頭，小臉頓時充滿了希翼，也很狗腿：「只要你同意，我一定忠貞的像個烈婦一樣，就算將來你趕我出軌，我也絕對不出軌。」

「妳會成為烈婦，我還真不相信。」宋楚頤撇唇，眉目淡然：「這樣吧，今晚幫羅本洗個澡，我就同意妳。」

「真的假的。」晏長晴低頭看腳下可愛的狗狗，完全不敢相信他會這麼好心。

「真的。」宋楚頤把狗繩遞給她。

晏長晴拽住：「羅本難道不是平時送寵物店洗嗎？」

「是啊。」宋楚頤勾唇：「所以今晚妳洗，省一筆錢不是挺好？」

晏長晴心裡誹謗，真小氣。

不過幫羅本洗個澡就同意拍戲，晏長晴還是蠻高興的。

上樓的路上，她不停詢問幫羅本洗澡要注意的事項，結果宋楚頤丟給她一句話：「我沒幫牠洗過，怎麼知道。」晏長晴默默的噎了口氣。

回家後，晏長晴在網路上查了給狗狗洗澡的步驟後，開始興沖沖的拉著羅本去洗手間，先拿梳子幫牠把毛梳順了，再調了理想的水溫給牠淋浴。

一開始，羅本還挺乖順的，水淋濕身體後，牠突然用力的抖了抖身子，晏長晴瞬間臉上、衣服上都是水，鼻子裡灌滿了狗的味道，她僵了幾秒，擦擦臉，繼續給狗倒沐浴劑。

宋楚頤端著水杯走到客廳裡時，聽到浴室裡傳來女人哆哆嗦嗦的嬌弱聲：「哎呀，羅本，羅本，你別亂動，乾媽絕對不是想占你那裡便宜啊，就是想幫你洗乾淨，那裡太臭臭了，你在外面找女朋友，人家會嫌棄的，會不想跟你生小寶寶的。」

他手裡的水杯抖了抖。

裡面再次傳來驚呼聲：「羅本，你怎麼這麼不聽話啊，我都被你弄濕了，你別亂跑。」

一隻濕漉漉的狗突然從浴室裡跑出來，緊接著，另一個濕漉漉的女人跟著跑出來。

晏長晴之前為了方便給狗洗澡，換了條粉色家居長褲和白色短袖，現在全被弄濕了，短袖緊貼著肌膚，裡面的內衣顏色清晰可見。

宋楚頤他長長的深吸口氣，閉上雙眼，過了一會兒睜開，看看自己的手掌，想了些不該想的。那邊，晏長晴滿屋子跑了幾圈，才抓到羅本的狗繩。

她喘吁吁的走到宋楚頤面前，義憤填膺：「我知道你為什麼要我幫羅本洗澡，就是想折騰我。」

「誰讓妳猥褻羅本了。」宋楚頤掃了一眼她衣服。

「你思想太齷齪了！」晏長晴氣鼓鼓的漲紅了臉：「我只是幫牠把那裡洗乾淨，網路上說了，不然容易生病。」

「我以為是方便牠生小寶寶。」宋楚頤優雅的嚐了口茶。

「臭流氓，我懶得跟你說。」沒想到他都聽到了，晏長晴懊惱的咬唇認命的拽著羅本往浴室裡走。

宋楚頤瞄了一眼她背影後，一口茶水差點噴了。這女人，竟然沒注意到褲子後面也濕了。晏長晴拿吹風機給羅本吹乾後，累的一塌糊塗。

她萬萬沒想到幫狗洗澡這麼累。她為什麼要來做這些，就因為要徵得宋楚頤同意拍戲。她簡直是這個世界上最沒家庭地位的老婆，結婚一點都不好，有老公也不好。

她唉聲嘆氣的站起來，誰知看到鏡子裡的自己便傻眼了。她這衣服也濕的太透明了吧，她想起半小時前宋楚頤異樣的眼神，她猛地面紅耳赤的捂住胸口，恨不得鑽地洞離開這個家。

灰溜溜的回房間換衣服，看到濕掉的褲子時，她臉熱的差點沸騰，太丟臉了，一世英名都毀了。

她算是明白了，說不定這就是宋楚頤讓她為狗洗澡的真正目的，哼，這一人一狗合起來占她便宜。宋楚頤這個大變態，外表清心寡欲，實則道貌岸然，偽君子。

第六章　親愛的楚楚

翌日早餐桌上，晏長晴邊吃三明治邊用恨恨的眼神盯著對面姿態優雅的宋楚頤。

哼，你這老色狼，裝吧，反正她是看透他了，管櫻也真是的，竟然會說他有問題，這消息太不可靠了。

「昨天給羅本洗澡洗的不錯。」宋楚頤用刀切了一小塊荷包蛋入唇，輕聲讚許。

晏長晴哼了哼。

「妳哼什麼？」宋楚頤挑起眉梢。

「你以為不知道，真當我笨蛋，你讓給狗洗澡，肯定就是知道羅本會把我全身都弄濕了，然後你就可以……可以偷看我，你真夠變態的。」晏長晴用一種看變態的眼神看著他：「你是不是當婦科醫生當的心裡有點扭曲了。」

宋楚頤好一陣無語後才丟了兩個字給她：「有病。」

晏長晴哼哼：「裝吧。」

宋楚頤搖搖頭，不想多說。

晏長晴只當他心虛，抬頭挺胸，道：「我想了很多，為什麼我們才登記我就活的這麼沒地位，幹什麼我都要聽你的，沒錯，我們雖然登記了，但我也是有個體的人身自由權，只要我沒有做背叛我們婚姻的事，你是沒有理由干涉我的行為。」說完後，她有一種農奴翻身把歌唱的激昂。

宋楚頤放下刀叉。那「叮咚」的細小聲音綻開在餐廳裡，晏長晴對上他皺起的眉宇時，剛才還激昂的心情縮了縮，忙訕訕的笑了笑：「我開玩笑的，別當真，快點吃，吃完上早班。」

宋楚頤啼笑皆非的挑眉，都說女人善變，他算是看清楚了：「吃慢點，別噎著了。」

晏長晴點了點頭，一點骨氣都沒有了，節操這種東西可以有也可以不用有的。

早餐快吃完的時候，兩人一起坐電梯下去，身邊的男人雲淡風輕的靠在電梯牆上。

晏長晴越看越不爽，電梯一到，便惡作劇的揮了揮手：「親愛的楚楚，拜拜啊。」她說完，拔腿就往自己車上跑。

宋楚頤嘴角抽了抽，她剛才說什麼？楚楚？他真的是想打人了。

上車後，想到外面宋楚頤難看的模樣，晏長晴心裡得意極了，感覺自己終於小小的報復了他一下。

左騫在停車場碰到晏長晴的時候，小姑娘笑的像隻偷吃了糖的小狐狸，特別的甜。

「心情不錯？」左騫想到了一件事，微微複雜：「聽臺長說電視劇的女二還是決定由妳出演。」

「對啊。」晏長晴趕緊把臉上的笑收斂了下，不能太得意了，雖然她現在並不是因為能出演電視劇而高興。

「在我面前想怎樣就怎樣吧，別裝啊。」左騫瞅的好笑；「我知道妳高興。」

晏長晴兩顆白白的牙齒立即明晃晃跟著嘴都快笑咧了，左騫溫潤的眼沁出笑意，摸摸她頭。

晚上九點多，晏長晴和左騫、幾個圈內嘉賓錄完節目一起吃消夜，期間，管櫻打了幾次電話。

晏長晴看看時間差不多，便告辭開車去了醫院，傍晚的時候她問過宋楚頤，他今天同事聚餐，也不用擔心會遇到他。

管櫻還是開她的小迷你，晏長晴清楚的記得，昨天聚會時管櫻說傅愈要送她一輛幾千萬的跑車，不過被她拒絕了。晏長晴又想到自家老公，天天被他欺壓，默默嘆口氣，人跟人果然是不能比的。

「長晴，妳看我穿這樣可以嗎？」管櫻一身牛仔褲、米色針織衫，出落的清純動人。

「很美啦，特別的良家婦女，阿姨一定會滿意的。」晏長晴有點複雜道：「小櫻，妳就一點都不怕遇到前男友嗎，他可是為傅阿姨動手術的醫生，我碰到過他幾次。」

「妳不是說他下班了，再說……遇到就遇到吧。」管櫻咬唇，現在她一定要抓緊傅愈這顆大樹。

晏長晴皺了皺眉心：「其實我見過宋醫生一次，好像他人也不錯啊，而且我聽我姐說他手術費可高了，就這次幫傅阿姨動個手術就上百萬的手術費。」

提起這件事，晏長晴就有點小氣憤，這個宋楚楚賺這麼多錢也不知會她這個老婆一聲，要不是有姐姐幫她在醫院打聽，她什麼都不知道。

「是嗎？」管櫻愣了一下，強笑：「他是賺得到錢，不過他沒辦法幫助我的事業啊。」

「噢。」晏長晴垂下眼睫毛：「那妳是放下他了嗎？」

「其實……他之前對我挺好。」管櫻突然面露幾分心酸：「他是我認識這麼多男人裡對我最好、最細心的……」

晏長晴心裡泛起一股難以言喻的滋味，宋楚頤雖然偶爾會對自己好一點，不過應該是遠遠不能和管櫻比的吧。

他心裡可能也一直放不下管櫻，不然怎麼會帶自己去管櫻喜歡的咖啡館，對自己總是凶巴巴的。說不清為什麼，早上還有些小甜的心情現在化為了濃濃的沮喪。

病房裡，只有一個看護在，沈璐正在看電視，見她來了非常高興。

晏長晴笑咪咪的側身，讓管櫻先走過去後介紹：「阿姨，這位是管櫻，我的好朋友，也是傅愈哥的女朋友，她聽說您生病了，就想過來看看您。」

「阿姨，您好，我是管櫻。」管櫻把禮物和鮮花遞給看護：「聽傅愈說，您最喜歡於西湖龍井，特意托朋友從梅家塢那邊帶的。」

晏長晴心想管櫻可真會說話，明明沈璐喜歡龍井是她說的，不過管櫻這麼說會讓沈璐覺得她和傅愈關係特別親密。

「有心了。」沈璐端詳著面前的女人，模樣看著單純，不過兒子擺明了不是很喜歡，那應該就沒怎麼上過心，但這個女人還能找來，顯然是利用了長晴，看來是挺有心機的。

「傅愈太忙。」管櫻回答的溫柔又端莊：「他這陣子醫院公司兩頭跑，我看他挺累的，可能沒足夠時間陪伴阿姨，想著您在醫院待久了恐怕會無聊，就來看看您，陪您說說話、解解悶也好。」

沈璐點點頭，親切的說：「長晴，我突然很想吃醫院門口的新鮮草莓，能給阿姨去買點嗎？」

「好，那小櫻，妳陪阿姨好好聊聊。」晏長晴猜到沈璐要單獨和管櫻說話，叮囑幾句便出去了。

門關上後，沈璐喝了口白開水，臉上的溫情已然不在：「管櫻，有些話我不好當著長晴的面說，妳畢竟是她朋友，但妳心裡應該很清楚，我兒子並不是真的喜歡妳。」

管櫻臉色不大自然的白了白。

沈璐繼續：「妳沒必要花心思討好我，你們之間是出於什麼原因走到一起，妳比誰都懂，我不是討厭妳，只是我兒子心裡住著一個女人，我很清楚，他不會娶妳，永遠不會。妳還是趁年輕，好好抓住一些能握住東西，不要去肖想不切實際的。」

「阿姨，我是真的很愛傅愈。」管櫻沒想到沈璐那麼直白，臉色白紅了又紅，尷尬又刺痛極了。

傅愈心裡有人，是誰？

「妳走吧。」沈璐打斷她，面露疲倦：「如果傅愈知道妳今天來，妳肯定沒好果子吃，他最討厭自作聰明的女人。」

人家已經冷漠的下了逐客令，管櫻臉皮再厚，也不好意思再留下來。

「那……阿姨，我先走了。」她雙眸微紅的走出病房，心裡是難受也有氣憤的。沈璐看不上她，她感覺的出來，但對晏長晴卻笑得那麼甜，看來果然是自己出身不行。

難不成沈璐中意的是長晴，傅愈心裡的那個人是長晴？這個念頭閃過，管櫻不安了。當初捨了宋楚頤攀上傅愈這顆高枝，她便是豁出去了。其實傅愈哪裡有宋楚頤好，平時對她忽冷忽熱，當狗一樣，呼之則來揮之則去。

相反，宋楚頤就不同了，雖然外表清冷，可骨子裡有時候卻是極細心的，也從不會看不起她。

她走出醫院大樓，越想越心酸，也格外的想念曾經的宋楚頤。這時，迎面一輛奧迪A7開進來，熟悉不過的車牌號讓她心跳加速，窗戶裡，優雅的容顏在夜色中掠過。

她呆了呆，站在路中間竟然忘了動。一陣尖叫和緊急剎車中，一輛摩托車把她撞倒在草地上，司機也摔在一邊，管櫻手和腰一陣劇痛，好一陣子動彈不了。

摩托車司機罵罵咧咧站起來：「他媽的有病啊，叫妳讓開不讓開，是不是想死啊，想死一邊去，別連累我。」司機揉了揉大腿，又繼續罵：「娘的，我腿都快摔斷了，還不知道會不會骨折，這醫療費妳必須賠。」

管櫻臉色煞白，這都什麼事，明明是她被撞了，反過來被人要賠償，不過面前的男人兇神惡煞，她是真有些怕的。

「我看你說話中氣十足，能走能動，應該只是擦破了點皮外傷。」身後，清冷的聲音從熙熙攘攘的人群議論聲中傳出來，管櫻心底一震，驀然轉頭。

來人身材清雅挺拔，黑色格子襯衫，八分長的褲腳下露出精緻的腳腕和白色球鞋，顯得一雙長腿比例修長的猶如男模。不過他瞳色清冷又銳利，瞬間將那名司機壓制下去。

管櫻看到這張臉，眼淚一下子湧出來：「楚頤，我好痛……」宋楚頤低頭看她，彎腰捲起她衣袖，細白的手臂血跡斑斑，他皺眉，周圍的群眾也指指點點起來。

司機惱道：「別以為你是她朋友就可以以多欺少，剛才大夥都看到了，我車滑出了很遠，人也摔得很慘，現在不僅我人有事，連摩托車也壞了，這事不賠就別想算了。」

「我剛才分明看到你摩托車速至少有四十公里。」宋楚頤不慌不忙冷道：「人來人往的醫院裡，你騎的這麼快完全可以告你超速，而且這是醫院，隨時會有病人經過，你有沒有想過，如果撞到的是一個患者，興許已經送去急診室搶救了，你有什麼資格在這裡大呼小叫。」他站起來，目光綻放出冷厲：「這裡四處都有攝影機，我可以把員警叫過來讓他好好看看，到底是誰的過錯。」

「就是，分明是他開的那麼快，活該。」人群裡還是有人指點起來。

司機立即沒了剛才的囂張：「行行，都有錯，今天這事那就這麼算了，我摩托車也不讓她賠了，我自己修。」他說完一瘸一拐的去扶車。

宋楚頤冷笑：「慢著，你撞了人就想這樣走嗎？這位小姐撞倒在地上半天都起不來，受了內傷也不一定，如果你就這樣一走了之了，等一下她的治療費、CT費誰來出？」

司機氣憤的瞪大眼：「你別欺人太甚，我也受了傷！」

「既然如此，就一起檢查一下，對了，我剛才已經報警，他們已經到了。」宋楚頤用下巴努了努進來的警車，彎腰抱起地上呆若木雞的管櫻，往急診室的大門走。

「讓讓，這裡怎麼啦？」剛從外面買了草莓的晏長晴發現這裡擠了一堆人，好奇的湊進來瞅，正好看到宋楚頤抱著一個女人著急的離開，她愣住，那個女人虛弱的依偎在他胸膛裡，不正是管櫻嗎？

「妳沒看到，剛才那個司機撞了人，還想訛詐人家，幸好那大帥哥出來英雄救美。」站旁邊的一名少女花癡的道：「妳沒看到剛才那男人有多帥，簡直帥呆了，不過他好像跟那女的認識，瞧他緊張的模樣說不定是她男朋友呢。」

晏長晴突然很後悔過來了，感覺像吃了芥末似得嗆，整個五官都在嗆。

就在不久前管櫻還在說宋楚頤很關心她，不到四十分鐘她就親眼見到，自己老公著急的關心自己好朋友，她這個老婆簡直像個招牌。明明管櫻是來探望沈璐、討好傅愈，這一會兒怎麼又跑宋楚頤懷裡去了？只是，剛才管櫻實在太柔弱了，男人見到都想保護的，管櫻受了傷，她是應該關心自己朋友的，不應該總想著宋楚頤抱著管櫻的畫面。

他們會不會舊情復燃呢？宋楚頤會不會後悔跟自己結婚？晏長晴忽然很沮喪，也懊惱。她想，雖然她不愛宋楚頤，但可能和宋楚頤畢竟是她老公有關吧。

過了一會兒，管櫻傳了一封簡訊：『長晴，我有事先走了，我們改天再聯絡。』這話的另一層意思是暫時不用找她。

晏長晴百感交集，難道管櫻是怕自己打擾她和宋楚頤嗎？這樣子傅愈哥怎麼辦，她怎麼辦？遊魂似得回到病房，晏長晴把草莓洗乾淨放沈璐面前，問：「阿姨，管櫻怎麼就走了？」

沈璐挑了一顆紅紅的草莓，才語重心長的說：「長晴，其實阿姨不喜歡這個管櫻。」沈璐溫和笑笑：「阿姨知道妳的性格，妳把朋友看的重，我這麼說妳朋友，妳肯定不高興，但長晴，不是每個朋友都像妳對別人付出的一樣坦蕩，管櫻這姑娘和妳不一樣，她目的性很強，野心很大，這種人為了能達到目的是很可怕的，本來我是不應該跟妳說這些，畢竟妳會不高興，但阿姨是為妳好，也是真的疼妳，把妳當女兒，跟妳提個醒，掏心掏肺也要看人品。」

晏長晴皺眉，思慮了一會兒回答：「阿姨，您說的這些我都知道，管櫻她確實和我不一樣，但每個人都有每個人的目標，朋友嘛，無非是只要她對我真心，沒有害過我，就夠了。」她承認，管櫻有些行為她不喜歡，但這並不能抹滅她們多年的友情關係。

「阿姨，每個人都有好的一面和不好的一面，就像傅愈哥，他在商場上也不可能是清清白白的，但他對您好，作為親人這不是足以欣慰的嗎？」

沈璐一時啞口，無奈苦笑，說這孩子單純其實也通透，只是她還是擔心這個管櫻會對她造成傷害。

離開醫院，晏長晴買了阮恙最喜歡吃的麻辣燙去了她公寓，阮恙剛洗完澡，披頭散髮、不修邊幅的把她給接了進去。

晏長晴嘟唇：「老天爺真不公平啊，妳都這個鬼樣子還這麼漂亮。」

「天生麗質難自棄，沒辦法。」阮恙嬌媚得意的豎起兩根蘭花指。

「滾。」晏長晴朝她甩去一記刀眼。

「哈哈，傻。」阮恙個比她高，一把攬住她肩膀：「妳不也美嗎？」

「美又怎麼樣，又沒人喜歡我。」晏長晴沮喪的把自己丟進沙發裡。

「怎麼啦，有喜歡的人啦？」阮恙邊吃麻辣燙邊好奇的問：「誰啊，這麼沒眼神，我們可愛的長晴寶寶都不喜歡，告訴我名字，幫妳戳瞎他雙眼。」

晏長晴抿著的嘴巴顫了顫，半晌才問：「有酒嗎？」

「幫妳開。」阮恙立即開了瓶紅酒。

晏長晴倒了半杯，直接悶了，澀澀的味道跟她的心情一樣，眼眶也紅彤彤、濕潤潤的。

「真的不開心啦？」阮恙也不開她玩笑了，正色。

「我……」晏長晴張嘴，又不能提管櫻，大家都是朋友：「阮恙，妳說男人是不是都喜歡那種清麗動人、溫柔婉約的女人，就像管櫻那種？」

「沒啊，如果要找女朋友，我肯定不找管櫻，找妳這種可愛的。」阮恙笑咪咪的捏她小臉：「長晴，我們四個人中，我太理智，朵瑤太無拘無束，管櫻特別現實，只有妳最純粹，所以男人往往會更喜歡妳這種，有時候妳只是當局者迷，其實妳很受男孩子喜歡，只是自己沒意識到。」

晏長晴愣愣的吸吸鼻子後，抱住她：「阮恙，我就知道我是妳的真愛啊，只有妳懂得欣賞我。」

「那是一定的，妳可是被我罩著的人。」阮恙端酒杯和她碰了碰。

晏長晴酒量還算不錯，可心情不好，半瓶酒下去迷迷糊糊的睡了。

晚上九點二十。簡樸的公寓大門，宋楚頤扶著管櫻走進去，打開牆壁上的燈。

屋裡明亮，管櫻從他懷裡抬起柔弱又隱忍的雙眼：「楚頤，謝謝你，今天要不是你，我真的不知道該怎麼辦。」

「妳已經說過很多次了。」宋楚頤把她放到沙發上，站直身子：「早點睡吧，我先走了。」

「楚頤……」管櫻突然泫然欲泣的抓住他手腕，宋楚頤皺眉，眼睛裡也射出陰沉。

管櫻落淚：「我知道你把我想的很不堪，不過我沒有辦法，有些事我從來沒跟你說過，我爸是個酒鬼和賭鬼，我弟也不懂事。成天只知道闖禍，家裡所有的開銷來源，都是靠我媽在廠裡從早到晚的一點辛苦工作。前些日子，我爸借了高利貸的錢，追債的都跑到我家裡來把東西都砸了，我媽摔了一跤住院，家裡都要錢，我沒有辦法，所以才會跟了傅愈……」她哽咽的說，淚水無助的流過臉頰。

宋楚頤英俊的臉平靜無波，只是冷笑：「這種事妳不跟我說，卻跑去委身別的男人，管櫻，妳把我當什麼，空氣嗎？還是妳以為傅愈比我有能力？」

「不是，不是！」管櫻哭著搖頭：「我怕你嫌棄我，你教養那麼良好，我擔心你受不了我的家庭是這樣的，楚頤，現實太殘忍，我第一個男朋友就是知道我家情況就離開我了，我太愛你了，我怕你不要我，而且我家這種狀況也是一時半會兒改不了的，我只能靠我自己，就算你能幫我，我也不想像寄生蟲一樣一直依附著你，給你帶來麻煩，但我不想你誤會我，我從來沒有這樣去愛過一個人。」她說著握緊他的手緩緩蹲在地上，淚水濺在她褲腳上。

宋楚頤抬頭閉眼沉默了半分鐘，低頭把她拉起來，她握緊他衣袖。他掰開，神情複雜：「不管妳說的是真的還是假的，從我看到妳和傅愈的那一刻，我們就已經沒結果了，路也是妳自己選的，管櫻，好自為之。」他說完轉身離去。

門關上的那一剎那，管櫻止住了哭聲。宋楚頤的性格是怎樣的，她瞭解，沒指望能一下挽回他，她得一步一步來，今晚只是讓他不再恨她。

宿醉一夜的晏長晴睜開眼，天已經亮了。她腦子裡下意識的閃過宋楚頤那張生氣的臉，趕緊爬起來開機，宋楚頤三個未接來電和一則訊息。

『晏長晴，我提醒妳，妳是個有夫之婦，夜不歸宿是不是也該給電話，別做的太過分了。』

晏長晴看了手機一會兒，打字回覆：『還是那句話，當時結婚說好互不干涉，只要不鬧出緋聞就夠了，回不回你那睡，不需要跟你彙報。另外，你要明白，我們兩個人之間沒有感情，你不愛我，我也不愛你，請你別再像個老媽子，對我管東管西，還有，我要出差，這幾天都不回去。』發完後，晏長晴心裡那口積壓的氣好多了，她決定再也不想理宋楚楚了，把她當什麼了，病貓都有發威的一天。

正開車到醫院停車場的宋楚頤拿手機一看簡訊，臉色就跟外面陰沉沉的天色一樣，烏雲密布。

他想把手機砸了。本來也只是名義上的結婚，他用不著對她好，可看她孩子氣性格有時候會感覺多了小妹妹，不過現在看來都沒這個必要了，這就是個狼心狗肺的女人。

他下車走到辦公室，還是打電話給展明惟：「你幫我查查你們電視臺的晏長晴最近行程。」

「你查她做什麼？」展明惟捧著熱茶悠哉的喝著，笑：「難不成宋醫生看上我們的臺花了？」

「她跟我登記結婚了。」

「什麼？」展明惟差點從椅子摔下去，好半天才坐穩：「今天不是愚人節，別逗我啊。」

「沒逗你。」宋楚頤沉沉開口。

「你該不會是因為……」展明惟猜到了什麼，欲言又止：「用不著這樣吧。」

「結都結了。」宋楚頤嘆氣：「當初該挑個圈外的，現在說這些也晚了。」

「行，我幫你查查。」展明惟摸摸下巴深思：「臺裡那些主持人我打交道比較少，不過我倒是聽秘書說過，馮臺長那老傢伙一直想潛了你老婆，還有昨個兒馮臺特意跑我這來，說是上緯那邊的傅愈前兩天親自打電話給他，說這次臺裡合資的電視女二必須由你老婆出演，否則換人，哎，你說晏長晴的關係啥時候和傅愈也這麼好了。」

宋楚頤揌揌跳動的眉心。

展明惟一拍大腿：「對了，你肯定不知道女一是誰，就你前女友管櫻，我去，這傅愈有能力啊，你老婆、前女友全招惹……」

「啪」，宋楚頤直接把話筒甩下，眸色深的幽不可測。

接連三天，晏長晴都沒回觀湖公館，宋楚頤也沒打電話來。有時候，她忙完拿手機看上面沒他一個電話也是氣憤的，這個男人，說不聯繫就真不聯繫了。

週四，上緯集團在裡約山莊舉辦晚會。這次晚會主要是為了慶賀《黎明之前愛上你》即將開拍，晏長晴作為女二也應邀出席，傍晚六點，上緯那邊親自派了一輛加長轎車來電視臺門口迎接，除了晏長晴外，還有女四號池以凝，以及另外幾位客串主持也都出席。

車裡，池以凝冷眉橫眼的仇視著她。氣氛冷凝的要命，其他幾個主持人擔心的緊，唯恐兩人再次吵起來，好在總算一路安靜的到達了山莊。

晏長晴剛下車，江朵瑤穿著一件拉風的卡其色風衣、紅色高跟鞋走來，棕色的長髮在迷離的燈下飄逸，風衣下雪白的小腿妖嬈又高冷。

「我的女神，什麼風把您從坎城的紅毯吹過來了！」晏長晴驚喜。

「哈哈，是管櫻請我來的，我的兩個好閨蜜難得在劇裡擔任女一、女二，我這做好姐妹的再忙，也必須出來壓壓場啊。」江朵瑤一出場，跟隨而來的臺裡幾位主持爭相過來打招呼。

「江小姐，還記得我嗎？上次在巴厘島我是採訪您的主持人。」週日檔的綜藝節目主持人林韻靦腆的說：「真沒想到您跟晏長晴的感情這麼好。」

「噢，記得。」江朵瑤勾了勾唇，聲音突然提高：「你們只知道我和長晴是同學，卻不知當年我和長晴還同住一個宿舍，那感情好的啊，裙子都穿同一件。」

她是近兩年崛起的年輕藝人，粉絲群龐大，花園裡站著的幾個記者聽到她話立即「呺擦、呺擦」的拍下照片，晏長晴和江朵瑤是好朋友，這可是好新聞啊。

「長晴，沒想到啊。」晚間新聞的夏諾豔羨的說：「妳們那學校同屆出了不少紅人，還有誰是妳好朋友沒跟我們說，平時也太低調了吧。」

「那是，我們長晴一向都很低調。」江朵瑤似笑非笑的睨了站後面的池以凝一眼：「所以啊，常常讓人以為她背後沒人，好欺負，池小姐，妳說是不是？」

眾人目光頓時聚焦在池以凝身上，她面露尷尬握拳，卻也不敢和江朵瑤硬碰硬，只能強擠出一絲笑容：「沒有的事，長晴姐在臺裡一直很得我們這些晚輩的尊重，尤其是我，特別的敬仰她。」

晏長晴摸了摸身上冒出來的雞皮疙瘩，這個池以凝，演技簡直比她還好啊。

江朵瑤也饒有興味的盯著對方，正要開口，晏長晴忽然挽住她手臂，笑盈盈道：「時間不早了，先進去吧，我都有點餓了。」

她和江朵瑤並肩走在前面，身旁的女人不大高興：「妳不是一直說池以凝欺負妳嗎？正好我在，我還想幫妳出口氣呢。」

「妳已經表現的夠明顯了。」晏長晴心裡是暖的：「妳心意我明白，不過畢竟是我們臺裡的事，我不希望妳捲進來，這個池以凝我和交鋒了兩年，她是個小人，明裡暗裡都能來，朵瑤，妳如今雖然紅，但還不如阮恙穩，更應該步步謹慎，弄得不好，會背個耍大牌、欺壓主持人的名頭出去。」

江朵瑤愣了愣，驚訝：「哎呀，妳這丫頭，如今想的比我還靈活啊，當初我還一直擔心妳傻，不適合這行業呢，可阮恙非說妳不傻，還是她看的明白啊。」

「我不該傻的時候，還是很清楚的好嗎？」晏長晴唇角立即勾起抹得意，只是一抬頭，看的迎面走來的男女臉上的笑便掛的有些艱難了。

琉璃璀璨的水晶燈下，管樱今晚一襲白色長裙，美得飄逸出塵、清新脫俗，她身邊的傅愈一身墨黑的西裝，粉襯衫沒繫領帶，還解開了三粒扣子，凜冽中透著幾分痞痞的味道。這樣的傅愈，晏長晴沒見過，可一個成熟穩重的男人身上流露出痞痞的味道，只會讓女人更加著迷、怦然心動。

至少今晚傅愈是女人眼中唯一的焦點。

但此刻這個男人卻被管樱親暱的挽著手臂，她臉上溫柔甜蜜的笑幸福的猶如一朵剛綻開的花朵。晏長晴心裡升起一股酸酸澀澀的羨慕，為什麼傅愈就不喜歡她呢。

「妳們倆怎麼現在才來呢？」管樱嫣然一笑。

「剛才和長晴電視臺的幾個人在外面聊了一會兒。」江朵瑤和傅愈握了握手：「傅總，您今天晚上真是帥氣逼人啊。」

傅愈眼角緩緩流瀉出笑意：「長晴覺得呢？」

目光突然落在自己身上，晏長晴一怔，管樱心裡也一緊，想起沈璐說的話，立即看了一眼傅愈。

她和傅愈認識時間不長，可他的眼神她還是能看出來，面對自己時，他哪怕笑的時候眼睛裡的紋路都是極淡的，但這一刻，雖然看著也笑的淡，但眼睛裡的神彩卻透著她說不出的光彩，彷彿蕭瑟的冬天終於迎來一抹春色，這樣的目光傅愈對著旗下的任何女藝人都沒有過。

傅愈心裡的那個人是長晴，她突然萬分確定了。她眼底滋生出隱痛的複雜，為什麼不是別人，偏偏就是晏長晴呢。晏長晴身上有她所沒有的一切，她明明沒有母親，卻能在父親和姐姐的保護下無憂無慮。大學畢業後，大家都在為了能出名而努力，而她卻因為有父親的支持在電視臺混的順風順水。

如今晏磊不行了，又冒出一個青梅竹馬的傅愈撐腰，有時候她覺得自己跟晏長晴比是骯髒的。她是羨慕、嫉妒的，也是攀比過的。可也僅僅如此，因為晏長晴是她好朋友，這個乾淨的女孩曾經在她人生最困難的時候一次一次的鼓勵她，她們四個人笑笑鬧鬧的走到了今天，是最暖的時光。

但為什麼她想要高攀的人會喜歡晏長晴呢。她心裡百轉千迴，連手裡的提包捏出褶皺也沒發現。

對面的晏長晴也是百轉千迴，頭頂的琉璃燈甚至刺得她眼睛發疼，但臉上的笑卻越發的明媚，她聽到自己說：「對啊，傅愈哥真的很帥，和小櫻就像一對璧人一樣特別的配。」

「真的嗎？」傅愈也依舊在笑，可幽黑的眸卻似乎有洶湧在淺淺的滾動。

晏長晴捕捉到那抹洶湧怔了怔，心裡掠過抹奇怪的感覺，但很快又忽略掉了，傅愈哥可能是聽到自己那麼說太高興了。

「是啊。」她再次點頭，眼波清澈：「再沒見過比你們更配的。」

傅愈放在口袋裡的拳頭慢慢握緊，盯著她一會兒溫聲說：「我去準備待一會兒上臺演講的事，妳們三個先聊聊。」

「嗯，去忙吧。」管櫻溫順的放開他手臂，柔軟的視線目送他背影。

江朵瑤手在她眼前晃了晃打趣：「人都走了還看，我大老遠的為了妳們過來，能好好招待我嗎？」

「我的錯，我的錯，來，帶妳們去吃東西。」管櫻一左一右的牽著兩人往陽臺上走去，鮮花掩映中，一抹明月高掛，既隱私又安靜。

桌上放著各色美食，江朵瑤隨手拿了瓶中一朵花束，一看驚訝：「原來是花束餅乾，真精巧，長晴嚐嚐，妳剛不是餓了嗎？」

晏長晴拿過，吃了口，心情不好，如同嚼蠟。

江朵瑤和她們兩個聊起了一些拍戲方面要注意的事宜，不過也只說了十多分鐘便被她助理叫去接受記者的小採訪。

「朵瑤真紅呢，來了這麼多明星，唯獨記者想給她專訪。」管櫻羨慕的說。

「妳也很快會有這麼一天的。」晏長晴拿果汁潤了潤唇，忍不住問：「其實……那天在醫院，我買完草莓回去正好碰到那位宋醫生抱著妳離開，小櫻，妳是怎麼想的？」她說話的時候瞄了一眼管櫻，剛才她行走自如，根本不像有傷，這說明她那天只是皮外傷。

管櫻拂開眉間一縷垂落的秀髮，低頭安靜的說：「那天我被摩托車撞倒，幸好他出面幫我解圍，我其實也沒想他抱，可是他很關心我，執意要抱我去醫院拍X光才放心，長晴，我沒告訴妳是怕妳誤會，想多了。」

晏長晴突然後悔問了，可嘴巴賤，又多問了：「那後來也是宋楚頤送妳回去的嗎？」晏長晴心底微微一動：「妳不會又放不下他了吧？」

管櫻別開臉，望向她身後盛開的芍藥回答：「長晴，我和妳不一樣，我很清楚自己要的是什麼。」

晏長晴皺眉：「我不管妳要的是什麼，但我不希望妳做出腳踏兩條船的事情。」

「因為那個人是傅愈？」管櫻忽然盯著她。

她問的太突然，晏長晴猝不及防，眼神不經意的閃爍了下：「當然，傅愈哥是個不錯的好男人。」

管櫻笑了笑。

是嗎？恐怕只對她一個人好，所以在她眼裡才是個好男人，可對自己來說，他不是。

「管櫻，來一下，我介紹一個導演給妳認識。」管櫻的新經紀人薛高急急走上來，管櫻站起來，走出幾步，問：「長晴，妳要不要跟我一起……」她話還沒說完就被薛高揪著走下去了。

路上，薛高板著臉數落：「妳不要以為有傅總在後面撐著就有資本提攜人了，他能捧妳幾天，妳就自個兒好好抓住這幾天機會，妳身邊朋友，就算關係再好，入了這行，都是競爭對手，妳帶她過去，要是導演看上她怎麼辦？沒有自私自利、不擇手段的決心別想在這個行業混。」

陽臺上，晏長晴默默吃東西，薛高在想什麼，她清楚，心裡也默默吐槽，她也根本沒想去好嗎？

「這誰啊，剛才不是很多人陪著嗎？」池以凝突然出現在視野裡，嬌顏的臉上掛著冷冷的笑容：「我現在都有些怕跟您說話了，畢竟您如今可是臺裡的紅人，除了和左騫關係不一般外，另外還攀上了傅愈這棵高枝，長晴姐，您也教教我啊，說說到底用了什麼法子。」

晏長晴心情本來就不好，一聽她話火起，乾脆道：「是啊，我現在可是有傅愈撐腰，妳小心點，說不定我告妳一狀，怎麼離開臺裡的都不知道。」

池以凝臉色變了變：「行，三十年河東、三十年河西，我們看看誰能在臺裡笑到最後。」

樓下的陽臺上，展明惟搖了搖杯中鮮豔欲滴的液體後，看向剛來不久的宋楚頤，輕輕舉杯，笑的眉目璀璨：「又是一個有傅愈撐腰的女人，不過你這個老公存在感是不是太低了？」

宋楚頤臉色已經和外面的月光如出一轍的清冷。

他放下水杯，面無表情的轉身離開了陽臺，展惟明好心情的展開雙臂依靠在護欄上，看樣子樓上不久有場好戲要上演了，他得看看。

晏長晴一個人吃了一會兒，覺得索然無味，正好注意到靠牆的斗櫃上放著兩瓶紅酒，她這人其實有點隨了晏磊的喜好，有點饞酒。

她拿起一瓶準備打開，身後突然傳來男人略沉的聲音：「我竟不知道我老婆還有好酒這一口。」回頭，今晚宋楚頤西裝筆挺的她差點閃花了眼，平時他看起來高冷的就像墨畫，今晚挺拔傲岸，豐神卓然，緋色的眼窩深處薄光閃爍。

晏長晴手裡的開瓶器倏然滑落。

他一隻手從下面接起，緋薄的唇優雅的動了：「就算傅愈沒時間陪妳，也用不著一個人在這裡喝悶酒吧？」

晏長晴心中一萬隻草泥馬踐踏而過：「你、你怎麼會在這裡？」她傻乎乎的問。

她問完立即緊張兮兮的往他後面看，希望這個時候管樱他們都不要過來。

「怕被傅愈看到？」宋楚頤抓住她皓腕，面容藏匿在夜色中格外的暗沉。

「不是……」晏長晴說完後突然想起自己幹嘛害怕，錯的不是她，於是又瞪眼改口：「看到又怎麼樣，反正我行的正、坐的直。」

「剛才也不知道是誰，說現在可是有傅愈撐腰，得罪了她怎麼離開臺都不知道。」宋楚頤看到她忽然蹭紅的臉，只當她心虛。

晏長晴確實是心虛，眼神也尷尬的閃閃爍爍：「我那是故意氣池以凝的，她老羞辱我。」

「她是真的在羞辱妳，還是確有其事？」宋楚頤深邃的眸，靜靜的盯視著她。

晏長晴回過味來，湧上深深的憤怒：「你也和她一樣認為我是那種人？」

「長晴，今晚的話我親耳聽到，傅愈為了妳和你們臺長下令，女二不是妳就撤資，事到如今我能相信妳和傅愈沒關係？」宋楚頤握著她的手腕微微用力，晏長晴吃痛的皺起眉，眼睛酸澀，也很委屈、氣憤。

臺裡的人再多的謠言她忍忍也就算了，可連他都這樣說，她很失望：「宋楚頤，我告訴你，跟你結婚的時候我清清白白。」

「那是，初吻都還在。」宋楚頤薄涼的笑笑：「長晴，其實我知道妳第一次還在，那次幫妳做檢查的時候我就發現了。這也是為什麼我願意娶妳的原因，妳說妳的職業後，其實我心裡挺訝異的，在妳們這個行業很少還有妳這樣堅守自己的。」

「原來……那你當時還說那些羞辱我的話！」晏長晴漲紅了臉，身體像著火似得，靈動如水的雙眼羞憤的瞪了他一眼，又羞惱的咬唇，軟嫩的嘴唇像果凍一樣紅潤潤的讓人想咬一口。

宋楚頤遺憾的壓下體內陌生的悸動，淡淡說：「那天正好我心情不好，可能我對妳們這個圈內的人有偏見，不過這段時間相處下來，也許我還是不夠瞭解妳，我們這段婚姻也許錯了，我不逼妳，一年後我們再去辦離婚手續。」

「離婚？」晏長晴震驚的僵硬。

她雖然和宋楚頤沒有感情基礎的結婚，但從來還沒想到過離婚，為什麼突然提離婚了，難道是他發現自己最愛的還是管櫻，所以後悔跟自己結婚了？

「嗯，我們畢竟剛結婚沒多久，突然說離，兩家都不好交代。」宋楚頤轉過身去，花園裡不明亮的光線落在他精美的臉上，顏色很暗：「一年後離婚，彼此說相處不合適，也有個合理的交代，何況一年後，妳父親的公司應該也步入正軌了。」

這對晏長晴來說確實是個好消息，可心裡卻悶悶的不是滋味。她想，也許是因為她覺得自身的魅力太差勁了。

在她低著頭時，宋楚頤仔細打量她今天的著裝。

抹胸款的白色禮裙以完美的曲線貼合著她嬌軀，裙子上繡著一朵朵精巧的玫瑰花朵，腳上蹬著銀色高跟鞋，烏黑的長髮披在雪白的肩頭，透著一股子羸弱又性感的美豔，今晚這個女人美得會讓任何一個男人生出一股想擁住她的衝動，她的鎖骨、她的肩胛，冰肌玉骨。

宋楚頤心裡微微的嘆口氣：「但從我作為男人的角度出發，我認為妳離傅愈遠一點會比較好，我相信妳父親、姐姐都會這麼認為，傅愈對妳好，但他對很多女人都好，如果妳在他心裡真的那麼特別，他身邊就不會還帶著另一個女人，很多男人都只是想玩玩，但女人一不小心就把自己的心賠了進去，該說的，我也說了，妳以後也別總是躲著不回去，總在外面住著也不安全，如果妳不習慣和我住，我可以搬出去，讓王阿姨住家裡，妳也不至於一個人害怕。」他走到臺階邊，宴會廳裡明亮的光線也將他人暈染的柔和了。

晏長晴心裡一滯，嗓子被堵住似得，他突然變得這麼善解人意，她可能不習慣了。

「不用了啦，我搬到我朋友那住就行了。」她低低說。

宋楚頤看了她一會兒，開口：「那隨便妳吧，晚會好像快開場了，我先走了。」

他挺拔的身影離開，晏長晴低頭，忽然發現那瓶酒一直被她緊緊的握在手裡。

第七章　夜宴

晚會開場，傅愈走上演講臺。廳裡站滿了知名人士，可他面對眾人氣場十足，二十多分鐘的演講也神色從容。

展明惟靠在廳內不起眼的羅馬柱抽菸：「這個傅愈不簡單啊。」

「還好吧。」宋楚頤從容的切著手中的香煎小牛排。

展明惟吞吐口煙盯著他：「話說回來，你幾時變那麼好了，還好心的提醒人家，一年後還答應離婚，要是我真不會就這麼算了，不過就是個晏家嗎，你宋少爺會放在眼裡？」

「買賣不成仁義在。」宋楚頤面色始終沉靜：「何況晏長晴和管櫻不一樣。」

「哪裡不一樣？」展明惟勾唇嗤笑，「難道因為她的初夜還在？」

宋楚頤放下刀叉，全身靠進座椅聳肩：「我們的婚姻本來就是一場交易，她不喜歡我，硬逼著一個不喜歡的人朝夕相處，對方也不會開心，我提醒她，是覺得傅愈不像個好人，事到如今，我們只能各取所需。」

「男人不壞，女人不愛啊，就是這個道理。」展明惟挑眉攤手：「管櫻不就是個最好的例子。」

宋楚頤聞言，薄唇抿成一條冷峻的弧度。

晏長晴無精打采的坐著，目光不時的在會場瞟著，突然馮臺長走過來道：「妳們跟我來，展局長也在，和我一起過去打聲招呼。」

眾人一驚，立即小心的跟著馮臺過去。

夏諾驚奇的問馮臺長：「展局長平時不是挺低調嗎？怎麼也會來參加這種宴會啊？」

「誰知道。」馮臺長也心裡煩，平時在臺裡作威作福慣了，最怕碰主管了。

一行人過去，晏長晴驚奇的發現展局長身邊竟然坐著宋楚頤，兩人有說有笑。

「哎，那誰啊，長得真不錯，跟展局長好像關係挺好的。」池以凝看到宋楚頤後失了一會兒神。

「是啊，看舉止應該是富家子弟。」林韻也點頭。

晏長晴心裡萬般震驚。弄半天宋楚頤是跟展局長一起來的，宋家原來在她們電視臺這麼有後臺。

她狗腿的想，巴結好宋楚頤，她的事業就能扶搖直上啊，管櫻知道了，是不是腸子都會悔青了。

「展局長，您過來怎麼也不跟我說聲。」馮臺笑的滿臉褶子過去的和展明惟握手。

「正好無事可做，過來瞧瞧。」展明惟輕描淡寫的說。

臺裡的主管和展明惟一一握手，最後輪到她們幾個主持人上前說好聽的話。到晏長晴時，可能是宋楚頤在旁邊，她太過緊張，握了展明惟半天的手，憋紅著臉沒說出一句話來。

池以凝撇唇笑：「瞧瞧長晴姐，見到展局長緊張的連話都說不出了。」

「不是，我是……是見展局長比去年更年輕，太驚訝了。」晏長晴紅著臉結結巴巴的說：「我瞧妳是看我身邊的人，瞧的忘了說話了。」

展明惟睇著細長的鳳眼望向宋楚頤。

宋楚頤如蝶翼的睫毛輕輕一掀，有豔麗閃過。

眾女主持都情不自禁的將目光停頓在他身上，池以凝屏息問：「展局長，這位是？」

「兄弟，姓宋。」展明惟接過馮臺長遞過來的香菸彎腰，由著他幫自己點上，馮臺長一聽，趕緊又小心翼翼的朝宋楚頤遞去一根香菸。

「我不抽菸。」宋楚頤擺手。

那邊，曹總編輯立即端了酒來，展明惟笑：「我這兄弟也不喝酒。」

「現在不喝酒也不抽菸的男人少啊。」林韻緋紅著臉頰瞅著宋楚頤。

像她們這種身分的誰不想攀高枝，展明惟結婚了，沒敢想，可眼前英俊的男人單是和展明惟是兄弟的身分那就不得了了。

展明惟三十三歲就能坐上臺裡局長位置，不僅是為人能幹、精明，更重要的是他後面的背景極其雄厚，而能成為他兄弟的人那地位肯定是不一般。

「馮臺、展局長，原來你們在這。」傅愈低沉的笑聲先傳了過來，眾人自動讓開條道，他和管櫻一起走了進來。

管櫻先看到長晴，再看到宋楚頤時面容姣好的臉色變了變。

傅愈眉間掠過玩味：「咦，這不是宋醫生嗎？」

馮臺長立即解釋：「是我們展局長兄弟，傅總您也認識？」

「認識，當然認識，博瀚醫院神經外科的天才主刀手，宋醫生我怎麼會不認識。」傅愈唇角輕挑的說：「我母親的病也是多虧了宋醫生妙手回春，一直想好好感謝宋醫生，沒想到大家這麼有緣。」

「還有這檔子事。」展明惟抖了抖菸灰，笑的像隻狐狸一樣。

傅愈看向眾人：「要不……一起玩骰子如何，猜數字，猜中數字的人就喝酒。」

「傅總，宋醫生是不喝酒的。」林韻提醒。

「那不願喝酒的人，可以玩冒險，如何？」傅愈攤開雙手，他手上有薄薄的細繭。

馮臺長等人立即贊同，展明惟也幽幽的點頭，宋楚頤似乎無法拒絕，只能點了點頭。

玩骰子的正好十個人，五男五女。

落座的時候，展明惟突然朝晏長晴招了招手：「來，坐這邊。」

傅愈拿骰子的手一頓，馮臺長瞧得心裡直打顫。

前幾天不是才跟局長說，傅愈瞧上晏長晴嗎？這一會兒局長又要幹嘛。

管櫻也看向傅愈，他低頭彷彿沒聽見的在研究骰子。

晏長晴走過去，正好坐在展明惟和宋楚頤中間，她肩膀挨著宋楚頤，聞到他身上清洌的香味，像葡萄柚味道。

「猜吧。」那邊傅愈已經搖好了骰子，含笑提醒：「小心，別猜到點。」

晏長晴數了下位置，有兩顆骰子，正好十個人，越到後面猜到的風險越大，她正好是倒數第三個，危險指數占七成，瞅了一眼宋楚頤，他雲淡風輕的正在品嚐咖啡，她又看了一眼笑容掛的幾分勉強的管櫻，也不知在想什麼。

「喝還是冒險？」桌子上突然熱鬧起來，晏長晴一回神，發現馮臺長中了。

「我隨意。」馮臺長看傅愈興味十足忙笑：「傅總您吩咐。」

傅愈在一旁抽口菸笑道：「喝酒吧，白的。」

馮臺一口喝了。

第二輪到馮臺搖骰子，這次輪到管櫻，馮臺嘿嘿道：「要不就親傅總一下吧。」

傅愈臉色一沉，馮臺猛地意識過來，忙改口：「還是喝吧。」

展明惟抖抖菸灰：「這麼大杯白酒女人喝下去不大好，女人改紅酒吧。」

「謝謝展局的照顧。」管櫻看到邊上一言不發的傅愈只能強顏歡笑的點頭。

又接連了七、八回，眾人也陸陸續續的中了幾次，輪到展明惟搖骰子時，宋楚頤不幸猜中了。

「宋醫生不能喝酒，看來只能大冒險了。」傅愈笑的興致勃勃。

展明惟嘴角翹了翹，用牙籤叉了一塊芒果：「要不然讓晏小姐用嘴喂你吃了這塊芒果？」

熱鬧的小包廂突然安靜極了。

幾乎每個人臉色都凝注，尤其是傅愈，笑意僵在眼睛裡，管櫻眼神錯愕。

展明惟手裡的那塊芒果小的可憐，如果用嘴喂，唇和唇碰到的幾率非常大，就算沒碰到，呼吸交融是在所難免。

晏長晴難以置信的面紅耳赤：「宋醫生輸了，是他冒險，跟我沒關係吧。」

「是啊，展局長這不大合理吧。」傅愈立即低沉的開口。

馮臺也著急的向展局長使眼色，可他像沒看到一樣，興味十足：「那剛才曹總編還親了池小姐，怎麼到宋醫生和晏小姐就不合理了，楚頤，你認為呢？」他睨向旁邊清冷的男人。

晏長晴心提了起來，緊緊盯著側顏。

宋楚頤看著她嬌顏酡紅的面頰幾秒轉開臉，倒了一杯白酒：「我喝。」一飲而盡，杯子見底。

晏長晴呆了呆，盯著他白皙的面容，想起上次他在自己家裡醉的一塌糊塗的模樣，桌下扯了扯他褲子，小聲問：「你沒事吧？」

宋楚頤面無表情的搖搖頭。

池以凝掩唇嬌笑：「宋醫生，就這麼不想跟我們長晴姐一起吃芒果？」

「妳不覺得芒果太黃了嗎？」宋楚頤淡淡扯唇，眾人一愣哄笑。

展明惟拍著桌子，大笑：「對對，太黃，來來，繼續玩。」

「你們玩，我去洗手間。」宋楚頤起身，晏長晴和他靠得最近，一瞥便發現他額頭上泛著潮光。

又玩了一回，晏長晴手機突然響，她借著這個機會趁機離開了酒桌。

電話是晏長芯打來的，無非是問她和宋楚頤過的如何，三言兩語應付過去，晏長晴想了想往廁所那邊走，正巧遇到宋楚頤跌跌撞撞從男廁裡出來，他踉蹌走兩步，靠在牆壁上，泛著潮紅的容顏微微往上抬，瞳眸微醺，流暢的下巴線條還性感的流淌著水珠。

「宋楚楚，你還好吧！」晏長晴左右看看無人，躡手躡腳的過去埋怨：「你看看你，不能喝酒幹嘛逞強呢！」

宋楚頤微微顫著的灼人雙眼與她對視，勾唇邪邪的：「妳的意思是希望我和妳一起吃芒果？」

晏長晴臉一熱。

他背部離開牆壁，朝前一步，卻搖搖晃晃的往她身上倒，晏長晴小聲輕叫著扶住他，可他身體完全壓在她瘦小肩膀上，她沒選擇的只能抱住他背部。

地板上勾勒出兩人抱在一起的剪影，晏長晴心怦怦亂跳，後悔的要死，早知道今天不穿這件禮服了，肩膀全部露了出來，弄得現在宋楚頤好像跟她肌膚相貼。

她第一次跟一個男人這樣親暱的貼著啊，第一次有男人在他肩膀上噴著呼吸啊，又癢又麻的。

「你你……現在要怎麼辦啊，還是回酒桌嗎？」晏長晴緊張的不知所措：「或者回去？」

「妳開。」宋楚頤從褲兜裡掏出一把車鑰匙。

晏長晴呆了呆：「可是我還在參加晚宴啊。」

「好吧，那我自己走。」宋楚頤離開她，扶著牆壁搖搖晃晃的走。

晏長晴跺腳，可以讓山莊的人送啊，這人！不過想想好歹夫妻一場，鬼使神差的還是走上去攙扶住他。

兩人從後門出去的，晏長晴找到他車子，宋楚頤跌進副駕駛位上，閉著眼睛俊容抽搐的往後仰。

晏長晴坐上駕駛位，發現他手捂著胃。

「是不是那杯喝的太急，傷著了。」晏長晴沒喝白酒，可也猜到那杯白酒又多辣，平時不喝酒的人一口喝下去確實會扛不住。

宋楚頤抿緊薄唇沒說話，只是手不停的揉著胃。

一個男人在自己面前露出疼痛的姿態，晏長晴手足無措，想了半天，從皮包裡找出瓶青草藥膏：「這個塗在肚子上，清清涼涼的，會沒那麼疼。」

宋楚頤掃了藥瓶一眼，點點頭，解開西裝鈕扣，接著襯衫從皮帶裡拿出來撩起輕喘：「幫我擦，我沒力。」

晏長晴看著他肚子上健美的腹肌，手不爭氣的抖了抖。她一直以為小說裡、電視裡，只有女人醉酒才是撩人的，原來男人醉酒也能露出這麼嬌柔的一面，這樣的宋楚頤簡直太需要女人呵護了。

晏長晴深長的吸了口氣，小宇宙爆發了，她沾了點青草膏塗在他胸口，男人的肌膚也是細膩的，而且也燙，燙的她手指頭都在抖，宋楚頤胸膛隨著她指腹的揉動而起伏，晏長晴越揉只覺得男人的呼吸越沉重。

她微微抬頭，他瞳孔灼燙的彷彿有火星子在跳動。「不會是越來越痛了吧？」晏長晴嚇了跳。

「……好些了。」宋楚頤把襯衫放下來，閉目粗啞的說：「幫我繫下安全帶。」

「噢。」晏長晴擰好藥瓶，湊過去取安全帶，她手不夠長，半天也沒摸到，不自覺的抬起身子。

宋楚頤再次睜開眼，看到的便是昏暗的車裡，她身體匍匐在他身上，左手抵在自己靠背上，唇和他下巴的距離也極近，對方身上淡淡的果香溢滿了鼻息。

他眼簾再微低，她抹胸款的小禮裙也隨著她的姿勢擠壓著自己，宋楚頤咬緊牙根，強壓下身體裡的悸動，把手放進口袋裡問：「好了沒有？」

「好了。」

他尷尬，其實晏長晴也尷尬，她趕緊坐回駕駛位，心裡噗通噗通亂跳。

車子開出莊園後沒多久，馮臺長打電話給她：「長晴啊，妳接個電話接到哪裡去了，快回來，傅總在等你呢。」

車裡很安靜，晏長晴手機聲音又調的挺大，她下意識的看了宋楚頤，也不知他何時睜開了眼睛，朝她伸手：「把手機給我。」

「你要幹嘛？」晏長晴緊張。

「幫妳解釋。」宋楚頤手長，把手機從她耳邊奪了過去，嗓音微醺的說：「馮臺長。」

「宋醫生！」馮臺吃驚。

「是這樣的，剛才我一杯酒下肚不大舒服，正好遇到了晏小姐，她送我去趟醫院，麻煩你跟明惟說聲。」宋楚頤淡啞的聲音裡有種貴公子的威嚴。

「這樣啊，沒問題、沒問題，先去醫院要緊，改天再聚。」馮臺長連忙客氣的說。

掛電話後，馮臺長心裡叫苦不迭，這通電話是傅愈授意的，這個晏長晴怎麼這麼能招惹男人啊。回酒桌上，他非常歉意的把這個消息告知眾人。

管櫻怔住，傅愈眼底掠過一絲陰霾，展明惟玩味的笑了笑：「有點意思哦。」

馮臺急的都想桌下踹他局長了，有啥意思啊。

「我突然想起還有點事，展局長，你們慢玩。」傅愈猛然起身離開，管櫻是以他的女伴出來的，當即臉色也變得蒼白起來。

轎車裡，宋楚頤放下手機，晏長晴激動：「你幹嘛那樣說？」

「兩個人突然失蹤，我不說會顯得越可疑。」宋楚頤臉色淡冷下去：「放心吧，下次見到傅愈我會幫妳解釋。」

「你幹嘛老扯上我和傅愈。」晏長晴甩給他一副「你有病」的表情，宋楚頤摁摁眉心，本來就頭暈，也懶得跟她爭，乾脆閉上眼。

半個小時後，車開進市區，前面一排排長隊排著。

晏長晴打開窗戶往外瞅了瞅，看清楚後打了個哆嗦：「完啦，前面在查酒駕。」想退已經是不可能了，中間有護欄，這是單單行道，旁邊有交警在走動，她剛才在山莊裡也是喝了幾杯紅酒的，如果被查到酒駕，她這種公眾人物形象肯定會占據明天娛樂新聞，弄不好還會被臺裡處置。

一路上昏昏沉沉的宋楚頤睜開眼往後一看，就這一會兒功夫，兩人車後面已經堵滿了車。

「天啊，還有記者在。」晏長晴整個人都慌了，欲哭無淚：「宋楚楚，明天我要是被臺裡處置，你能不能跟展局長打聲招呼，好歹我是為了送你回家。」她用力拽著他袖子。

宋楚頤被她哭的頭疼，抽出袖子道：「跟我換個位置。」

晏長晴反應過來，震驚不已：「可是你也喝了酒啊，你也會被處罰，說不定會吊銷執照。」

「我有認識的熟人，不會那麼嚴重。」宋楚頤把座椅往後調了調，彎腰往駕駛位上擠。

晏長晴感動之餘像怪物似得傻傻看著他：「宋楚楚，你突然變得這麼好，我真的好不習慣。」

「能不能快點，別拖拖拉拉的。」宋楚頤受不了她傻白甜的目光。

晏長晴心裡還是過意不去，但想到真被拍到酒駕了，後果可想而知，尤其是她這種上升期的人一點醜聞都不能有，胡思亂想中，她嬌小的身體被宋楚頤抱到了副駕駛位上。

晏長晴心裡惶惶不安：「你真的沒關係嗎，你剛才還醉的很厲害呢，還能摸方向盤嗎？」

「我現在好些了。」宋楚頤輕輕踩油門，車子往前滑去。

晏長晴牙齒咬著拳頭，弱弱的拍馬屁，一臉小粉絲的模樣：「宋楚楚，我突然覺得你好帥哦。」

「妳自己把臉藏起來。」宋楚頤好笑又好氣，收回目光，想去摸手機，心裡突然罵了聲，手機難不成扔在山莊忘拿了？

他想打電話給厲少彬那小子，只要有厲少彬在，酒駕不是問題，可是沒手機就是大問題了。

他俊臉僵住，這時，一名交警已經拿著測酒器在敲窗戶了。

戴上口罩的晏長晴只露出一雙水汪汪的大眼睛感動又內疚、緊張的望著他。

他心裡暗罵了聲，只能硬著頭皮打開窗戶。

交警讓他哈口氣後冷笑：「兄弟，你這度數高的可不是酒後駕駛，是醉酒駕駛啊，簽個名，下車跟我去一邊坐坐吧。」

宋楚頤吐口氣解開安全帶，對晏長晴說：「妳去前面攔計程車先回去吧。」

「沒事，我等你。」晏長晴特別的過意不去，這個時候她一定得仗義相陪。

「我勸妳還是回去吧，等一下還要去給他做個血液檢查，弄不好還要拘留。」交警懶洋洋的說。

晏長晴愣住了：「酒後駕駛要被拘留，這麼嚴重，是不是搞錯了？」

「美女，他這是醉酒駕駛，嚴重多了。」交警招呼同事過來開車。

晏長晴怔住了，第一次知道這種事，她後悔了，早知道不該換，她被查了頂多就是酒後駕駛啊！

「其實剛才是……」

「妳給我回去。」宋楚頤低冷的打斷她，小聲道：「我會想辦法的，現在妳留下來更麻煩。」

晏長晴仔細一想，他不但認識展局長，而且還是宋家的人，便信了：「那你什麼時候回來，我等你。」大眼珠誘人的像黑葡萄一樣。

宋楚頤心裡默默嘆息：「還不清楚，可能要半夜吧，妳別等我。」

「你沒事了，打個電話給我啊。」晏長晴慢吞吞的下車。

她離開時，看到宋楚頤站在馬路邊，旁邊站著幾名交警朝他指指點點，一旁，馬路燈光照耀在他發梢和側臉上，晏長晴內心深處彷彿被什麼輕輕戳動了，這一刻，宋楚楚真的好帥氣哦。

今晚的交警大隊似乎格外熱鬧，宋楚頤頭暈暈乎乎的坐椅子上。

熙熙攘攘大廳裡，一個彪形大漢還在發酒瘋，幾個交警圍上去被他撂倒了好幾個。

「你們什麼東西，敢抓老子，知道老子是誰嗎！北城的局長看到老子都得叫一句大爺！」酒鬼分不清東南西北的破口大罵。

宋楚頤太陽穴一鼓一鼓的，這個時候好想找張床睡一會兒。他這輩子最不行的就是喝酒，偏偏半個月醉了兩次。這次還被弄到警局了，沒有手機，也不記得號碼，他今晚難道要在這裡過了？

一名大隊長走過來冷厲道：「今天晚上你們都好好給我待著，明天酒醒了，該拘役的拘役，該罰款的罰款。」

宋楚頤臉色變了變：「我可以打個電話給家人嗎？我今晚沒回去，怕他們擔心。」

「知道家人會擔心還敢醉酒駕駛。」大隊長嗤了聲，把座機丟過去。

宋楚頤撥了自己手機沒人接，又試著撥了宋楚朗號碼，結果也撥錯了，這個用手機生活的時代，大腦早就不會浪費時間去記號碼了，這時候只希望展明惟能在山莊發現他手機。

夜裡十一點，晏長晴洗了個舒服的澡出來，朋友圈到處都在轉發這次北城查酒駕的事情，她腦子轉了轉，拍了張自拍，上傳微博，並寫道：「今晚城中到處在查酒駕，幸好本寶寶沒有喝酒。」微博上去後，得到網友的點讚和好評，晏長晴坐沙發上捂著嘴偷笑。

羅本跳到沙發上舔她臉，晏長晴一把抱住牠，點著牠小鼻子說：「是不是覺得我厚顏無恥啊，我告訴你，哪個明星不無恥的，不無恥的明星不是個好明星。哎呀，這麼晚你老大怎麼還沒回來呢？」

羅本搖搖尾巴，傲嬌的往她懷裡蹭。

「真是沒良心，你老大不回來也不擔心。」晏長晴想想，不放心的打了個電話給宋楚頤，結果沒人接，可能還在交警大隊忙碌吧，就算找關係也是需要時間。

不過宋楚頤不回來她大概也是睡不著，於是拿手機開始查醉酒駕駛的處罰，結果越看越心驚，這可是要拘留還要罰錢的啊。宋楚頤真的太偉大了，幸好抓的不是自己，她拍拍胸口，繼續打電話給宋楚頤。

轎車裡，展明惟半睡的倚在後座真皮座椅上，手機響了幾次，他才被吵得不耐煩的睜開眼，拿起一旁的手機，「晏蠢蠢」三個字浮動在螢幕上。他笑噴，頓時一點睡意都沒了，這誰啊，宋楚頤竟然弄個這樣的電話名進去。

他按下接聽鍵，立即傳來緊張兮兮的女人聲音：「宋楚楚，你什麼時候回來啊，沒被怎麼樣吧？」

宋楚楚？展明惟忍著嘴角抽搐，這兩口子有點意思。

「楚頤他怎麼了？」

「你不是宋楚頤？」晏長晴這才聽出聲音不大對：「那你誰啊？」

「晏長晴，妳連我聲音都聽不出來。」展明惟清清嗓子：「今晚楚頤走的時候手機落在山莊了，這小子喝醉了也粗心大意，幸好那裡的服務生把手機交給了我。」

「展、展局長！」晏長晴終於聽出來，嚇得像學生見到老師一樣騰地站起來，說話也結結巴巴。

「不用這麼緊張。」展明惟溫聲問：「我知道妳和楚頤結婚了，妳剛說他怎麼了，沒一起回去？」

晏長晴立即把酒駕的事告訴展惟明，著急嘀咕：「他說他有認識的朋友不會有事，可他沒手機怎麼連絡人啊，該不會真被扣留了吧。」

「妳別急，我去交警大隊問問。」展明惟安慰。

「那展局長，拜託你了，宋楚楚他都是為了我才被抓的。」晏長晴愧疚到不行。

了。

展明惟掛掉電話，又打了個電話給交警大隊的熟人，一番打聽才知今晚確實有個叫宋楚頤的被扣了。

夜裡一點，展明惟才把宋楚頤從裡面領出來，該交的罰款還是得交，同時兩個月內不能開車，並且要去醫院做義工。

上車後，宋楚頤閉目休憩，鬧了這麼一齣，他實在有些累，而且想到要去柏瀚醫院義工，他整個人都有點不好了。

展明惟反倒興致極好的拿手機滑微博，滑著滑著突然哈哈笑了起來。

「你抽風了？」宋楚頤心情極差。

「哎，你看你老婆的微博。」展明惟拿著手機放他面前。

螢幕裡，出現一張晏長晴盤著丸子頭的自拍照，純素顏，肌膚吹彈可破，像剛出生的嬰兒，五官明豔，但當他看到上面的字時，眉角禁不住抽了抽：「幸好本寶寶沒有喝酒。」她還要點臉嗎？

「你老婆真夠樂的。」展明惟樂開了花：「有意思，特別有意思。」

宋楚頤皺眉：「有意思個頭，你怎麼會有她微博？」

「我一電視臺局長，臺裡主持人的微博我都有。」展明惟笑道。

「給我也申請個。」宋楚頤直接把手機丟給他。

「喲，您萬年不碰這個，瞧不上我們這些小玩意，怎麼突然要申請帳號了。」展明惟挑眉打趣。

「有用。」宋楚頤鼻子一哼。

展明惟給他在手機下載了微博，很快申請了號，取名「楚楚動人」。

宋楚頤登進去後氣結：「展明惟，你有病吧，幫我換掉。」

「名字取了就不能換。」展明惟聳肩：「要不你自己去申請唄。」

宋楚頤哼了聲，沒轍。隨便添加了幾個人，便在晏長晴最新一則微博下評論：『厚顏無恥。』

凌晨將近兩點，宋楚頤打開家門一室明亮，沙發上，一人一狗睡得挺香。

他把門輕輕關了，羅本從晏長晴懷裡抬起狗腦袋。

宋楚頤換了鞋子走過去朝羅本招招手，羅本委屈的「嗚嗚」了聲，乖乖的從晏長晴懷裡出來，晏長晴迷迷糊糊的翻了個身，香肩滑出大半，暖暖的光線打在她臉上，靜謐又風情。

宋楚頤站沙發邊上看了一會兒，把她從沙發上抱起來。

「宋楚楚……」女人粉唇咕噥了一句，纖細的睫毛抖了抖，臉在他胸膛上蹭了蹭。

他一怔，陰沉的目光在沒有察覺的時候變得柔軟，算她還有良心。

第八章　觸動

晨黎明的光線從窗戶裡醒目的照耀進來，晏長晴被陽光刺醒，伸了一個長長的懶腰，坐起來，才猛然意識自己怎麼到了床上，記得昨天在沙發上等著等著就莫名其妙睡著了。

難道是宋楚楚回來後抱他進來嗎？她低頭，發現自己身上還蓋著被子呢。晏長晴心裡漫起一股不知名的情緒，發了一會兒呆，她立即衝出去。

王阿姨在廚房裡做早餐，主臥的房門緊閉著。

晏長晴鬆口氣，看樣子宋楚頤回來了，想到他昨天晚上仗義相助，晏長晴走到廚房門口：「王阿姨，您是要煎蛋嗎？您教我，這蛋我來煎。」

王阿姨微微一笑：「是想給宋醫生做早餐？」

晏長晴不好意思的搓搓手掌：「也不是啦，我自己也想學學。」

「行，我教妳。」王阿姨點點頭。

晏長晴長這麼大，碰鍋子的次數一隻手都能數過來，她照王阿姨的方法把蛋打下鍋，起初還好好的，後來不知怎的，油一爆濺到她手腕上，宋楚頤剛洗漱出來就聽到廚房裡一陣慘叫聲。

「怎麼了？」他快步過去，看到晏長晴捧著自己的手，嘴唇、鼻子、眼睛疼得都擠在一起，那模樣別提有多楚楚可憐了。

「長晴說想給宋醫生煎個雞蛋，結果不小心被油濺到了。」王阿姨忙說。

宋楚頤一愣。

晏長晴默默的垂下頭，完啦，宋楚楚肯定會覺得自己太沒用了。

「給我看看。」頭頂響起男人清和的聲音。他輕輕的拿過她手，晏長晴抬頭正好看到男人低下來的俊雅容顏，他吹了吹紅通通的手腕處，她呼吸一窒，肌膚彷彿泛起一層酥麻。

「跟我來。」他牽著她手走進浴室，他掌心又厚實又暖和，晏長晴一時忘了掙扎，直到他擠了一些牙膏輕輕揉散在她傷口處。

一股清涼的滋味散開，晏長晴沒那麼疼了，眉也沒皺的那麼緊了，只是臉怎麼那麼燙呢，剛才幫她抹牙膏的宋楚楚真的好溫柔啊。

「以後別去碰油鍋了。」宋楚頤看著她慘兮兮的模樣，也實在不好責怪。

「這不是幫你煎個蛋，感謝你昨天幫我嗎……」晏長晴不好意思：「你昨天幾點回來的，我昨天打你電話，後來才知道你手機落在展局長那，後來是不是展局長幫你？」

她眼神清澈，宋楚頤卻莫名尷尬，昨晚要不是展明惟來了，他可能真要在那過夜了，不過這種丟臉的事是不能說的：「沒手機我也還是記得朋友號碼，妳別多想，昨天的事已經解決了。」

「真的？網路上說要拘役、吊銷駕照、罰款。」晏長晴面露崇拜，努力奉承：「宋楚楚，你後臺真的好硬哦。」

宋楚頤臉上掠過一絲不自然：「拘役和吊銷執照都不用，要在醫院當義工半個月，兩個月不能開車。」

「這樣啊。」晏長晴撓撓後腦勺，弱弱的說：「那我等一下送你去醫院上班。」

「可以。」宋楚頤點頭。

外面王阿姨提醒早餐好了。這幾天晏長晴都住阮恙那，早餐吃的都是渾渾噩噩，今天王阿姨又做了她最愛吃的法式吐司，晏長晴吃的有滋有味，一連吃了三塊。

「喜歡吃甜食？」宋楚頤瞄了一眼，留意到了。

「嗯。」晏長晴用力點頭，吃著吃著她突然想起一件事來：「那個，昨天晚上我說搬出去，不過這兩天我有點忙，後天要準備進劇組拍戲，等我拍完戲回來就搬。」

「在哪拍戲？」宋楚頤放下牛奶杯問。

「德勤寺那邊一個葡萄園，離北城沒多遠。」

宋楚頤挑眉：「拍鄉村愛情劇？」

「才不是。」晏長晴用力搖頭解釋：「都市愛情劇好嗎？我們只是在那邊取景，那邊風景很好。」

「這樣。」宋楚頤沒再多說。

於是晏長晴開始邊吃早餐邊滑微博，看到一個「楚楚動人」的留言時，她有點心虛，又有點氣憤。

「妳幹嘛呢？」宋楚頤問。

「看微博。」晏長晴嘀咕：「現在人真的說話好難聽，很愛罵人。」

宋楚頤忽然想到了自己昨天那則微博留言。

中午，電視臺，晏長晴坐椅子上讓化妝師給她弄頭髮。

放在大腿上的手機突然震動了一下，晏長芯傳來了簡訊：『快看快看，妳老公在醫院做義工，做義工也這麼帥，史無前例第一人啊。』

晏長芯幸災樂禍的還傳了一段小影片過來，人山人海的門診大廳裡，宋楚頤身穿紅背心、頭戴小紅帽站在多媒體設備旁，他旁邊圍繞著一群老老少少七嘴八舌，可宋楚頤也沒生氣，英俊的臉掛著十足耐心的告訴他們該如何取藥、掛號。

晏長晴想起在醫院第一次見到宋楚頤的時候，他穿著一身白大褂，舉止優雅，給人一種高不可攀、俊逸出塵的味道，但現在他從人人敬仰的主刀醫生變成義工，也沒有半點的不耐煩，如果是自己，肯定會鬧著、吵著跟晏磊抱怨了，更莫說宋楚頤的身分其實比自己高多了。

晏長晴拿著影片反復看了看，越看就越覺得當義工的宋楚頤越來越帥，而且涵養也特別好，對待病人也十分親切。

她退出微信，猶豫了一陣，最後打電話給宋楚頤：「我今天六點能錄完節目下班，要我來接你嗎？你不要誤會哦，我是看你昨天幫我，挺過意不去的。」

「好。」宋楚頤那邊似乎挺吵的，他也在忙沒多說。

掛掉電話後，晏長晴嘴角勾起一絲笑容。

化妝師鄧倫笑道：「談戀愛了？」

「沒有啊。」晏長晴立即否認。

「剛才看妳笑容還以為妳有喜歡的人了。」鄧倫笑了笑。

晏長晴渾身一怔。喜歡的人？宋楚頤？才沒有呢！她只是心裡歉疚，而且宋楚頤喜歡的是管櫻，這點她沒忘，晏長晴看著鏡子裡的自己，笑容莫名沉下。宋楚頤人不壞，做朋友是可以的。

五點錄完節目，晏長晴打開手機，有兩通晏長芯的未接來電。

她換了衣服便撥過去，晏長芯說：「剛才你老公被人打了。」

晏長晴嚇了跳：「啊？」

「下午宋楚頤去吸菸那區做義工，碰到一個剛死了親人的家屬，你老公讓他別在醫院裡抽菸，結果對方二話不說就動拳頭，把死了親人的氣全往你老公身上發。」

「怎麼這樣啊！」晏長晴氣呼呼的說：「死了人就能隨便打人嗎？那宋楚頤被打的很重嗎？」

「也不重，就是被打了兩拳。」晏長芯嘖嘖的說：「不過宋楚頤真是好度量，硬生生的只是躲著沒還手，不過也沒辦法啊，醫生不能跟家屬起衝突的，鬧大了還被發到網路上，對他前途有影響。哎呀，我覺得妳晚上還是好好安慰安慰妳老公吧。」晏長晴聽得心裡越來越難受。

她開車過去，在門口等了五分鐘，宋楚頤才出現在視野裡，他還是穿著早上的衣服，黑色長褲、黑色圓領針織衫。

他皮膚白，穿黑色也是極養眼的，只是臉腮上帶著傷口，眉角貼著OK繃，乍看有點像香港電視劇裡的古惑仔，再加上臉色臭臭的，看的她心裡怕怕的，說話小心翼翼：「我姐跟我說了，你做的對，是病人家屬不對。」

宋楚頤面無表情的看她一眼。

晏長晴心裡咯噔：「那個……你是不是很痛，我知道你心情不好啦，要不是你昨天幫我，也不會去做義工，更不會遇到這種事。」

「我幫妳，是因為昨天是我讓妳送我回去才會碰到這種事。」宋楚頤淡淡的嘆氣：「要是覺得過意不去，今天晚上請我吃飯吧。正好王阿姨今晚有事，家裡沒人做晚飯。」

「這個沒問題。」晏長晴發動車子又苦惱：「你喜歡吃什麼？」

「隨便。」

「我最怕隨便，說個什麼也好啊！」晏長晴粉粉的嘴唇嘟了嘟。

宋楚頤別開臉，手扶了扶額埋怨：「妳說妳一個女人，又不是小孩子，能別一天到晚嘟嘴嗎？」

晏長晴嘴唇垮下去，算了，他心情不好，不能跟他吵：「那我就去吃我自己想吃的了，你吃不習慣別怪我啊。」

宋楚頤沒反駁，最後晏長晴挑了一家韓國宮廷式烤肉館。

進去的時候，宋楚頤步伐在門口頓了一下，眼神很奇怪：「妳確定要吃這個？」

「你不想吃嗎？」晏長晴目不轉睛地盯著海報上的雪花牛肉。

「……吃吧。」宋楚頤抬腿走進去。

服務人員帶著他們上二樓，裡面的包廂也是類似韓式，沒有椅子，需要脫鞋盤腿坐，服務人員拿菜單給他們兩人看。

晏長晴客氣的問宋楚頤：「你想吃什麼？」

「妳先點。」宋楚頤還在仔細看菜單。

晏長晴不客氣了：「一份豬五花、雪花裡脊、牛排、大明蝦、炒年糕、培根金針菇卷、水果拼盤。」末了問宋楚頤：「你想好要吃什麼了嗎？」

宋楚頤合上菜單，抬頭對服務說：「差不多了，來一壺龍井。」

「好的。」服務人員笑著點了點頭，忽然猶豫的看向晏長晴：「請問您是不是《挑戰到底》的主持人晏長晴？」

「是啊。」晏長晴聽說這家店的服務很高端，來不少明星，不擔心隱私洩露，所以大方點頭。

「我一直都很喜歡看您的節目，也是您的忠實粉絲，能幫我簽個名嗎？」服務人員拿出紙筆激動的遞過去，晏長晴眉飛色舞的簽了自己名字。

服務人員離開後，她得意的衝宋楚頤哼了哼：「看到了吧，我還是很紅的好吧。」她不會忘了以前某個人嘲笑他不紅。

宋楚頤眼簾一掀：「當了那麼多年主持人，要是一個人都不認識，妳也挺糟糕的。」

「我不跟你爭。」晏長晴低頭開始玩手機。

沒玩多久一隻手突然伸過來拿走她手機，她抬頭皺眉：「幹嘛？」

「跟人在一起吃飯的時候，不要總拿著手機玩，不禮貌。」宋楚頤把手機往一旁丟。

「可是不玩手機幹嘛。」晏長晴烏黑的大眼睛不解的看著他撇嘴：「我們又沒什麼話說。」

宋楚頤皺眉，眉峰猶如山巒般，聳的高高的，晏長晴縮縮脖子。

「跟我在一起有這麼無聊嗎？」宋楚頤陰沉的問。

「不是、不是。」晏長晴趕緊搖頭，小心的說：「我就是不知道該說什麼好，怕你生氣啊。」她小腦袋瓜低著，像個做錯事的孩子，宋楚頤抿緊唇，一時沉默。

直到服務人員把好幾個大肉盤端上來，宋楚頤看著那幾個巨大的肉盤頭疼。

服務人員把肉放上烤盤，滋滋的香氣冒出來，晏長晴立即滿血復活的拿生菜包著吃的大快朵頤。

宋楚頤算是明白了，她第一次在公寓吃飯抱怨沒肉吃根本不是伙食差，是她本來就是個肉王，以前和管櫻出去吃飯，她總是稍微熱量高的碰也不碰，所以每次出去吃飯都是煩惱，她倒好，肉吃的歡。

「妳這樣不怕胖？」宋楚頤實在忍不住問。

「我沒那麼容易胖。」晏長晴喝了口水說：「等一下次去坐一百個仰臥起坐就好了，你不知道，我都好久沒吃烤肉了，這個一定要包生菜吃，特別好吃。」她說完還熱情夾了片五花肉用生菜一包，再加點蔥遞給他。

宋楚頤正要去接，忽然看到她舌頭在滿嘴是油的嘴邊舔了舔，他眼神一斂，默不作聲的接過生菜。

一頓晚餐，晏長晴吃的最歡，各大盤子裡的肉片幾乎被她橫掃，宋楚頤早早停下筷子，默默喝茶。

等她吃完時間已經快八點了。

「走吧。」宋楚頤站起來。

「我好飽，腿也麻了。」晏長晴烏黑的大眼珠慵懶的看著他，他只好伸手過去拉她。

買單時，晏長晴拿卡去刷，服務人員歉意的說：「不好意思，今天刷卡機出問題，不能刷。」

晏長晴窘，尷尬的翻了翻錢包，然後可憐兮兮的看向宋楚頤。

宋楚頤個子高，看到她裡面少的可憐的一百塊，他無語，掏自己錢夾，取出五張鈔票遞過去。

走出烤肉館，晏長晴感激萬分：「真的不好意思啊，本來說好我請客，不然這樣，等一下我領錢還你。」

「不用了。」宋楚頤道。

「不行吧，這樣不大好啦！」晏長晴又嘟起粉嫩的唇。

「這餐算我請妳，下次你再請我。」宋楚頤思考了一會兒，側頭說。

「嗯嗯。」晏長晴覺得這主意最好。

吃飽飯兩人直接回了家。一進家門，晏長晴直接癱在沙發上，宋楚頤回房洗澡，出來時，看到地上鋪了一張瑜伽墊，晏長晴躺在上面拚命坐仰臥起坐，羅本淘氣的趴邊上圍著她鬧。

「二十一、二十二……」晏長晴推開狗腦袋，上身挺起來，嘴裡吃力的念著。

「要我幫忙嗎？」宋楚頤走過來，指著她兩隻翹起的腳：「妳這樣好像沒什麼效果吧。」

「呃、好啊。」晏長晴不大好意思拒絕。

宋楚頤蹲下來壓住她兩隻腿：「還差七十八個是嗎？」

「是。」晏長晴點頭。

「開始吧！」他望著她。

她躺在地上，這樣被他盯著莫名覺得渾身不自在的臉熱，但也沒辦法，只能硬著頭皮繼續做。結果才做了四十二個，她便憋得滿臉通紅，氣喘吁吁，癱在地上半天也起不來。

「妳不是要做一百個嗎，才多少個就不行了。」宋楚頤雙目落在她衣服上，為了方便仰臥起坐，她特意換了件淺黃色的家居服，胸前的拉鍊被她拉到下巴處，但也因此顯得她挺有料。

他吃力的移開視線，晏長晴半咬著鮮紅的唇，額頭上的汗水打濕了瀏海，她吃力的挺起來，發出「嗯嗯」的氣喘聲，晏長晴渾然不覺，嘟著唇朝他哀求：「我不行了、不行了……真的不行了……」

宋楚頤太陽穴跳了跳，想到了不該想的畫面。

「我不做了。」放在腦後的手伸起來用力搖擺著，晏長晴嬌喘：「我放棄了，好累。」

她撐著手臂坐起來，見宋楚頤還壓著自己腿，而且還壓得越來越用力便推他：「你別壓我了。」

她抬頭，忽然發現宋楚頤眼神很奇怪，特別的深沉，特別的熾熱。

她睜大明亮的桃花眼疑惑的看著他，不知怎的，下意識感覺嘴唇一陣乾澀，忍不住潤了潤唇。

宋楚頤腦子裡繃著的弦終於「繃」的斷了。

他俯下身，精準的捕捉那張一整晚誘人的粉唇。

他提醒過她，讓她別總嘟來嘟去，可她就是不好好聽話，不聽話就算了，吃飯總用舌來潤唇，回家還跑到客廳裡做仰臥起坐，她難道不知道這樣的姿勢在一個男人面前有多誘人嗎？

他灼燙的大手緊貼住她纖細的腰身，晏長晴瞳孔驀然睜大，不知所措。

有沒有搞錯，他竟然在吻她，她的初吻！

晏長晴以前想過無數次她的初吻，她和傅愈花前月下，在幽靜的小湖邊，或者在幽暗的電影院……可是從來沒想過會是宋楚頤，而且這莫非就是傳說中的法式熱吻？

她迷糊的想起曾經在宿舍裡，阮恙說過法式熱吻就是唇和舌在交舞，那種滋味會讓人心跳加速。

好吧，她現在真的心跳加速了，而且快的要從胸腔裡迸出來了，渾身的力氣彷彿也慢慢的被抽取似得，軟綿綿的，一點力氣都使不出來。

緊接著她被一股力道推倒在瑜伽墊上，柔軟嬌小的身體被他籠罩在身下，晏長晴只覺得一切發生的太突然，被吻得氣喘吁吁，腦袋充血。

他怎麼能夠這樣吻她呢？

晏長晴慌了，腦子裡拚命的抓住一絲清醒：「那個……我們不是一年後要離婚嗎？」

一旁的羅本原本正好奇趴在地上，研究男主人是不是在欺負女主人，可這一會兒突然之間，男主人沒動了，好像被定住似的。

宋楚頤濃墨般的眼神裡光澤一點一點的聚攏，他低垂著頭，頭頂的吸頂燈光線被他遮去一大半，一張臉也因此顯得幽暗不明。

晏長晴躺著望著他，一顆心也起伏不定，這樣的宋楚楚看著好可怕噢。

宋楚頤喘息的握了握拳頭，起身一言不發的摔門回房。

「砰」的關門聲嗡嗡的迴蕩在客廳裡，羅本好像也被嚇一跳，受驚的往晏長晴懷裡躲，晏長晴神情呆滯的抱著牠，感覺也被嚇傻了。

她真的不知道他在想什麼呢？只是做著仰臥起坐突然之間就吻她了。她哆嗦的甩甩腦袋，想把那些發生的事情甩掉，可怎麼甩反而越發的記憶猶新。

她跟他這樣究竟算什麼呢？晏長晴心裡是難過的。

不過她也不認為宋楚頤是個猥瑣的男人，這些日子相處下來他脾氣雖然壞點，老愛板臉，但對她還是不錯的，可能孤男寡女住在一個屋簷下本來就不大好。這天晚上晏長晴華麗麗的失眠了。

半夜，宋楚頤突然聽到羅本的叫聲，門縫外，客廳有隱隱的燈光。

他起床出去，正好看到晏長晴捂著羅本嘴巴，蹲在電視機前，電視櫃一個抽屜敞開好像翻動過，只是見他出來的時候，烏黑的大眼睛閃過絲侷促和尷尬。

「不睡覺在做什麼？」宋楚頤瞧她眉頭緊皺、臉色蒼白，一隻手還捂住肚子，心裡微動：「不舒服，肚子痛？」

晏長晴眸色痛苦道：「你還真是神醫啊，我什麼都沒說你就知道了。」

「是不是腸胃不舒服啊？」宋楚頤淡淡的問。

晏長晴點頭如蒜搗，這一會兒也顧不得矜持和之前的尷尬：「這你也知道，剛才睡著睡著突然肚子痛醒了，塗了青草膏也還是沒用，我想找找看你家抽屜裡有藥沒。」

「妳當青草膏是萬能的？」宋楚頤眉頭抽了抽：「誰讓妳晚上亂七八糟混吃的，家裡沒藥，我平時不生病的。」

晏長晴要哭了：「你一個醫生家裡連藥都沒有，像話嗎？」

「我又不是開診所的。」宋楚頤彎腰問：「哪裡痛？」

晏長晴指了指胸下面那一塊，指完後突然意識到自己沒穿內衣，呆了呆，趕緊捂住自己胸口，低著腦袋瓜子往自己房裡溜。

宋楚頤拉住她胳膊：「妳多喝點熱水，我去醫院給妳拿藥。」

晏長晴停下腳步，動容的看著他，顯然不敢相信他會那麼好，宋楚頤沒看她，自己回房隨便換了身衣服就出門了。

晏長晴穿好內衣後，喝了一杯熱水，疼的實在難受乾脆就蹲在廁所裡。

不到四十分鐘宋楚頤就回來了，晏長晴已經虛脫似的從廁所出來，她把藥丸兌著熱水喝了，宋楚頤讓她回房躺著，還不到十分鐘她就迷迷糊糊睡著了。

九點多鐘醒來，王阿姨對她笑道：「宋先生去上班了，他說讓妳把早餐吃了再吃藥。」晏長晴看著桌上的藥盒，心情複雜的不知道說什麼好了。

吃早餐的時候，時間還充裕，她拍了張模樣憔悴的照片，然後傳微博：『生病了，可憐。』

微博傳上去後，沒多久文桐、左騫、阮恙、傅愈他們紛紛打電話過來問候，晏長晴感受到了濃濃的友情關懷，心裡滿滿當當的。

中午，宋醫生義工休息吃飯的時候，無聊隨手拿手機看微博，看到裡面晏長晴最新一則微博時，嘴角無語的勾了勾，他直接在下面評論兩個字：『做作。』

晚上，晏長晴在晏家等著吃晚飯，指著微博上「楚楚動人」的留言說：「現在的人真偏激。」

晏長芯睨了一眼說：「精闢到位，我覺得挺好的。」

「妳不是我親姐。」晏長晴朝她哼鼻子。

晏磊問道：「楚頤怎麼沒來啊，是不是妳沒跟他說今晚來家吃飯？」

「爸，他今晚上晚班呢，沒時間。」

晏長晴皺眉：「姐，你們醫院怎麼搞的，白天要做義工，晚上還得上晚班，太慘無人道了吧。」

晏長芯說：「沒辦法，宋醫生在神經外科醫術是頂尖的，他做義工後，主任想把他的病人暫時轉到其他醫生手裡，可有幾個病人不願意，尤其是手術這塊，今天晚上就是一個病人急需動手術，估計要到十一、二點了，就算手術成功了，病人還沒脫離危險期他也不能回去。」

晏磊一聽皺眉道：「長晴，妳晚點去給宋醫生送消夜，這次出去拍戲也要四、五天，這夫妻之間一定要互相關心，還有，順道去看看妳沈璐阿姨，她以前對妳們兩姐妹就像親生女兒，現在人家離婚，在北城又沒朋友，也要多看看人家。」

晏長晴點頭，晏磊不說，晏長晴也是想去趟醫院，畢竟昨天晚上宋楚頤大半夜為自己去買藥，早上又起那麼早上班，今晚又通宵，似乎認識他這麼久以來就沒見他睡過幾次足覺。

晚上九點，晏長晴探望完沈璐後，往宋楚頤辦公室走，到他那層，忽然看到一個戴護士帽的年輕姑娘從裡面躡手躡腳出來。

她愣了愣，心裡泛起不舒服的感覺，難道宋楚頤在辦公室亂搞？她轉身想走，不過轉念一想，現在進去說不定還能抓到蛛絲馬跡，戳穿他這個偽君子的真面目，再把他痛罵一頓，把消夜扔他臉上。

送的。

於是她也躡手躡腳的過去，打開辦公室門，裡面沒人，但他桌上放了三份消夜，晏長晴呆了呆，打開那消夜一看，一份粵式茶點、一份冰糖燕窩、還有一份味道足足的口味蝦，一看就知道應該三個人送的。

這……這簡直太豐盛了，晏長晴看看手裡寒酸的粥，氣憤又懊惱。

「妳怎麼來了？」門突然推開，宋楚頤看到她滿臉詫異。

晏長晴冷哼：「我爸怕你餓著，非逼我來給你送消夜，看來我是多此一舉啦。宋醫生您實在太受歡迎了，這麼多女人給你送消夜，簡直像滿漢全席一樣呢。」

宋楚頤看了一眼桌上的消夜，又看看她手裡提的東西，瞭然挑眉：「醫院裡很多暗戀我的人，我說過很多次，我也沒辦法。」

晏長晴瞧他風輕雲淡的模樣，忍不住氣結：「你是在跟我炫耀嗎？行啊，暗戀你的人多，看來我以後都不用擔心被我爸逼著來送消夜了。」她說完就往門口走，宋楚頤抓住她手腕。

「你幹嘛？」她瞪他。

「我昨天為了妳半夜三更跑醫院買藥，睡也沒睡好，妳就是這樣對待救命恩人的？」宋楚頤波瀾不驚的雙眼盯著她。

晏長晴鼻子哼了哼不看他，宋楚頤上前一步，把桌上的消夜扔進一旁的垃圾桶。

晏長晴愣了一下：「幹嘛都扔了？」

「免得某人生氣。」宋楚頤望著她溫淡的眉目流露出幾縷笑意。

「我才沒生氣。」晏長晴趕緊說。

「我沒說妳啊。」他說。晏長晴差點想咬掉自己舌頭。

「看看妳帶了什麼。」宋楚頤拿過她手裡的消夜盒，晏長晴緊張的臉紅，跟剛才的消夜比起來，她的粥簡直不堪入目了。

「噢，山藥粥啊，挺好的，養胃。」宋楚頤打開就著宜人的香氣品嚐起來了。

晏長晴嘟囔：「又沒有燕窩好。」

「我不喜歡喝燕窩，我平時比較喜歡喝粥。」他是真的餓了，也顧不得斯文，接連喝了幾大口。

晏長晴心裡莫名發燙，低頭從包裡找了衛生紙遞過去：「你怎麼那麼快就動完手術了，我姐說你可能要忙到十一、二點。」

「手術比較順利，提前結束了。」宋楚頤勺子頓了下：「妳肚子今天還有不舒服嗎？」

晏長晴搖頭：「你那藥挺有用的，今天不痛了。」

「不過妳自己還是注意點，這幾天多吃清淡的。」宋楚頤抬起頭：「明天幾點走？」

「上午走。」這樣的聊天對白，晏長晴有那麼絲絲彆扭：「你今晚不回去睡了？」

「嗯。」他捏捏眉心，眼角的疲倦溢於言表。

氣氛一時沉默，晏長晴緊張：「那我先走了，明天還要早起。」

「好。」他沒挽留，只是她轉身的時候又喚住她。

晏長晴轉過身，看他從抽屜裡拿出一個白色盒子遞過去：「防蚊噴霧。德勤寺那邊這季節蚊子好像挺多的，帶著吧。」

晏長晴呆呆的瞪大眼珠子看著他，大約呆了五秒她才上前接過盒子。

「謝謝，我……回去了。」晏長晴和他清亮的眼碰撞了下，小鹿亂撞的離開了辦公室。

上車後，晏長晴仔細打量手裡的防蚊噴霧，是新的沒開過，他特意買給自己的？這個念頭閃過，她有些羞澀，心裡怦怦亂跳，望著醫院花園裡百花綻放。

她默默感嘆，夏天真的來了呀，那她的夏天呢？春天不來，夏天總該來了吧。

第九章 進入劇組

早上十點，劇組派車來接她，車上坐的人挺多，晏長晴第一眼看到管櫻，她戴著墨鏡招手。

晏長晴坐她身邊愣了愣：「小櫻，妳臉色挺憔悴的。」

「嗯。」管櫻側頭對上她清澈的雙眼，眼眸複雜：「我和傅愈分手了。」

晏長晴怔然：「怎麼會？」

管櫻嘴唇溢出絲苦澀沉默，那天宴會她和宋楚頤離開後，傅愈就提了分手。

晏長晴小聲追問：「為什麼分手，是不是有誤會啊，有誤會就要解釋，別動不動就說分手。」

「長晴，妳應該知道我為什麼會和傅愈交往。」管櫻視線瞥向窗外，兩旁的樹木不停倒退，她嘴角悽楚：「各取所需罷了，我這樣身分的人在這段感情中從來沒有主導的資格。」

晏長晴茫然，如果管櫻是和別的人交往，分手她不會驚訝，這個圈子各取所需的人太多了，但這個人是傅愈啊，傅愈難道也像那些利用身分潛規則下面的老闆？她寧願相信，自己曾經喜歡的人至少是真心對管櫻動心才交往的，感情不應該是真摯的嗎？

傍晚時分順利的拍了兩場結束時，晏長晴才發現傅愈站在邊上，他手裡夾著一根香菸，被一群人簇擁著也顯得鶴立雞群。管櫻也看到了，她順著傅愈目光望過去，是落在晏長晴身上，她垂眸。

傅愈抬起腳步走過來，晏長晴朝他笑：「傅總。」

蘇導陪著笑說：「管櫻和晏長晴不愧是專業影視學院畢業，演技都很好，進入狀態的也相當快，我原本想著今天下午只能拍一場了，結果倒順利的拍了兩場，這次演員選的真好，比那些花了大價錢卻沒演技的明星強多了。」

傅愈點點頭：「我只是過來看看，拍的不錯。」

蘇導怔了怔：「傅總晚上在這吃飯嗎？我去鎮上安排一桌。」

「不用了，這裡也不大方便，我晚上還有個會，你們自己吃吧。」傅愈朝晏長晴招手：「妳來一下。」

劇組所有人目光頓時都落在自己身上，晏長晴尷尬，不過還是跟著傅愈一起往他停車的地方走。

傅愈偏頭打量她著裝，微微一笑：「妳今天這身打扮很像高中生，讓我想起了揚州的一些事情。」

「我今天也想起了以前一些事。」晏長晴望著夕陽下英俊成熟的男人，心裡五味雜陳。

「噢，什麼事？」傅愈眼眸亮了亮，多了絲興致。

「記得我高中的那時候，班上有個男生老欺負我，傅愈哥你知道後，有一天放學就在學校門口，堵著那個男生揍了一頓，那時候的傅愈哥在我眼裡是個很了不起、很善良的人。」晏長晴踢著腳下的石子：「當然，我們很久沒見了，人都是會變得……」

「長晴，妳有什麼話直接跟我說吧。」傅愈很聰明，直話直說。

晏長晴咬牙：「傅愈哥，你為什麼會跟管櫻分手？可能我沒資格這麼問，但管櫻是我朋友，我很想瞭解，因為在一起過了，所以玩膩了是嗎？」

「妳這麼想我。」傅愈嘴角依舊掛著笑，可眸底深處寒光凜凜：「管櫻跟妳說什麼了？」

「管櫻只是跟我說你們分手了。」晏長晴直視著他：「我也是看她氣色不對才問的。」

傅愈沉眉深思了一會兒：「長晴，妳瞭解妳身邊這位朋友嗎？」

「你什麼意思？」晏長晴生氣。

「她並不愛我，可能連喜歡都說不上。」傅愈語氣依舊很平靜，條理也清晰：「如果妳真的瞭解妳朋友，這個道理應該懂，她為什麼接近我，我給她想要的，這難道不夠嗎？難道妳認為我還需要照顧一個利用我的女人一輩子，或者娶她？」

晏長晴忽然啞口無言，確實，管櫻接近他的目的她很清楚。

「難道你對她一點感情都沒有嗎？」思考了一會兒，她換了個角度問。

「沒有。」提起這段感情，傅愈眼底是漠然的：「我甚至可以告訴妳，之所以願意讓她接近我，也是別有目的，管櫻之前的經紀公司正宇是我收購的目標。」

晏長晴愣住，她想起不久前左騫跟他說過，正宇傳媒被上緯集團敵意收購了，管櫻也是因此成為了上緯集團的藝人。

「可是之前管櫻只是正宇集團下面的一個藝人，她能幫你做什麼？」

「所以，妳對妳的朋友還有待瞭解，很多事不是妳想的那麼簡單。」傅愈忍不住摸摸她後腦勺，眼睛裡溢出溫柔。

晏長晴茫然的看著他，有些事情她可能懂，只是她不願去面對

「所以，長晴，我沒做對不起妳朋友的事。」傅愈深邃的眸越發的溫柔：「好啦，時間不早了，我也該走了。劇組裡如果有什麼不好的地方，或者誰欺負妳隨時跟我說，知道嗎？」

「……噢。」晏長晴現在心情微亂。

弄了半天傅愈和管櫻都是各有目的，她之前以為他們是真心相愛，她還嫉妒過管櫻，現在想想怎麼就那麼可笑呢。

「我這兩天還會再來的。」傅愈離開時，是戀戀不捨的。

晏長晴返回劇組，眾人看她的眼神似乎也不一樣，格外客氣。

晚餐是劇組從鎮上弄過來的便當，晏長晴和管櫻坐一起吃，她打開自己的餐盒，裡面有蜜汁排骨、油爆海螺、片片魚。

管櫻衝她笑：「都是妳愛吃的呢。」

「是啊。」晏長晴感覺奇怪，不過看看管櫻的，也挺不錯的，心裡那個要冒出來的念頭便打消了。

莊園的住房有限，晚上晏長晴和管櫻住一間。

晏長晴看到幾隻蚊子在屋裡飛來飛去，拿了防蚊噴霧噴了噴。

管櫻笑道：「平時見妳丟三落四，難得妳這次細心，帶了防蚊噴霧啊。」

晏長晴想到宋楚頤不禁臉紅。

洗完澡後，兩人並肩躺一張床上，晏長晴想著傅愈的話睡不著，翻來覆去，管櫻輕聲說：「大學畢業後我們很久沒這樣一起睡了。」

「是啊，大家都各忙各的了。」晏長晴也傷感：「小櫻，妳跟傅愈分手，想過以後的感情生活沒有？如果這部戲紅了，肯定也是邀約不斷，我覺得還是找一個真心喜歡妳的人吧。」

「傍晚的時候傅愈跟妳說了什麼，對吧。」管櫻忽然說。

晏長晴不吭聲，良久，管櫻轉過身，背對著她。

半夜，晏長晴感到身上一陣涼意，迷迷糊糊的睜開雙眼，看到管櫻正在幫她蓋被子。

大學裡一些回憶模模糊糊的湧上來，那一會兒大家一個宿舍，她總是愛踢被子，管櫻睡她下鋪，每次起來總是會幫她拉被子。不只是蓋被子，她性格大大咧咧、迷迷糊糊，生活和學習上很多小毛病導致她總捅簍子，管櫻就是那個在她背後收拾的人，用江朵瑤的話來說，大學那一會兒的管櫻就是晏長晴的老媽子。

她心裡酸了酸，握住她暖暖的手：「小櫻，不管妳做什麼，妳都是我朋友。」

「嗯，我也是。」管櫻握緊她手。

葡萄山莊拍了四天的戲，晏長晴感覺劇組的一些藝人私底下似乎都跟她保持距離，如果不是管櫻陪著她，她平時基本上就是一個人。晏長晴不喜歡這種感覺。

這天下午暫時沒她的戲，她特意拿了些堅果想給劇組的何詠穗送過去。何詠穗今年三十八歲，也頗有些地位，劇裡演她母親，晏長晴想著接下來幾個月她和何穗的對手戲很多，還是處理好關係要緊。

到何詠穗房間敲了一陣後沒人開門，晏長晴失望的往二樓陽臺走。還沒上去，突然聽到上面傳來何詠穗的聲音：「看到她那副小妖精的模樣就來氣，我怎麼也沒想到論資歷、論演技如今都敵不過一個靠潛規則上位的主持人。」

「沒辦法，誰讓人家跟上緯的傅愈關係不一般啊，沒看到開機第一天，傅愈大老遠的坐車過來就為了叫她過去聊幾句啊，整個劇組裡，她吃、住可是最好的，您和柯永源都得靠後站。」

另一個聲音來自劇組的嶽筱凡：「只有那個管櫻才會跟她天天在一起，我聽說管櫻之前也是傅愈的女人，也虧得她天天跟晏長晴同住一間房還沉得住氣。」

「說不定人家喜歡伺候同一個男人呢，聽說她們是好姐妹。」

「哈哈，說的也是。」陽臺上傳來笑聲，晏長晴氣呼呼的拿著堅果回房間，越想越生氣、越委屈。

翌日，池以凝進劇組，不拍戲時，她和何詠穗坐一起。

休息時，晏長晴心不在焉的盯著那邊，管櫻也注意到了問：「妳一直看她們做什麼？」

晏長晴把昨天在陽臺聽到的話鉅細靡遺的告訴她：「我明天就要回北城了，妳一個人對著她們這些人我不放心。」

「沒事，她們這些人我見多了。」管櫻淡淡一笑。

晚上，劇組安排車送她回北城，晏長晴上車時看到後座的傅愈傻眼：「傅愈哥，怎麼也在？」

「我來接妳。」傅愈挑著雙腿笑音沉沉，西褲交疊沒有一絲褶皺：「快進來。」

晏長晴莫名其妙。

關上車門，密閉的高級轎車裡彌漫著一股檀香味。

車子開動，傅愈遞給她一包杏仁：「妳以前最愛吃這些零嘴了。」

「不要啦，我最近減肥。」晏長晴靠著窗戶沒什麼胃口。

「拍戲太累了嗎？蘇導跟我說妳表現的很好。」傅愈微笑：「他還和我說，有意引薦妳去拍傅寧的新電影。」

「是嗎？」晏長晴想高興，可高興不起來：「傅愈哥，你不是對我的飲食和住宿都做了安排？」

「是啊，有什麼問題嗎？」傅愈扯了扯胸前的領帶，眸色微微轉正。

「當然有問題。」晏長晴皺眉：「我知道你是為我好，可這裡是劇組，本來就是人多嘴雜的地方，你這樣會讓人誤會，以為我被潛規則了，而且大家都知道你和管櫻前陣子的關係，人家說不定覺得我們二女同侍一夫呢。」

傅愈臉一沉，他五官略顯剛毅，皺眉的時候上位者的氣勢自然而然就出來了：「是不是有人說三道四了？」

晏長晴側臉：「沒有。」

傅愈已經猜到了：「是我思慮不周。」。

「傅愈哥，能拍這部戲，我已經很知足了，有些事還是任我自己發展吧。」晏長晴認真看著他。

「好。」傅愈沉默一陣點頭：「等一下一起吃晚飯？」

「這個……我爸他們知道我今天要回來，已經讓保姆做了一大桌子菜在家了。」晏長晴為難的說。

「那也好，很久沒見妳爸了，一直說想拜訪，結果沒遇到合適的時間，今天正好。」

傅愈說完後晏長晴好半天才轉過彎來，他這話的意思是要去她家吃？晏長晴整個人都不好了，要是晚上宋楚楚也在怎麼辦？宋楚楚肯定會想處決了自己。

「那個……可能沒煮那麼多飯，要不改天吧。」晏長晴艱難的說：「我讓家裡人多準備點菜。」

「我吃的不多。」傅愈眉目溫煦：「妳剛才不是說保姆做了一桌子菜嗎？」

晏長晴差點想咬掉自己舌頭。

傅愈笑笑：「沒關係的，以前也常去妳們家，我想妳爸也很樂意見到我。」

晏長晴默默的咬唇，完啦，她到底要怎樣才能阻止傅愈去她家。

一路上，晏長晴絞盡腦汁。快到家門時，傅愈突然接起電話，聊完後，他一臉遺憾：「臨時有公事，看來去不成了，下次吧。」

「嗯，好。」晏長晴懸了一路的心好像終於著了地，她現在怎麼有種深深的心虛呢？明明她清清白白的什麼都沒做。

晏家別墅門口，傅愈下車為她開門，剛張口晏長晴已經揮著手往院子走：「傅愈哥，謝謝你啦，慢點開車，我先回家了。」

他披著月光，面無表情的上轎車摔汽車門，點了根菸，他對前面開車的助理龍新：「給我去查查這幾天劇組裡的事情。」

「好。」

晏長晴往回看，沒看到傅愈身影後，撒開腳丫子的往大門口跑，才跑兩步，鼻子撞到一個堅硬的胸膛，她人撞得頭暈目眩的往下倒。

一隻手托住她腰，頭頂傳來宋楚頤的聲音：「妳有病吧，走路也不看前面。」

晏長晴捂鼻子：「你才有病，像鬼一樣，你胸膛那麼硬幹嘛，撞得我疼死了。」她朝他胸膛上用力搥了搥。

晏長芯在後面偷笑：「哎喲，這才一回來，小倆口就在門口打情罵俏的。」

晏長晴面紅耳赤瞪過去：「誰打情罵俏了。」

「還不好意思了。」晏長芯轉過身去：「行啦，不打攪小倆口，要親就親，親完快點進來吃飯，我等妳等得肚子餓扁了。」晚上的花園裡，晏長芯離開後，留下一片靜謐。

晏長晴心裡默默的想把晏長芯祖宗十八代都問候一遍，後來想起十八代裡也有她自己的祖宗就放棄了。不過真的好尷尬哦，她假裝沒聽見，揉著鼻子，五官都皺在一起，但心如小鹿亂撞。

算起來，那天醫院過後，她跟宋楚頤沒通過電話，也沒傳過訊息，回來也只跟晏磊說過，其實她也不清楚他晚上到底會不會來，不過再次看到他的時候還是搞不清他的心思。

「真的很疼嗎？」宋楚頤彎腰詢問。

「嗯……」晏長晴含含糊糊的應答。他突然拿開她手，優雅的俊容突然的籠罩下來，迷人的眸直勾勾的看著她，微風拂過，晏長晴不爭氣的臉紅了。

「嗯，鼻子挺好的啊，要是整的可能早撞歪了。」他薄唇動了動，吐出的話差點把晏長晴氣死。

「宋楚頤，你什麼意思，你認為我鼻子是整的？」

晏長晴真想往他俊臉上拍過去，什麼男人，這樣的花前月下，按照電視劇裡的情景，他眼神不是應該深情點，然後說一些體貼又關懷的話嗎？虧她之前還因為他送的那瓶防蚊噴霧悸動了很久呢，以為回來後會有不一樣的發展，原來她真的想太多了。

「妳理解能力錯了，我在說妳的鼻子很真。」

「懶得跟你說了。」晏長晴哼了哼，低頭去拿行李。

「我拿著吧。」宋楚頤先彎腰提上。

晏長晴還在氣頭上，他要提也不管他，徑直往別墅裡走。

餐廳裡的晏磊一回頭就看自家女兒趾高氣昂的像公主一樣走進來，他欣慰之餘指責：「妳說妳，一回來就讓楚頤幫妳提這提那的，也不知道對自己老公貼心點。」

「是我應該做的。」宋楚頤一副好女婿的模樣。

晏長晴瞧不順眼，故意說：「爸，男人本來就是做這些事的，我沒讓他來劇組接我就不錯了。」

宋楚頤聞言看了她一眼，晏磊擺手：「我都懶得說妳。」

張阿姨上前說：「宋先生，您先吃飯，行李我拿上去。」

「挺重的，我來吧。」宋楚頤提著上樓往晏長晴臥室走。

張阿姨看著他玉山般背影說：「宋先生的涵養人品，真是我見過最好的。」

林亦勤打趣：「張阿姨，難道我就不好了？」

「都好都好。」張阿姨笑看著晏長晴：「妳啊，是個有福氣的。」

晏長晴撇撇嘴，一家人都被宋楚頤給收買了。

隔日晏長晴被文桐的電話吵醒：「快給我死起來，十點要拍廣告。」

晏長晴爬起來，才發現宋楚頤早不在房裡，可能去上班了，換好衣服下樓，差點被落地窗外的兩個人弄得滾下樓。

有沒有搞錯，宋楚楚竟然跟自家老爸在練太極，不過宋楚楚今天一身軍綠色襯衫，皮膚白淨，練起太極也是氣質逼人，本來是老人練的，硬生生的被他整出一種高端大氣的味道。

張阿姨笑咪咪說：「宋先生真是有耐心，一般年輕人都練不了這個。」

「他本來就是個老年人性格。」晏長晴嘟囔。

吃早餐的時候目光往外瞄，瞄到自己都覺得沒耐心了，宋楚頤才從外面進來。

晏長晴看時間快九點了：「你今天挺悠閒啊，不用上班？」

「休息。」宋楚頤坐她對面，一隻手搭後面椅子上，姿態養眼。

「難得看你休息啊，你今天打算幹嘛？」晏長晴快速吃薄餅。

「約了朋友出海釣魚。」

晏長晴突然好羨慕，她也好想出海釣魚，雖然她壓根不會。為什麼她每天滿滿當當的工作呢？

正哀怨著，宋楚頤手機響了，他接完後站起身：「我朋友到了，我走了。」

晏長晴差不多吃完，去停車場開車時，正好看到宋楚頤上了一輛布加迪，車牌號全是零。

晏長晴羨慕，宋楚頤朋友也太有錢了吧，就那車上次雜誌上看過，要兩千多萬。

語瓊公司。

晏長晴到的時候文桐正在和一個四十多歲的西裝男人言笑晏晏的交談。

「長晴，來，給妳介紹一下，這位是語瓊的江總。」文桐說。

「晏小姐，妳好、妳好。」江總握著晏長晴手，笑咪咪的說：「上次看了妳的絲襪廣告後，我記憶猶新，立即讓下面的人聯繫妳助理，我覺得妳特別合適我們品牌，性感，主要是性感。」

他說話的時候目光瞧著她的胸，晏長晴有點反感，不過還是跟人家道了謝。

導演拿了四套衣服過來：「這次廣告主要是拍出春夏秋冬四種感覺，我們先拍春天，依次來，頭髮別抓了，披開，先讓化妝師給妳做造型。」

晏長晴看了下衣服，裡面的內衣都非常性感，外衣有透明的也有黑色亮片的，不過也只遮住手臂和腰那一塊，胸前那一塊都是露的，還有件衣服後面鏤空，至於下面則要穿黑色絲襪。

她皺了皺眉，沒拍過這種廣告。

文桐把她拉到一邊，小聲說：「衣服都是簽約之前看過的，內衣廣告這算好太多了，人家那些大明星拍內衣廣告也是這樣拍的呢。」

「大明星有幾個拍這種廣告啊。」晏長晴不大高興。

「這場廣告的代言費是妳以前廣告的三倍。」文桐說：「不就是讓人家看一下妳的溝溝嗎？哪個明星不露溝。」文桐安慰她。

晏長晴想想，好像也是這個理。

碼頭。

宋楚頤剛登上遊艇，突然接到宋楚朗電話：「能好好管一管你那個老婆嗎？」

「怎麼了？」宋楚頤扶了扶鼻樑上的太陽鏡。

「她正在拍語瓊公司的內衣廣告，難道你一點都不知情嗎？」宋楚朗冷冷的說：「一個女人在外面袒胸露乳的，你說要是宋家的人看到這種廣告，臉往哪擺？」

「……好了，我知道了。」宋楚頤面無表情的放下電話。

厲少彬黑褲紅襯衫的跳上遊艇，一臉風騷的說：「要不要叫幾個美眉過來啊？」

宋楚頤清冷的臉結了冰：「認識語瓊公司的人嗎？」

厲少彬得意洋洋：「只有你想不到的，沒有爺不認識的，怎麼……」

「不出海了，跟我去語瓊。」宋楚頤大步走下遊艇。

「靠，你耍我嗎？」厲少彬傻眼，急忙跟上：「為了這次出海我可是推了幾百萬的生意哎，喂，你走慢點，去語瓊幹嘛？」宋楚頤把晏長晴拍廣告的事告訴他。

厲少彬摸著下巴深思：「哎，老宋，你是不是對老婆很摳門啊，弄得人家都要去拍內衣廣告了。」

「……滾。」宋楚頤正在氣頭上，特別想拿擦過患者身體的毛巾堵住他那張嘴巴。

攝影棚裡。

晏長晴尷尬的躺在一張紅色沙發上，四周站著不少人，兩旁風扇「呼呼」的吹動著她的長髮和薄薄的外衫，胸口涼颼颼。

「妳這樣不行啊。」攝影師鄭青指揮道：「放輕鬆點，肩膀鬆鬆，太緊繃了，胸挺挺，腿打開點。」晏長晴上身微微放鬆，但下身沒動。

鄭青皺眉：「妳這樣我怎麼拍？」

晏長晴咬唇氣憤，她這套著裝下身只穿了條內褲和絲襪，根本沒辦法打開。

她求助的目光看向文桐，文桐上前輕聲道：「鄭導，當時合約裡簽好的，你這樣子過了尺度。」

「怎麼過尺度了？」鄭導板起臉：「她裡面又不是沒穿，之前妳們拍絲襪廣告的時候還不是一樣拍，到我這就不行了，什麼意思。」

他聲音很大，攝影棚裡的人都聽見低笑起來，晏長晴從沒有過的尷尬，整個人紅的猶如在油鍋上悶蒸，這絕對是她最窘迫的一次，也惱了：「我拍絲襪廣告的時候人家可沒叫我打開腿，你要是想要我打開，行，給我條短褲也行。」

一旁的江總嘿嘿笑：「你這話意思是難道妳裡面沒穿短褲，那妳現在是裸著嗎？」眾人哄笑，晏長晴氣得顫抖。

文桐也生氣，但只能忍，儘量和顏悅色的說：「江總，語瓊好歹也是個大公司、大品牌，走的是高品質路線，您要是照這樣拍，廣電也不敢批准啊。」

「放心吧，到時候剪輯師會刪減一些，完整版可以放網路上去。」江總抽著菸，趾高氣揚：「這年頭廣告也需要噱頭，我這已經算是好的了，現在的明星大紅之前，哪個沒拍過幾組這樣的照片啊，拿出去人家也會說妳身材好，妳要是這點事都忍受不了，別拍，早點離開這個演藝圈，不過妳不拍就違約，違約金可是代言費的兩倍。」

文桐一怔，只得看向長晴，晏長晴面露難堪。

「江總，厲少彬來了。」這時，攝影棚外急急忙忙的跑進來一個職員。

「厲少彬，誰啊？」江總被打攪很不滿。

「呵呵，連老子的大名都不知道也敢出來混。」張狂的聲音接過他的話。

門口出現兩個高挺的男人，一個氣質乾淨，模樣清冷，而說話的男人穿著紅色襯衫，脖子上掛著手指粗的金項鍊，耳朵上戴著小耳環，從頭到腳散發著一股從裡邪到外的味道。

晏長晴看清楚後傻眼，完啦，宋楚楚怎麼來了，她灰溜溜的縮縮身子，想趁人不注意溜走，她已經感受到宋楚頤要殺人的眼神，她肯定會被他嘲笑，她再也不想見人。她低著頭，像隻蜷縮的駝鳥。

江總黑臉，那職員跑到他面前提醒：「是厲家的厲少彬。」

江總想了想，整個人都不好了，別說娛樂圈，就算是黑道白道的人，提起厲家的厲少彬都像見了瘟神一樣想逃。

這個厲少彬算是含著金湯鑰匙出生的，厲家親戚不是混跡官場，就是商場大亨，厲少彬前面兩個哥哥也是商場和官場的精英，所以厲父非常欣慰，想著後繼有人，到有了這第三個兒子就過分寵了些，厲家長輩也很寵他，結果寵過頭，小學開始就在學校揍出一片天，校長也拿他沒法子，厲家想著小孩子不懂事也由他，任厲少彬這片天一直揍到大學，揍向社會。

直到有回禍闖大了，厲家才有些著急，送他去部隊管管，待了兩年，後來又在部隊闖禍，沒辦法又被送回來了。

在部隊裡鍛練兩年的厲少彬，手段和拳頭比以往更厲害，回來後一直在黑道上混，看誰不順眼就往死裡弄，所以北城有個傳言，惹誰都不要惹厲少彬那個祖宗。

江總定定神，換了笑臉迎上去：「厲少爺，什麼風把您吹來我這了？」

厲少彬皮笑肉不笑，只看向身邊的宋楚頤。

宋楚頤看著晏長晴神色陰鷙，這個女人，竟然在眾目睽睽之下穿成這個鬼樣子。他深吸口氣，大步過去，在眾人目光詫異中，脫了自己襯衫遮住她胸前。

眾人一怔，晏長晴也一怔，弱弱的抬起頭來。

他彎腰橫抱起她，凌厲的目光掃向一旁工作人員：「更衣室在哪裡？」一股莫名的壓力從他身上散發出來，工作人員鬼使神差的指了指右邊，宋楚頤冷冷的抱著她往更衣室走。

她的身體被他牢牢護在懷裡，寬大的襯衫連臀也密不透風的遮住。

他步履極快，文桐著急追上去，視線直直的對著他：「這位先生，你誰啊，你想幹嘛？」

宋楚頤看著面前這個年紀似乎比晏長晴大不了幾歲的助理，眼角戾氣加深，他薄唇微啟，一字一句道：「我是她老公，這個理由夠不夠？」

文桐呆滯，晏長晴咬著手指頭，也被「我是她老公」五個字震到了。

宋楚頤大步走過，一腳踹開更衣室的門，直接把晏長晴扔到了裡面沙發上，晏長晴驚呼，下意識的抓緊身上要滑落的襯衫免得走光。

他冷笑了聲，轉身把更衣室的門上鎖了。

看了一眼縮成一團的女人，胸前生氣的起伏：「妳擋什麼擋，不是很喜歡給別人看？現在縮成這個樣子裝給我看是嗎？」

他真是要氣瘋了，自己的老婆他都沒好好看過，那麼多男人卻看了：「晏長晴，妳是不是腦子抽了，作為宋家的媳婦，妳竟然跑來拍這種鬼東西，宋家的人都知道妳是我老婆，妳是想讓我成為笑柄嗎？」他暴跳如雷，太陽穴氣鼓鼓的。

晏長晴本來就膽子小，早被嚇得快縮進沙發縫裡，但那些話刺得格外難聽，想起之前受到的一些羞辱，她眼眶一澀，開始發紅，也覺得沒面子又委屈：「你凶什麼凶，你又沒有說過我不可以拍……」

「用腦子想想都知道不可以拍。」宋楚頤幽深寒涼的眸噴出火光，氣得不行。

「我沒腦子行嗎！」晏長晴也火了，從小到大晏磊都沒這麼凶過她。眼淚不聽話的冒出來，她用手背抹了抹，倔強的嗓音裡夾著哽咽：「當明星就是這個樣子啊，你要是一點都不露，人家也會對你指指點點，我接這個廣告，也沒想要露成這個樣子，我不想拍了，可又沒辦法，算違約，我知道你心裡看不起我，別人接的是手錶、遊戲、化妝品的廣告，而我只能接衛生棉、減肥產品、絲襪的廣告，因為人家說我長得太豔了，只是個主持人，找我的廣告實在太有限，我也得賺錢啊，電視臺那點錢根本不夠花，我也不想跟家裡人要，我爸公司又不景氣……」

晏長晴越說越難受，哭著低下頭，淚水一連串的滾落在他襯衫上。

狹小的更衣室迴蕩著女人的抽噎聲，宋楚頤角度望下去，只看到她紅彤彤的鼻尖和臉腮上的水光。

他揉了揉紋路擠得很深的眉頭，他最煩女人哭了，也總是拿女人哭沒轍。尤其是晏長晴這個人，本來就像水做的，一哭好像都要化了，尤其是哭聲都嬌嬌柔柔的，再加上那露在外面一聳一聳的小肩膀，男人很難扛的住。

「好啦，別哭了，下次別再做就行了。」宋楚頤壓低語氣開口。

晏長晴繼續哭，那小模樣委屈、難過的很，她也不是裝的，就是真想哭。

一是被宋楚頤罵了，二是外面受的羞辱。

宋楚頤一個頭兩個大，坐到她身邊，拍拍她軟滑的肩膀。

晏長晴騰出一隻手揮開他手臂抽噎，負氣的說：「別碰我。」

宋楚頤黑臉，沉聲一喝：「別哭了。」他三個字說的極重，像悶雷一樣。

晏長晴被嚇得哭聲堵在喉嚨裡，抬起濕漉漉的臉頰，不安又害怕的看他，鼻子、眼睛都紅彤彤的，臉上的妝容也全花了，一塊白、一塊黑，眼圈周圍暈染的像隻熊貓。

宋楚頤嘴角抽了抽，掏出手機點開相機功能的自拍鏡頭給她看，晏長晴望過去，看著手機裡的自己傻眼，連哭也忘了，捂著自己臉往一邊扭，邊扭邊抹，結果越抹越像隻小花貓。

宋楚頤真的看不下去了，握住她肩膀強制性的轉過來。

「你別看我……」晏長晴腦袋快抵到下巴處。她今天臉丟大了。

「別亂動。」宋楚頤低聲警告，低頭從口袋裡拿出一條白手帕擦拭她的臉頰。

晏長晴怔了怔，小心翼翼抬頭，看到宋楚頤一雙認真的眼睛、高挺秀氣的鼻樑、泛著嫣紅色澤的薄唇，她呼吸微滯。

他臉突然靠近些，一股男性獨特的氣息，夾雜著葡萄柚的淺香味縈繞在鼻尖，晏長晴又低下頭，一股熱氣從耳廓處一直蔓延到臉上。

宋楚頤也注意到了，擦乾淨她的臉後卻不是白淨的，而是像落日的霞光一樣，披了一層緋色的軟紗，散發著迷離的光芒。

他怔了怔，低頭吻去了她腮邊上最後一顆淚珠。

晏長晴目光呆滯，回過神來，從裡羞到外。

雖然被他吻過，不過這樣被親臉頰還是頭一次，感覺和上次不大一樣，她想悄悄的睨一眼他的薄唇，卻先對上他幽深的眼神。

「妳先去換衣服，我去外面等妳。」宋楚頤把手帕放回兜裡起身走出去。

晏長晴捂了捂憋紅的小臉，怎麼那麼燙呢。

攝影棚裡，厲少彬大爺似得抽著江總親自點的菸。江總端著笑臉問：「厲少爺，什麼風把您吹到我這來了？」

厲少彬瞇眸朝他吐了一臉煙：「什麼風，你看不出來嗎，晏長晴，我兄弟的女人，你們語瓊是不是不想開了，敢讓我兄弟女人拍這種片，確定你們是內衣公司嗎？」

江總一臉尷尬：「厲少爺，你誤會我們了，我們這是一家內衣公司，內衣廣告不都這樣嗎，主要是突出性感，晏長晴身材好，也是我們簽她的標準，再說她本人也同意，白紙黑字簽的清清楚楚。」

「你跟我說白紙黑字？」厲少彬呵呵笑兩聲：「道上多少合約惹出的糾紛，不是我出面擺平的？在我眼裡，白紙黑字就是個屁。」他說著站起來，修長的身體將近一百九十公分。

江總身高才到他肩膀處，一下便感覺到一股濃濃的壓力：「厲少爺，那你這是……」

「我實話跟你說了吧，這廣告是拍不成了。」厲少彬輕拍著他肩膀，笑呵呵的語氣裡，給人一種陰氣森森的味道：「如果你說違約要賠償的話，這是不可能的，其實吧，我也知道，你無非就是請這些拍攝的人花了點錢，另外再耽誤點時間，去找其他代言人，這點錢對你江總來說不算什麼，當然，我也不能滿不講理，我們有我們的規矩，這樣吧，就算我厲少彬欠你一個人情如何？」

江總有那麼幾分可惜，畢竟女明星見過那麼多，已經好久沒見過晏長晴那麼有味道的，原本還想著潛一潛，看樣子是沒機會了，畢竟厲少彬一個人情可是很多人都想夢寐以求的。

「行，厲少爺你一句話，這個人情我就賣給你了。」江總笑著說。

談的差不多的時候宋楚頤回來了，旁若無人的直接往鄭青的攝影機走去，鄭青著急：「哎，你、你這是……別亂動！」

宋楚頤直接推開他，取下攝影機翻開，攝影還沒弄，倒是拍了不少照片，姿態撩人的讓他眸子裡波雲詭譎。

「這我拿走了。」他把記憶體卡抽了出來。

「這不行！」鄭青惱火：「我還有不少素材在裡面。」

「素材可以再找，關局裡想拍都沒得拍。」厲少彬痞痞的過來，邪氣的在他耳邊恐嚇：「是不是以為這種事擦邊球打多了就無所顧忌，那也要看你們碰得是什麼人，證據足了，上庭起訴隨時能讓你們身敗名裂。」

鄭青嘴唇發白。

「鄭導，算了、算了。」江總趕緊上前勸：「不就是一張記憶卡嗎？」

鄭青不用他說，早嚇得半句話都不敢說。

文桐在旁邊看的目瞪口呆。

哇靠，晏長晴這老公也太厲害點了吧。

等晏長晴換好衣服出來，她立即過去捏捏她小腰，恨恨的道：「妳這死丫頭什麼時候有老公，我都不知道。」

晏長晴被她掐的哆嗦。

文桐繼續問：「還有，妳老公幹什麼的，他那個朋友真不是一般人，江總看到他都客客氣氣的。」

「我晚點跟妳說。」晏長晴朝她使眼色。

宋楚頤走來：「走吧。」他率先往前走，晏長晴小媳婦一樣跟在他後面。

厲少彬大步上去拍她肩膀：「哎，妳跟我說，是不是老宋平時對妳摳門又小氣，逼得妳沒辦法只能來拍內衣廣告啊。」

「沒有啊。」晏長晴差點被他那一掌給拍趴下，力氣真大。

她弱弱的看了男人一眼，五官長得好看，可脖子上那條金晃晃的鏈子，生生把氣質跟品味都拉下去了，一看就不像個好人，她從來沒跟這樣的人打過交道，看著怕，不好惹。

「沒有？那妳幹嘛拍。」厲少彬斜睨她：「語瓊的江總可是出了名的老色鬼，平時在那些娛樂場所裡，女人一天換一個。」

宋楚頤皺眉回神瞪他：「厲少彬，能少說兩句嗎？還有你的手在幹嘛？」

厲少彬愣了愣：「我拍了她一下，不行嗎？」

「別人的老婆是你能隨便拍的嗎？」宋楚頤扯晏長晴胳膊，帶到自己身邊。

晏長晴心裡升起一股甜絲絲的暖意，下意識的朝他靠近點，她還真有點怕這個厲少彬，尤其是他說的話太色情了。

厲少彬懶洋洋的抱胸：「行啊，你這過河拆橋，把我利用完了就棄之如履。」

宋楚頤依舊高冷著一張臉，還在氣頭上。

第十章　晏長晴醉酒

從語瓊公司出來，也十一點多了，文桐先回公司，晏長晴則被宋楚頤揪去一同吃中飯，吃飯的地方不過十多分鐘的路程。

開了包廂後，一名身材妖嬈的美女笑著進來道：「厲少爺、宋少爺今天不是出海瀟灑去了嗎？怎麼跑我這來消遣了。喲，這誰啊，還帶了美女。」

「一點事耽擱沒去了。」厲少彬邊點菸邊指著晏長晴介紹：「我新嫂子，告訴妳，今天她可是比我還重要的客人，你們可得好好招待，不然老宋肯定會把我頭折下來。」

宋楚頤掃過去：「我現在就想把你的頭折下來。」

妖嬈美女看了晏長晴一眼也沒問，只是掩唇嬌笑：「宋少爺有老婆了，看來北城不知道又有多少姑娘要傷透心。」

「別說北城姑娘，我這心都傷透了。」厲少彬吐煙輕哼：「中午我還特意請了上好的廚子上艇，本來還想跟我們宋少來個二人世界的，結果……唉，我現在心都碎成渣了。」他幽幽的嘆了口氣。

晏長晴紅著臉忍俊不禁。

妖嬈美女也嗤嗤一笑：「厲少說話還是那麼幽默。」

菜單遞到晏長晴手裡，她只點了兩道菜，其餘的便讓那妖嬈美女去廚房安排。

「你們常來這裡嗎？」晏長晴看向宋楚頤，那個女人一口一個少爺聲音可真甜。

「我太忙，只來過幾次，少彬來的比較多。」宋楚頤站起來打開窗戶，風灌進來，煙味散了些許。

「我去趟洗手間。」晏長晴起身出去。

厲少彬睨著她背影，嘖嘖道：「這身段、這臀，真是個小妖精。」

宋楚頤冷冷掃視他。

厲少彬剝著瓜果很好奇：「老宋，你還真沒跟人家怎麼樣？我不信，你太厲害了，要是我肯定忍不住，剛才跟你去攝影棚差點流鼻血，臥槽，真太性感了，那胸，起碼有C……」

「少彬……」宋楚頤重重放下茶杯。

厲少彬一愣，看到他眼底閃爍著濃厚的陰霾。

包廂安靜了，厲少彬輕咳：「老宋，別生氣啊，我失言了，我以為……」

「有些女人可以討論，但自己的老婆，是永遠不能跟別的男人討論的，少彬，你要明白。」宋楚頤低低的說。

「嗯嗯。」厲少彬眨著眼點頭。

晏長晴從洗手間回來，厲少彬正在和宋楚頤討論外面的天氣，似乎颱風，出海是不行了，看樣子只能去山上泡溫泉。

宋楚頤「嗯」了聲，迷人的眼尾看了一眼身邊的晏長晴說：「你認識人多，有沒有什麼合適的廣告介紹給晏長晴拍兩部？」

晏長晴驚訝，宋楚頤這是要發動人脈替自己找關係了。

她激動的兩隻耳朵豎起來，不過嘴上還是矜持了一下的說：「不用了啦，我還是自己努力吧。」

宋楚頤夾了塊魚肉，挑挑眉：「這樣啊，那算了。」

晏長晴傻眼，她只是客套一下啊，沒這個意思，宋楚楚是豬，聽不出來嗎？

她可憐兮兮的目光看向宋楚頤，他沒看這邊，已經和厲少彬聊起溫泉的話題。晏長晴只得繼續默默喝湯，腸子都悔青了。

中飯後，厲少彬開著車送她到電視臺門口。

下車的時候晏長晴還是無精打采，宋楚頤問她：「晚上要我來接妳嗎？」

「不用。」晏長晴全程無表情的下車。

等她進電視臺後，厲少彬狂笑起來：「老宋，你這樣逗她真的好嗎？」

「有什麼不好，我覺得挺有意思的。」宋楚頤清冷的臉上也笑了起來。

「不過說真的，沒想到晏長晴這麼呆。」宋楚頤扯了扯唇角，眼底的笑意越發濃厚。

電視臺，晏長晴剛回辦公室就被文桐逮住，她門一關、袖子一捲，氣勢洶洶：「晏長晴，老實跟我交代，妳什麼時候結婚了？那人到底是誰，妳還把我當助理嗎？這麼大的事都不告訴我，我們的關係可是一榮俱榮，一損俱損，對一個正在發展中的明星來說這是生死攸關的大事！」

「文姐，冷靜冷靜。」晏長晴討好的給她倒杯茶，一五一十的把前些日子的事情告訴她。

文桐一聽抓著她胳膊用力搖：「哇靠，晏長晴，妳這輩子走了什麼狗屎運，隨便結婚都是宋楚頤那種優質貨色，宋家什麼身分和地位啊，找了他，妳一輩子不愁吃不愁穿，還用得著我辛辛苦苦去給妳拉廣告、找資源嗎？妳老公直接一句話，人家求妳拍，還有馮臺長，以後看到妳都得抱大腿叫祖宗啊，妳為什麼不早點告訴我，為什麼為什麼！」

「別搖，把我搖暈了。」晏長晴想起中午宋楚頤的那句「算了」心裡也碎碎的，如果文桐知道了肯定想抽自己。

文桐緊緊握住她的手：「我不管，長晴，妳一定要帶我飛，不要忘了，我跟著默默無聞的妳多少年，我就是知道妳美，將來有一天准能嫁個有錢、有勢力的男人。」

晏長晴嘴角抽搐，哭笑不得：「妳變得太快了吧！之前可是妳說我，就是個沒出息的，男人都勾不到一個。」

「我錯了，我有眼不識泰山。」文桐可憐兮兮的說：「妳跟宋楚頤說了沒，讓他幫妳找資源？」

晏長晴輕咳：「有時候也不能太靠男人，妳總事事想著依靠他們，他們反而會看輕女人，現在也還好，不是還有電視劇在拍嗎？妳也說這部戲肯定能火，等我火了之後邀約自然就來了。」

「可是……」

「這件事是保密的，妳別說了，我要準備去錄節目了。」晏長晴趕緊溜。

晚上聚餐唱歌。晏長晴興致好，捧著麥克風唱〈甜蜜蜜〉，又來了首〈暖暖〉、〈超快感〉。

影劇部的朱嘉和晏長晴平時關係不錯，笑道：「喂喂喂，妳也要給我們機會唱幾首啊。」

「別吵，我還有一首〈喜歡你〉。」晏長晴擺著手。

朱嘉打趣：「喲，妳喜歡誰啊！」

「妳管我。」晏長晴朝她翹翹嘴巴。

鄭妍偷偷在後面說道：「晏長晴今天心情很亢奮啊，平時不是唱〈單身情歌〉，就是〈我等的花兒都謝了〉，今天竟然全換了，文桐，妳天天跟著長晴，老實交代，她是不是戀愛了？」

文桐特別想把宋楚頤是晏長晴老公拿來好好炫耀一番，可晏長晴叮囑過了，她還是忍了搖頭：「沒有吧，她最近一直在拍戲啊。」

「噢，我知道了！」朱嘉一拍大腿：「肯定是傅愈，我聽說晏長晴回北城都是傅愈親自去接。」

「怪不得，晏長晴真是好命啊。」梅導瞇眸看晏長晴的眼神都不一樣了，看來以後要好好巴結了。

晏長晴唱的喉嚨發澀時才把麥克風讓給別人。

她喝了口水休息，撲到正在玩手機的鄭妍旁邊：「妳在看什麼？」

「無聊，看看星座運勢唄。」鄭妍忽然來了興致：「妳好像是雙魚座吧，看看妳的，長晴，不得了啊，這星期是全年愛情運勢最旺的一週，桃花運氾濫，很可能會有男神類型的人跟妳表白，但是要注意爛桃花，搞不好會弄巧成拙。」

「真的假的？」晏長晴湊過小腦袋，看的發愣。

難道男神類型跟她告白的是宋楚頤？算起來，宋楚頤就是男神中的男神啊，雖然高冷了點、過分了點、刻薄了點，但還是好帥好帥的。

難道是這幾天他會跟自己告白？不可能吧，宋楚頤是喜歡管櫻的？可兩人現在結婚了，又是一個屋簷下，說不定也有一點點喜歡自己呢？好像除了宋楚頤也沒別人了，肯定是這樣，晏長晴忍不住捧起發燙的小臉，要是宋楚楚跟自己告白，她該怎麼反應？讓他改改那高冷的毛病，她就勉強喜歡他吧。

「在想誰呢，笑的這麼蠢。」鄭妍擠眉弄眼。

「不告訴妳。」晏長晴鼻子一哼，轉過身去找文桐：「親愛的文姐姐，問妳一個問題。」

「啟奏吧。」文桐看她那傻樣就知道要問傻問題了。

晏長晴眨巴眨巴桃花眼：「妳說我美嗎？」

文桐做了個忍著嘔吐的表情說：「好美噢，美得我跟了妳之後都不想跟別人了。」

「假，不過我聽了高興。」

宋楚頤剛從溫泉池出來拿手機看，微博裡多了一則更新的微博，晏長晴端著酒杯嘟嘴賣萌，上面的字是：「今天終於有人說我美麗了。」

微博似乎剛更新不久，下面已經有幾百條評論。

我的媽媽呀：女神，妳在我心裡是最美的。

寶寶愛你：女神，妳又開始二了。

宋楚頤評論：不要臉。

過了大約半個小時，他想了想，還是打電話給晏長晴，響了一陣，吵雜的那頭才傳來一個女人聲音，不過不是晏長晴：「宋先生？」

「妳是？」宋楚頤皺眉。

「我是晏長晴的助手，晏長晴去洗手間忘記帶手機了。」文桐說。

「那等一下回來，讓她回個電話給我。」宋楚頤淡淡說。

「這個……她喝挺多的，有些醉了，不知道還能不能回電話呢。」文桐躊躇的說。

宋楚頤沉默片刻問：「妳們在哪裡唱歌？」

「李香蘭。」

「我一個小時左右過來接她，妳多看看她。」

「好的好的。」

文桐剛掛電話，正好看到去洗手間的晏長晴朝她走來：「妳拿我手機幹嘛？」

「宋楚頤打電話給妳，我接了，說妳喝醉，他說一小時後來接妳。」文桐朝她擠眉弄眼的壞笑。

「什麼？」晏長晴急的跺腳：「妳亂說什麼，我根本沒醉！」

「現在沒醉，等一下就醉了，來來來，姐陪妳多喝幾杯，保管妳醉到等一下要宋先生抱妳走。」

文桐拉著她往酒桌走。

「文桐，妳為了讓我上位，真是不擇手段啊，我怎麼有妳這種助理！」晏長晴控訴。

「我為了誰啊，我是為了妳！」文桐殷勤的給她倒滿酒：「再說，妳敢說對宋楚頤沒感覺，我不信。瞧妳今天下午，屁顛屁顛跟在人家後頭那傻樣，男人就得靠拿，妳不拿又不主動，再喜歡妳的男人都被別人勾走，妳那青梅竹馬，就是最好的例子。」說完，酒杯重重的在她面前一放：「喝！」

晏長晴被邪惡勢力逼迫，只能乖乖的喝了。

文桐倒的是紅酒，喝了一瓶再加上之前喝的，晏長晴終於雲裡霧裡在飄，耳邊只聽得文桐在說：「這喝紅酒味道香，妳不能喝白酒和啤酒，嘴裡味道太難聞了，男人會沒有想吻的衝動。」

「噢噢……」晏長晴一個勁傻點頭。

十一點二十，宋楚頤的電話來了，還是文桐接的：「我到了，在地下停車場。」

文桐跟眾人打聲招呼，扶著醉的迷迷糊糊的晏長晴坐電梯下去，一輛黑色捷豹安靜的停在路邊。

宋楚頤從後座下來，接過癱軟的像蛇一樣的女人，皺眉：「怎麼搞得，喝這麼多酒。」

「大家都敬她酒慶賀她拍新戲呢！麻煩宋先生多照看下她了。」文桐留意到男人雖然臉上不耐，但眼底是溫和的，她放心了。

宋楚頤把她抱進後座，晏長晴見換了新環境，不像之前那麼吵鬧了，一雙醺醺的桃花眼四處張望：「這……這是哪裡啊，你誰？」她噘起嘴巴，紅如胭脂的臉蛋湊到他眼前，那唇和他只隔著一根手指頭的距離，微醺的紅酒味噴到他臉上。

宋楚頤低頭，心裡升出一股想狠狠揉搓這張粉唇的念頭，想到前面有司機，他拚命壓制住，粗啞開口：「宋楚頤。」

「宋楚楚……」晏長晴白皙的小手捧起他臉，大眼睛裡布滿了迷霧：「怎麼可能，宋楚楚哪有你這麼多腦袋，你是妖怪……對，妖怪。」她打了個酒嗝。

宋楚頤覺得頭疼：「晏長晴，我警告妳，下次別再喝那麼多酒。」

「人家才不想喝那麼多酒呢。」晏長晴放開他臉，下巴擱在他肩膀上，難受的扭了扭身子，蹙眉嘟囔：「都是文桐姐，哼哼，她騙你說我喝醉了，讓宋楚楚來接我，然後她就讓我喝，讓我喝，我終於喝醉了……她說我醉了宋楚楚就會抱我走了……」

宋楚楚：「……」

前面司機實在聽得忍俊不禁，怎麼也沒忍住「噗」了聲，好在宋楚頤心思都在懷裡的女人身上，沒注意到，他才鬆口氣。

「噢，對了……」晏長晴突然用力拍了拍宋楚頤胸膛，撲閃撲閃的大眼睛又朝他靠近：「文桐還說，不能讓我……喝啤酒、白酒，喝紅酒嘴裡……氣味……才是香的，你聞聞……我嘴裡香不香。」她孩子氣的張開嘴巴，朝著他嘴用力的哈了口氣，呵氣如蘭。

宋楚頤閉眸躲閃，晏長晴就像醉酒的小孩拚命的追著他吐氣，好像不得到肯定的答案誓不甘休：「香不香嘛！你為什麼躲，是不是不好聞？」她忽然癟了嘴巴，模樣慢慢的變得委屈，眼梢好像也掛了淚珠。

「……沒有，好聞。」宋楚頤太陽穴跳了跳，聲音低沉如墨，真是快要被她搞瘋了。

「真的嗎？」晏長晴破涕為笑，一把抱住他脖子，像貓兒一樣在他領口蹭了蹭，蹭著蹭著，她忽然手胡亂摸。

宋楚頤覺得不能讓她這樣鬧下去了，他低頭帶著懲罰和懊惱，用力的堵住這張喋喋不休的小嘴。

晏長晴被堵的哼哼唧唧，身體像沒骨頭似的，軟綿綿的掛在他身上，力氣都使不出，老老實實的。一直啃到社區樓下，司機低咳了聲。

宋楚頤喘息的放開她些許，晏長晴虛脫般的輕喘，雙唇誘人又香甜，滿滿的都是誘惑。

他勾著她細腰下車，晏長晴雙手緊緊抱著他背部，他抱緊她，免得她掉下去進電梯。裡面沒人，宋楚頤悶頭就親起來，醉酒後的小姑娘格外的嬌滴滴，尤其是電梯裡燈光亮，照的她臉頰猶如從溫泉池裡滋潤出來般水嫩。

「知道我是誰嗎？」宋楚頤描摹她紅唇。

「宋楚楚……」晏長晴困惑的嘟囔。

「宋楚頤。」他糾正。

「宋楚楚……」宋楚頤氣結，這個女人怎麼糾正都沒用。

他氣得再次堵住那張死不改口的嘴，邊吻邊抱著她出電梯，一隻手用指紋辨識開門，他踏進去，把女人抵到牆上，身後突然傳來羅本的「汪汪」聲，宋楚頤不理會。

他現在就像一隻逼瘋的猛獸，他必須要找一個突破口，不然他不確定自己會不會瘋掉。

晏長晴絲毫不知道面前這個男人的痛苦，只是被他的吻逼得呼吸紊亂，氣喘吁吁，下一刻，她好像墜入一張沙發裡。

宋楚頤兩隻膝蓋壓進沙發裡，羅本突然煞風景的跑過來咬住他褲腿。

「你幹什麼？」宋楚頤黑臉，想把牠給扔了。

羅本委屈的「嗚嗚」了兩聲，然後眼睛瞄了瞄空空的狗碗，尾巴也搖了搖，可憐兮兮，每一個眼神似乎都在說：「我餓了。」

宋楚頤也想吼一句，他也快餓瘋了好吧。

他斥了幾句，平時羅本格外聽話，可今天真的餓了，怎麼也不肯鬆開狗嘴。

他頭疼，只得去櫃子裡找飼料倒碗裡，放好後轉身去找晏長晴，她已經趴在沙發睡得又香又甜，那長而捲曲的睫毛在燈下一根一根的顫啊顫，宋楚頤捏緊拳頭，狠狠閉了閉眼。

正在歡快吃飼料的羅本突然狗軀一震，悄悄的看了主人臉色一眼，嚇得一屁股坐到地上。

牠做了什麼壞事嗎？

翌日上午。

晏長晴被尿漲醒，睜眼在觀湖公館裡，已經不記得怎麼回來的，她決定先爬起來去上廁所，等一下再打電話問問文桐。

剛打開門，趴在門邊上的羅本突然抬起上半身，然後動作敏捷的咬著狗盆子放在她腳邊上，暗示的意義非常明顯。

晏長晴看了一眼餐桌上的早餐，納悶，每次王阿姨來公寓做早餐都會給羅本放飼料，今天早上王阿姨看樣子也來了，難道沒放？

「羅本，等我上完廁所就餵你啊。」晏長晴憋得慌，衝進廁所。

蹲完馬桶出來，她習慣性的照鏡子，一看「啊啊啊」的尖叫起來。

她脖子上、胸口上怎麼那麼多曖昧痕跡，而且她嘴巴比昨天中午腫的還厲害，昨天晚上到底發生了什麼事情？

晏長晴立即衝出去找手機打電話給文桐：「昨天後來怎麼回事啊？」

「什麼怎麼回事，妳不就是被宋楚頤接走了嗎？」文桐突然興奮的問：「難道你們……嘿嘿？」

「嘿妳個頭！」晏長晴負氣掛斷，想想又不甘心的撥給宋楚頤，接通後她吼：「宋楚楚，你說你昨晚對我做了什麼？」

「妳有沒有被人打過？」宋楚頤突然低聲說。

「什麼？」晏長晴腦子沒轉過來：「你咒我是不是，我能被誰打！」

「先安排去照CT。」宋楚頤又說了句。

晏長晴明白過來，搞了半天他根本不是在跟自己說話。

那邊沉默了十多秒，宋楚頤才重新開口：「妳是不是喝酒喝的腦子進水了？」

晏長晴不確定了足足三秒才問：「你現在是在跟我說話嗎？」

宋楚頤揉揉眉頭：「我不是在跟妳說話還能跟誰說，晏小姐，妳智商還能再低點嗎？」

「你低，你全家才低！」晏長晴火冒三丈：「如果你忙的話就別接我電話！接的時候跟別人說話，我當然會搞混，宋楚頤，你實在太過分了，你占了我便宜還嫌棄我！」

「妳是我結婚證書上白紙黑字的老婆，占妳便宜天經地義，有什麼問題嗎？」宋楚頤清冷的聲線裡有一種讓人恨得牙癢癢的無奈：「還有，妳昨天晚上故意喝醉，為的不就是想讓我去接妳嗎？不喝啤酒、白酒，喝紅酒不就是怕嘴巴氣味難聞，免得我不願意親妳，難道不是這樣嗎？」

晏長晴腦子當機，在他說出來的那一刻，她恨不得坐火箭飛外太空，再也不在這個人面前丟臉了，他究竟是怎麼知道的。

「你胡說！」晏長晴死皮賴臉的否認：「我沒有，你簡直得了便宜還把罪推到我身上，宋楚頤，你說你好歹是個外科高級醫生，你說你怎麼能趁一個女人喝醉酒行此下流之事！你現在不必否認，因為昨天已經充分暴露了你流氓的行徑。」

「我要真是個流氓，妳不可能還是完璧之身……」宋楚頤還沒說完，一名實習生匆匆走過來。

「宋醫生，又有病人過來了，需要您過去幫忙。」

「我回去再跟妳說。」宋楚頤立即掛斷了電話。

晏長晴抱膝坐沙發上沉思。看樣子她昨晚沒有跟宋楚頤發生關係。她努力回想昨晚的事情，斷斷續續的有些片段，她和宋楚頤好像在電梯接吻……晏長晴越想臉越燥熱，也越害羞。

羅本沮喪的看著自家女主人傻傻愣愣的，紅撲撲的臉頰一會兒用手捂了捂，一會兒又踢動著雙腿在沙發上亂滾，過一會兒又坐起來發呆。

牠著急，乾脆咬著狗盆子跳上沙發，懊惱的把盆子扔到她身上。

「哎呀，對不起啊，我忘了你餓了，馬上幫你弄吃的。」晏長晴趕緊幫牠倒飼料。

十一點二十，王阿姨提著菜進來，晏長晴正在吃早餐。

「這麼晚才起來啊。」王阿姨笑了笑：「宋醫生早上還吩咐我，讓我買些牛肉和排骨回來做做牙籤牛肉和蜜汁排骨呢，看樣子妳中午未必吃得下。」

「真的？」晏長晴眼眸一亮：「他真的這樣說？」

「是啊，別看宋醫生外表冷冷的，其實很在乎太太的。」王阿姨去了廚房。

晏長晴想起剛才宋楚頤電話裡刻薄的話，她決定原諒他了，誰讓她大度呢。

她小步子跑到廚房門口：「王阿姨，早上怎麼沒給羅本放飼料啊，我起來的時候牠都快餓傻了。」

「我說要幫牠放飯，可宋醫生早上不讓，說要好好教訓羅本，可能是羅本做錯了什麼事讓他生氣了。」王阿姨說。

晏長晴恍然，跑回去看著狂舔狗盆子的羅本，同情的說：「可憐的小羅羅，跟了這麼一個冷酷無情的主人，不過沒關係，以後我會好好疼你的。」

她摸摸牠小腦袋，羅本「嗷嗷」的衝她撒嬌。

下午五點，節目組開完會議出來，晏長晴準備回辦公室，碰到馮臺長和傅愈一道走來，馮臺長一路上說說笑笑，傅愈嘴角掛著薄薄的笑，宛如名流紳士，只是那雙墨色的黑瞳，在看到她的那一剎那猶如春雪初融。

「馮臺長。」晏長晴先跟上司打招呼，然後才看向傅愈：「傅愈哥，你怎麼也來我們電視臺了？」

「傅總今天下午來我們臺裡錄訪談節目。」馮臺長說道：「正好我要跟傅總一起去吃飯，長晴，跟我們一起去。」

臺裡一把手的話永遠是不能拒絕的，晏長晴點了點頭。

到停車場，馮臺長說：「我忽然想起東西忘辦公室了，我去拿一下，長晴，妳先坐傅總車去。」

「要不我自己開車吧。」晏長晴為難的說：「我明天要拍戲，不然車子又要在臺裡放幾天。」

「那我坐妳的車吧，我車讓司機開。」傅愈說完自顧自的給他司機交代了。

晏長晴沒轍。

半個小時後，到達北城赫赫有名的「召南居」。

晏長晴以前也跟臺裡的人來過一次，這裡的裝修古雅幽靜，像極了蘇州的園林。

傅愈彈了彈菸灰：「這裡的老闆一定很喜歡詩經。」

晏長晴笑問：「你怎麼知道？」

「妳看。」傅愈指著她身後的屏風：「屏風上刺繡的畫是詩經中《鄭風．野有蔓草》，畫中的男女在蔓草中不期而遇。」

晏長晴回頭一看，微微失神：「傅愈哥，你跟以前一樣博學多才。」

「妳以前不也愛拿詩經問我嗎？」傅愈低低的音色從薄薄的煙霧中穿透而出。

晏長晴心中一動，記得從小時候，傅愈就是她仰望的對象，崇拜他有關的一切，他喜歡看詩經，為了能跟他多接觸、多說話，她也求著讓奶奶買本詩經給她，沒事就跑傅家找他。

她迷戀從他優美的唇齒裡溢出來的「月出皎兮、佼人僚兮」，在她那時候的世界裡最動人話的也不過如此。或許在她眼裡，傅愈也像高高掛在天上的皎潔月亮，潔白又璀璨。

她默默的垂下腦袋瓜子，過一會兒忽然有人打電話給傅愈，他聽了半分鐘，然後把手機遞給長晴，晏長晴看到「馮臺長」三個字趕緊放在耳邊聽。

馮臺說：「長晴，我臺裡臨時有事，脫不開身，妳好好代我陪陪傅總，知道嗎？」

「嗯，知道。」晏長晴乖乖點頭，把手機還給傅愈後，看到他深黑的眸，她尷尬說道：「馮臺長肯定是故意的，他以為我們有什麼。」

傅愈轉動著纖薄的手機笑了下：「我們是可以有點什麼。」

晏長晴端茶的手一抖，茶水落在手背上，紅通通的一片。

「真是不小心，讓我看看。」傅愈起身握住她燙紅的手，口吻含著寵溺。

他指尖滾燙，晏長晴瑟縮的抽回手，面色侷促：「沒事，傅愈哥，你這樣我真的不大習慣。」

「我們以前不都這樣嗎？」傅愈退開她些許，眸色裡染上複雜。

「以前是以前啊，我們都小。」晏長晴低頭，小聲說：「而且你後來不是跟我說，只是把我當妹妹一樣嗎？」

「長晴，我從來沒有把妳當妹妹看過。」傅愈英挺的眉目皺了皺，似乎心煩，拿起桌上的菸盒，點了一根。

晏長晴心裡狠狠的一跳，看到他嘴角勾起一個苦澀的笑：「那年，接到妳情書的時候，我心裡特別高興，我跟妳一樣，也一直喜歡妳，可家裡當時發生了太多事。」

晏長晴怔了怔，大腦忽然一片空白。或許是不敢相信，傅愈說他是喜歡她的，這怎麼可能。

「聽到我爸媽離婚的時候，妳是不是很驚訝？」傅愈笑了笑：「二十二歲之前，我一直以為自己生活在一個幸福的家庭，我爸雖然在外面打拚，但心裡是愛我媽的，可也是那一年我才知道，我爸原來在外面有一個私生女。」

晏長晴錯愕，有些心疼他，也心疼曾經的自己：「你當時為什麼不跟我說？你家庭是怎麼樣的，我不會介意，我們一起長大，你不是不清楚我的為人，就算你去美國，我都可以等，我也可以讓我爸送我過去留學，只能說你沒有那麼喜歡我，而且……你也不是沒有交往的女朋友。」她眼眶酸澀，太遲了，這些話哪怕是一個月之前說都不遲，但偏偏是一個月後。

也許，他們終究沒有緣分吧。

「不止是這樣。」傅愈捏著菸蒂的手緊了緊，眉角劃過一絲隱痛：「妳爸和我媽，當時好像……彼此有感覺……」

晏長晴震驚的臉色白了白，手裡的茶水蕩起一絲漣漪：「不可能！」

傅愈低頭狠狠的抽了兩口菸，暗黑色的眸子裡劃過一抹狠心：「起初我沒想太多，直到有一回，我提前放學回家，不小心看到妳爸抱著我媽，才什麼都明白過來。當時的自己很憤怒，不過現在想來也怨不得，我的家庭早就千瘡百孔，只是為了我，想一直瞞著。長晴，我當年不是故意拒絕妳，只是不知道如何面對這樣的事情，我走的那天，妳在爬山虎下哭，其實我看到了，長晴，我想跟妳在一起，看到妳寫的我信也特別高興，我跟我媽說，等妳畢業我就跟妳求婚，可所有的事情發生的太突然。」

晏長晴心臟狠狠的擰痛著，這一切的真相太過突然。

不僅僅是傅愈，還有她一直尊重的爸爸原來喜歡沈阿姨。她一直以為他的爸爸除了媽媽，再也不會喜歡上別的人，是不是愛情都經不起時間的推敲。

「我要回去問問我爸。」她倉皇失措的抓起包就走，傅愈沒有阻攔，如果不是萬不得已的時候，他不想說出這個傷人的真相。

夜晚的晏家，晏磊一個人拿著報紙單獨坐在沙發上，頭頂的水晶燈拉下了一片寂寥的剪影。

晏長晴走入家門，看到的就是這一幕。

她眼眶一澀，想起這些年，晏磊又當媽又當爸的細心呵護，她心裡的憤怒忽然之間消散無蹤，取而代之的是茫然和心痛。

「長晴，怎麼啦，誰欺負妳了？」晏磊看到女兒眼眶紅紅的樣子，趕緊放下報紙招手：「是不是跟楚頤吵架了？」

晏長晴搖頭一步一步走近，最終艱澀的開口：「爸，聽傅愈說，當年您和沈阿姨……互相喜歡？」

晏磊臉上表情微微一滯，劃過淡淡的難堪，不過很快恢復如水般的平靜，只是傷感的點了點頭：「妳是不是生爸爸的氣了？」

晏長晴喉嚨發澀：「我沒資格生氣，您這輩子都在圍繞我和姐，媽在我兩歲的時候就去世了，您心裡可能寂寞，但為什麼是沈阿姨……」

晏磊低低嘆氣：「當年，妳們沈阿姨住隔壁，我看她對妳們倆照顧有加，便想起妳媽媽。後來時間長了，沈璐的大度、賢慧慢慢的吸引了我，再加上她不幸的婚姻，她為了傅愈隱忍的辛苦和母愛，讓我深深欽佩和同情。沈璐早知道傅愈的爸爸在外面有女人，只是她為了傅愈能夠好好讀書一直隱忍，妳讀大學那年，沈璐是想離婚，但傅愈還是希望父母復合，所以還是和傅愈去了美國，如果她沒去，大概我會和她結婚吧，長晴，妳會恨爸爸嗎？」

晏長晴哽咽搖頭，對於晏磊她是永遠不會恨，母親去世的太早，晏磊從三十多歲單身到今天，他也需要人關心，需要人理解，有時候她也希望晏磊再婚，只是害怕有別人會取代自己母親的位置。

「我能明白傅愈為什麼會跟妳說這些，我聽妳姐後來提過，妳喜歡傅愈。」晏磊慈和的擦了她臉上的淚水：「可是爸認為你們不適合，他身處的圈子誘惑太大，他下面的女藝人太多，比妳漂亮、比妳身材好、比妳會撒嬌的……太多太多，長晴，爸是男人，有些事比你們看的通透，在我周圍，我看到過無數談了十幾年、海誓山盟的戀人，最後婚內出軌土崩瓦解，我並不是不信任他，只不過妳是我女兒，我只想讓妳婚姻過的穩定幸福，楚頤是個醫生，圈子沒他亂，妳姐說醫院裡有很多醫生、護士追他，他從來都是本本份份，一心撲在工作上，再加上他是宋家人，能夠保護妳，妳自己處在娛樂圈裡，亂糟糟的，我不贊同妳找一個商人，商人的圈子太繁雜。」

晏長晴點點頭，可心裡還是難受，畢竟她真的喜歡傅愈好些年啊。

現在終於那個喜歡的也喜歡自己，有些遺憾總是無法彌補的。

晏長晴心情低落的回房間翻找出小時候的一些照片，裡面有太多太多她和傅愈的回憶。

她每年生日的時候，一起去公園玩的時候，第一次兩人去划船的時候……晏長晴看著看著眼眶就濕了，她跟傅愈怎麼就那麼錯過了呢。

十點多，聽到外面汽車聲，晏長晴猜到可能是宋楚頤來了，趕緊把東西全部都收了。

沒多久，樓梯上傳來腳步聲，宋楚頤打開房門，晏長晴假裝坐床上玩手機。

「病人送了很多櫻桃給我，我讓張阿姨去洗了，要不要吃一點？」宋楚頤走到她身邊，忽然注意到她眼睛紅彤彤的。

宋楚頤凝眸問：「哭過？」

「沒有。」晏長晴扭開臉，嘟起小嘴，怎麼看都是一副生悶氣的模樣。

宋楚頤蹙眉：「怎麼了？」

「說了沒怎麼啦！」晏長晴把手機一扔，起身要走。

宋楚頤握住她手腕，胳膊一用力，晏長晴轉了個圈，跌進他胸膛裡。

「跟我說說，到底怎麼了，嗯？」他低頭，一張清冷的俊容如春水化開，瞳孔也熠熠生輝，就連最後一個尾音也蠱惑到極致。

晏長晴臉頰上的薄皮泛起一層薄薄的熱，咬唇用力推他胸膛，他手臂上的力道反而越按越緊，直到她的臉全部沒入他胸膛裡。晏長晴很久回味過來，她被他……抱住了，男人的心跳挨著她臉起伏，葡萄柚的香味充斥著她鼻尖。

晏長晴又想起讀書那一會兒被傅愈抱著的感覺，那時候大家都是青澀懵懂，身上的味道也最多是洗衣精的香味，不像現在，宋楚頤男人的身體熱燙的那麼明顯，手腕上的力量也是十分強硬，簡直讓人無法忽略他真的是自己老公。

晏長晴漸漸停止掙扎。她和傅愈是真的不可能了。

她已經結婚了，不管以後和宋楚頤能走到哪一步，她也不可能再接受傅愈了。從傅愈和管櫻交往的那一刻起，她的心裡就已經無聲無息對他死心了，也沒有任何奢望了。現在，她的丈夫是宋楚頤。

「是不是你們臺長欺負妳？」懷裡的女人小鳥依人的模樣，宋楚頤眸光軟了。

晏長晴搖搖頭，過了一會兒又悶悶的在他懷裡說：「是我自己一些私人的事情，至於什麼事情你能別問嗎？我……不想說。」她聲音是惆悵的。

宋楚頤點點頭，溫柔的開口：「好，那我不問。」他只是一下又一下的安撫著她烏黑的秀髮。

晏長晴感受著他泛著葡萄柚香的懷抱，感受著他結實滾熱的胸膛，心裡忽然不再那麼痛楚難受了。

有些話，晏磊說的不是沒有道理。或許適合她的，最終還是宋楚頤這樣的，愛戀過傅愈那麼多年，突然知道他也是喜歡自己的，心中的遺憾自然是排山倒海，但就算勉強重新來一次，傅愈也未必適合她，昨天可以是管櫻為了目的靠近他，明天自然有無數的女人為了另外的前途和目的再次接近他。

她的心眼很小，也極度沒有安全感，宋楚頤才是那個能給予她安穩生活的人。

第十一章　不解風情

三天後，劇組新取景的戲份訂在北城一棟高聳的辦公大樓。

第一場和晏長晴對戲的，是飾演劇中她母親的資深老演員何詠穗，臺詞不多，主要靠的是臉部表情的演技，反倒比平時的戲份更難，本該四十分鐘就拍完的，結果足足拍了一個多小時。

片場的氣氛變得很凝重，好不容易勉強拍完，晏長晴心裡尷尬的很，也愧對導演。

在一旁等第二場戲的管櫻沖她鼓勵一笑：「別給自己太大壓力，這段戲本來就比較難拍的一段，妳算不錯的了。」

「嗯。」晏長晴還是懊惱的點頭，她認為自己可以拍的更好的。

返回休息室，剛坐到沙發上，突然發現旁邊放著一本雜誌，封面上的男人西裝革履，赫然正是宋楚頤。她愣了愣，忙拿起來一看，是一本人物雜誌，第一篇是有關宋楚頤的醫學歷程訪談，晏長晴看了半天，很多都是些醫生的專業術語，她看不懂。

不過封面的宋楚頤真的是很帥呢，就算是黑色西裝，也沒有商人的那種凌厲，更多的是優雅、卓越，想到這個人是他老公，晏長晴心裡還是有絲絲的驕傲。

「哎，妳也喜歡看這本書啊。」這時，管櫻的助理林甯走進來笑道：「管櫻也挺喜歡看的，妳們不愧是好姐妹啊。」

晏長晴僵住：「這本書是……管櫻的？」

「是啊。」林寧點頭。

晏長晴說不出話了，據她了解，管櫻從來不喜歡看這種書，除非是……她低頭看著封面上的男人，難道管櫻心裡一直還有宋楚頤？晏長晴剛才甜絲絲的心情一下蒙上了一層陰雲。

接下來十一點的一場戲，晏長晴拍到一點都還沒拍好。

傅愈過來的時候正好看到蘇導臉色鐵青的模樣，晏長晴也灰頭土臉，想演的好點，可有時候越想演好，壓力就越大。

他朝一旁場記勾勾手指：「怎麼回事？」

場記小心翼翼說：「晏小姐今天大約狀態不好，一場戲拍了兩個小時都還沒過。」

傅愈皺皺眉：「她吃飯了嗎？」

場記搖搖頭。

「讓你們蘇導暫停，先吃個飯。」傅愈臉色一沉。

場記趕緊跑去和蘇導說，蘇導正拿著劇本生氣，偏偏對晏長晴一句話都不敢發作，這一會兒聽傅愈來了，嚇得腿軟，忙不迭的喊停，跑去迎接傅愈：「傅總，您怎麼這個時間過來了？」

蘇導遞過一支菸，傅愈沒接，只是冷著一張臉，看著場中滿臉懊惱的晏長晴說：「演員誰都有戲難過的時候，可飯還是得吃是不是？」

蘇導苦笑道：「傅總，不是我不讓大家吃飯，只是柯永源下午三點還要趕去北京出席發布會，他經紀人蔡高催的急，柯永源一直在等著他的下一場戲，我也沒辦法，大家的時間都能排到一起，只能讓晏長晴加個班。」

傅愈睨了一眼不遠處的柯永源經紀人蔡高，深思一會兒，淡淡道：「我讓人和蔡高說一聲，先把飯吃了，吃飽了才有力氣拍戲。」蘇導趕緊點頭，吩咐先休息吃飯。

晏長晴也看到傅愈出現了。

短暫的休息確實讓她鬆了口氣，可要是接下來她還拍不好怎麼辦，她看了一眼周圍已經不大耐煩的工作人員，心裡慌了慌。

「長晴，別著急。」管櫻輕輕拍她肩膀：「妳忘了讀書那一會兒，老師教我們的東西了嗎？我們是演員，拍戲的時候一定要學會控制自己的情緒，無論如何都不能被情緒左右我們拍戲的心情。」

晏長晴看著面前溫柔的管櫻，心裡更加複雜：「小櫻，對不起，害妳陪我重拍了這麼多次。」

「我沒關係。」管櫻搖搖頭，但眸色卻沉了幾分：「但如果換成別人，肯定不會像我這麼想，她們肯定會認為妳是業餘演員，妳應該看到了，蘇導剛才很想發火，但他為什麼沒有發火妳心裡清楚。」

晏長晴啞然，她心裡比誰都清楚。

「去和傅總打算招呼吧。」管櫻不忍她太難受，牽著她朝傅愈走去。

越走越近時，晏長晴心情也變得越來越複雜。

傅愈這邊剛交代完蔡高，看到她時溫淡的眼裡立即露出淺淺的笑意：「長晴，不要有心裡壓力，我剛和蔡高說了，妳和柯永源那場戲改下次。」

晏長晴瞄了一眼蔡高臉色，見蔡高竟然沒有不高興，心裡奇怪。

柯永源是當紅演員，片約、廣告不斷，這場戲突然不拍了，肯定是耽誤了柯永源今天下午一半的行程，演員的時間就是金錢，幾百萬肯定是被她給耽誤了，再加上蔡高是圈內出了名的小氣，這一會兒應該很生氣才對。

正疑惑時，文桐拿了便當過來。

晏長晴剛伸手去接，傅愈突然接過去，一隻手輕輕的攬了攬她肩膀：「去休息室裡吃，這裡曬。」

晏長晴尷尬的看了看四周，幾十人的片場，大家都像沒看見一樣在忙碌或者聊天。

而留在原地的管櫻臉色是僵硬的。剛才和她和晏長晴一道來打招呼，傅愈正眼沒看過她，這讓之前在晚會上出盡風頭的她很尷尬，現在恐怕全劇組的人都會知道她是被傅愈拋棄的女人了，可儘管如此她還是不能得罪傅愈，畢竟傅愈是她的老闆。

休息室裡，傅愈把門關上。

晏長晴擰起細眉：「傅愈哥，把門打開吧，只是吃個飯，我不想別人瞎想。」

「就算不關門，別人也會瞎想。」傅愈眼神溫和而有耐心，就像在包容一個心情不好的小女朋友。

晏長晴煩躁的皺眉。

傅愈靠近她幾步，打開她手裡的便當：「都快冷了，快吃吧。」

晏長晴是真的餓了，可這時候吃了塊牛肉，卻因為身邊的男人一直將目光定在她身上而沒有胃口。

她想了想，放下盒飯，認真的對上傅愈的雙眼。

「不好吃嗎？我讓人換一份。」傅愈看著她生動的小臉，心裡溫暖的就像吃了蜜一樣，哪怕工作上的煩心事再多再累，只要看到她，一切都是滿足的。

「傅愈哥，你那天說的話我想了很多。」晏長晴別開臉說：「我也回去問過我爸了，知道答案的時候我確實也很難接受，但是……也可以說我們沒有緣份吧，如果真的有緣份，早該在一起了，現在的我只想把你當哥哥，感情的事還是在過往裡結束吧。」

她下定決心的話落在傅愈心頭，彷若落下一塊冰，冰突然融化成水，覆蓋住他整個心臟，是冷的，一絲溫度都沒有。

他笑了笑，瞳孔裡倒映出晏長晴小腦袋瓜垂下去的模樣：「長晴，我不認為我們沒有緣分，如果沒有，那為什麼這麼多年我又遇到了妳？」

「也不止是緣分。」晏長晴微微手足無措，拒絕人不是她的強項，尤其是拒絕一個自己從小喜歡的人，這種感覺就像弄丟了一隻最心愛的小狗一樣。

「傅愈哥，你媽和我爸的事當初你生氣、不能原諒我都能理解，可是後來呢，你走了那麼多年，你隨時可以回來找我，就算我搬來北城，問鄰居也是可以打聽到，但你沒有過，相反，你還找了女朋友，我想，你的女朋友應該不止管櫻一個吧。前陣子剛遇到你的時候，我第一次看到你和管櫻在一起特別震驚又難受，如果你心裡有我又怎麼會感覺不到我難受，也不說難受吧，我以前和你告白過，你連稍微在意下我的感受都沒有。」

晏長晴苦笑了下，搖頭又接著說：「傅愈哥，你從小就說我傻，也許我傻，我不明白你們，嘴上說不喜歡，行動上卻摟摟抱抱，我要的感情不是這樣，可能是你一直自信的以為我心裡會一直有你，所以你也不著急，就算看到我難受也假裝不知，也不會和我解釋，從前的傅愈哥給我的感覺簡單又溫暖，現在的你太複雜，這樣的感情不適合我，我只想自己的感情生活簡單一點。」她背過身去。

傅愈面露焦灼：「我在『雪聲』遇到妳的那次，就特別想跟妳說這些，可我也是那次才知道管櫻是妳好朋友，妳一向把友情看的很重，如果那時候我和管櫻突然分手，妳會怎麼想我？所以我只能循序漸進，等合適的時機告訴妳我和管櫻交往的真正原因，才敢跟妳說這些，而且前陣子我媽一直在手術，我要顧公司又要照顧她，直到最近她病情好轉些我才能有時間理清我們之間的關係。」

「你現在說這些已經太遲。」晏長晴被他說的心煩意亂，拿著便當退幾步，低低道：「傅愈哥，我們之間的關係我已經放下了。」

「放下？」傅愈心頭陣陣發冷：「長晴，妳是不是還在生我的氣，恨我不該早點回來，恨我不應該跟妳朋友交往？我不是沒回來過，三年前過年的時候我回了揚州，可妳們已經搬走了，妳奶奶、鄰居都不在，我打聽不到妳的消息，正好那時候，我父母他們忙著辦離婚手續，公司也有事，初二我就不得不回美國，我也是前些日子才回國的，並沒有多久。」

他著急的步步緊逼，晏長晴被她逼退到角落。

傅愈握著她的肩膀往懷裡帶：「長晴，讓我們還是像從前那樣，我依然會疼妳、愛護妳，妳忘了以前跟我說，要一輩子陪著我嗎？」

「你就當我小不懂事，行嗎？」晏長晴用力在他懷裡掙扎，飯和湯全灑在他胸口。

傅愈手臂冰涼的鬆了鬆，晏長晴掙脫出來，偏頭說：「總之，該說的我都說清楚了，再說下去我也說不過你，反正我覺得，你給我的感覺和以前不一樣了，你真的沒必要在我身上浪費太多時間，劇組的事我很感謝你照顧我，可能要不是你，我也沒資格拍這部戲，但現在只能是我的傅愈哥，除了哥我沒想過別的了。」晏長晴說完連便當也不要，轉頭就往外跑。

她其實膽子特別小，也很保守，結婚之後也很怕這種婚外牽扯的關係，反正是沒結果了，所以長痛不如短痛。

下午五點，晏長晴勉強拍完今天的戲，從場上下來，文桐把手機遞給她：「剛才宋先生來電話，要妳拍完回個電話給他，有事。」

晏長晴找了個安靜的地方回撥過去，接通的時候，突然想起早上的事不爽，於是聲音也不爽了：「你找我有事嗎？」

「晚上我們兩家在東雁吃飯，這是妳爸的意思，妳拍完戲就來醫院接我。」宋楚頤命令式的口吻讓晏長晴聽著不舒服。

她鼻子重重一哼：「我幹嘛要去接你，你不會坐我姐車過去啊！」

「妳忘了我是因為誰不能開車？』宋楚頤在那邊嘴角微勾：『當初也不知是誰說送我上班，結果就履行了一次，這些日子我是每天走路上班……」

「行啦、行啦，我接你還不成。」晏長晴被他說的都不好意思了。

路上，晏磊也打了個電話給她，說這頓飯一是有意感謝宋家對晏家的幫忙，二是他們兩個人結婚那麼久，兩家人都還沒正式吃過飯。其實不用他詳細解釋，晏長晴也明白，不過想到又要見到宋楚頤的大哥，晏長晴的心情就有那麼一點點的不美好。

六點鐘，晏長晴到達醫院門口時收到宋楚頤簡訊：『臨時有點事，妳等我一下。』

結果這一下等了足足半個小時。

等宋楚頤上來的時候，晏長晴臉色都臭了：「你的一下是半個小時，是不是兩下就一小時，我真是長經驗了。」

「主任臨時針對一個病人的案例召開了小型會議。」宋楚頤看著她生氣嘴巴微微鼓起的模樣，充分的展示了「氣呼呼」的三個字。

他莫名覺得有幾分喜感，笑了笑，從口袋裡掏出一個棒棒糖遞過去。

晏長晴瞄了那根棒棒糖，是草莓口味的。她心情有了些微妙的變化，萬萬沒想到宋楚頤這種清高的人也會買棒棒糖的，莫非是買給她的？

「你別想用一根棒棒糖就打發了我。」晏長晴負氣的說。

「吃了吧，醫院裡一個小孩子給我的。」宋楚頤把糖放儀表板上：「我不吃甜食。」

晏長晴再次鼓起腮幫子，原來根本就不是他特意買給她的。

「我不喜歡棒棒糖，我最討厭吃糖了，我又不是小孩子。」晏長晴故意看也不看他。

宋楚頤看了她一會兒，又拿起棒棒糖：「妳不吃那我自己吃。」他撕開棒棒糖，放進嘴裡。

晏長晴：「……」

怎麼更生氣了，她一句話都不想跟他多說，難道他不知道女人都是愛說反話的嗎？宋楚楚真是太蠢了，不解風情。還有，一個高冷又英俊的男人嘴裡含根棒棒糖，簡直太醜、太影響形象了。

車停在十字路口的時候，宋楚頤又收到旁邊帶敵意的眼神。

宋楚頤眉頭揚了揚：「想吃？」

「誰想吃。」晏長晴別開臉。

「晏長晴……」他突然叫了句。

「幹……」晏長晴嘴巴剛張開，棒棒糖被塞到她嘴裡，一股草莓香味溢開，晏長晴反應過來，趕緊拿出來，滿臉通紅的罵：「宋楚楚，你太噁心了，你自己吃過還塞我嘴裡！」

「說的妳好像沒吃過我口水似的。」宋楚頤雙手枕在腦後，不鹹不淡的說。

晏長晴面紅耳赤的把棒棒糖扔到他身上：「討厭你，噁心死了！」她生氣的聲音軟的像在撒嬌，宋楚頤眸子緊了緊。

後面傳來連綿不絕的喇叭聲，他忙提醒：「綠燈亮了，快點走。」

晏長晴這才發現綠燈都過七、八秒了，心虛的趕緊一腳油門踩出去。

到達東雁私房菜館時，大家基本上已經到齊了，包廂裡笑意融融，似乎聊得還挺愉快。

晏長芯打趣：「喲，我們宋醫生來了，我說要載他來，他不讓，說晏長晴會來接她，他們倆日子過得蜜裡調油。」

晏長晴一愣，悄悄瞥了宋楚頤，他面不改色的拉著她落座。

宋楚頤的後媽戴嬡端莊的笑問：「晏長晴在那住的還習慣嗎？」

她話音一落，眾人都落在自己臉上，尤其是宋懷生和宋楚朗，上位者的無形壓力迫的人緊張。

「也還好，宋楚……頤什麼都幫我解決好了。」晏長晴靦腆的說。

「結婚也一段日子了，還叫的這麼生疏？」宋楚朗突然開口。

宋楚頤眉頭一擰，心裡掠過絲不妙，正欲接過這個話題，晏長晴已經先開口了：「不是啦，我平時叫他宋楚楚，只是大家都在，所以沒那麼叫了。」

「宋楚楚！」宋懷生哈哈大笑：「老晏，看來我們真是一點都不用擔心了，這小倆口真如你們家長芯說的蜜裡調油。」

晏磊也笑瞇了眼，戴嫚掩唇：「他們小倆口倒是過的滿有情趣。」

一桌子的人都歡聲笑語，除了宋楚朗和宋楚頤。

宋楚頤清冷的五官僵硬，桌下，他沒好氣的捏了捏晏長晴大腿。

晏長晴嘶痛了聲，桃花眼瞪了宋楚頤一眼，心裡不敢置信，這個惡劣的男人竟然私底下欺負他。

「長晴，怎麼啦？」宋懷生關切的問。

晏長晴看宋懷生慈祥的目光，想到了自家爸爸，覺得十分親近，立即撒嬌的打小報告：「爸，剛才我說了他小名，他報復我來著呢！」

「是嗎？」她一句爸叫的宋懷生樂得嘴都合不上：「楚頤，你欺負晏長晴太不像話了啊。」

「就是、就是。」晏長晴立即裝可憐噘嘴賣萌，宋楚頤只得擠出一絲勉強的笑。

晏磊笑罵：「我看是妳欺負楚頤。」

「爸，你不是我親爸。」晏長晴指了指宋懷生：「爸才是。」

宋懷生再次開懷大笑：「有個女兒還是好啊，瞧瞧長晴，嘴巴甜。」

晏磊笑的寵溺：「是啊，嘴巴甜也愛搗蛋。」

宋懷生點點頭，看向戴嫚的肚子：「我倒希望這一會兒能生個女兒，好好的寵著。」

戴嫚笑了笑，不過眼底深處笑的有幾分不自然。

用餐時，晏長晴殷勤的給宋懷生和宋奶奶盛湯、夾魚翅，又說了好多好聽的話，一頓飯吃的兩母子樂呵呵的。

飯後，宋奶奶拉著晏長晴的手，眉開眼笑的說：「晚上回宋家睡，奶奶特別喜歡妳。」

「那就去吧。」晏磊朝她說，晏長晴也只得點頭，她雖然不喜歡宋楚朗，可宋懷生和宋奶奶都是很親切的。

「可是羅本……」

「我們先回家接羅本，等一下再回宋家。」宋楚頤對宋懷生說。

「行，早點過來，我前幾天去歐洲，還帶一份禮物給長晴。」宋懷生笑呵呵的說。

一群人在門口分開。

宋楚頤坐上晏長晴的車子，眼眸古怪的盯著旁邊的小妻子：「看不出來啊，妳這馬屁拍得好啊。」

他真是小看她了，一頓飯下來，她那嘴巴簡直抹了蜜一樣，一會兒一句：「爸，我第一次見到您的時候就知道，您年輕的時候一定是風靡萬千少女的帥哥。」一會兒又對宋奶奶說：「奶奶，您看起來跟六十歲差不多，我從來沒見過快八十了，還這麼年輕的老太太。」

「什麼馬屁功夫，我那是發自內心的話好嗎。」晏長晴得意的哼哼：「要換成別人我也不敢，可你爸和奶奶都對我挺好的，我說兩句好聽話也沒什麼，跟他們打好關係，以後你欺負我，我就去他們面前告你狀。」

她略帶狡黠的桃花眼，讓宋楚頤暗暗升起一絲好笑：「那我以後真不敢欺負我老婆了。」

晏長晴回味過來，羞得朝他肩膀上拍了一下：「誰是你老婆，討厭。」

小傢伙軟綿綿的話讓人心神蕩漾。

宋楚頤眼眸一深，突然抓住她手腕。

晏長晴一怔抬頭，他眼神幽深的看著她，幽暗中，灼的人莫名面皮發熱。

晏長晴扭扭捏捏的別開臉，他突然上半身朝她壓過來，她眼眸一閃，男人修長的睫毛刷過她的鼻尖，她的唇「唔」的被人堵住。

這個吻不算洶湧，但吻得很深又纏綿。狹小的空間裡，晏長晴一度因為兩人的呼吸聲心跳加速，而且她很緊張，這可是在馬路邊上，要是被人認出來，這樣的畫面是不是會被外面叫做「車震」了？想到這些晏長晴緊張的舌頭哆嗦。

「我吻妳的時候，能不能專心點？」宋楚頤有點氣惱，他的吻技也不算糟糕吧。「妳在想什麼？」

「我在想車震……」晏長晴脫口說完後，車裡突然詭異的安靜了，她忙捂住：「我……」

「妳想車震。」宋楚頤勾唇：「看不出來啊。」

「我不是。」晏長晴窘的身體往椅子裡縮：「我是怕被人拍到，以為我們在車震，我才沒有，誰像你，你個老流氓。」

「我哪裡老了。」宋楚頤臉朝她靠近，他臉英挺的沒有一絲瑕疵和褶皺，看起來不但沒有三十，還彷彿是男人最年輕最具魅力的時候。

晏長晴閱過美男無數，可長時間看著這張臉，還是會不好意思的眼神躲閃：「好啦，你不老，你起來，我要開車了。」晏長晴害羞的推他胸膛。

「吻我一下，我就起來。」宋楚頤熱氣呵在她臉上。

晏長晴羞得更厲害了，這樣的宋楚頤簡直無賴，他挨得自己那麼近，弄得她心跳的略難受。她閉閉眼，往他近在咫尺的唇輕輕碰了一下。

可親了之後，他還是沒離開，她臉熱的快炸掉了，著急說：「你怎麼還不離開，我都親了！」她臉頰上的潮紅已經在黑暗中都擋不住潮紅了。

宋楚頤心裡低低一嘆，這個女人還真是迷人而不自知。

他身子終於動了動離開她，打開窗戶，暖風吹進來，彼此的身體彷彿都沒剛才那麼熱了，晏長晴臉上的熱氣也漸漸褪去。

回到觀湖公館後，晏長晴說要上去拿換洗衣服，乾脆由她牽狗，宋楚頤同意，於是在車裡等她。

二十分鐘後，晏長晴牽了羅本從電梯下來。到一樓時，門還沒開，卻聽到外面傳來興奮的女人聲音。

「哇塞，你們社區裡怎麼有那麼帥的男人。」

「我以前就跟妳說過啊，他好像也住我們這一棟，我見過他幾次。」

門打開，晏長晴牽著狗出來，外面兩個年輕女人立即止住聲音。

晏長晴滿頭霧水的往停車的位置走，看到不遠處倚在車門上的男人時，腳步不由自主的頓住，剛才那兩個女人說的不會是宋楚頤吧，不過她現在也有點理解剛才兩個女人議論的心情了。

白色的奧迪上，宋楚頤兩隻手放在褲子口袋裡，四十五度抬頭望夜空，朦朧的夜光在他身體的每一寸輪廓披了層薄薄的光，他挺拔如峰的鼻尖、薄薄的唇、淺灰白的針織衣、咖啡色長褲、白色運動鞋，英俊乾淨的宛若神祇。

晏長晴眨眨眼，原諒她這個天天看到他的人，也很不爭氣的被秒殺了。用她看過的小說來形容，宋楚頤就是標準的禁欲系男神，顏值高、外表高雅、性格高冷。可這都是外表看到的，實際上這就是一個披著禁欲系男神皮囊的悶騷型男人，也不知道這個悶騷男人暗地裡迷惑了多少女人的芳心。

想到剛才那些女人議論的男人就是自己老公，晏長晴有點得意之餘又有些氣憤，這個男人幹嘛沒事長這麼帥到處迷惑女人，長這麼帥就算了，還擺那麼帥 Pose 幹嘛，生怕別人不知道他身材迷人？

「汪汪！」晏長晴忘了動，直到羅本朝他叫了兩句，宋楚頤才回過頭來。

晏長晴臭著臉打開後門，羅本跳了進去。

晏長晴坐到駕駛位上，羅本淘氣的從後面把腦袋往前探。

宋楚頤推開牠，開口問：「妳又怎麼了？」

「看你長得太帥，不順眼。」晏長晴嘟嘴說。

宋楚頤：「……」

這也是有錯？好吧，女人真的是不講道理。

第十二章　宋家過夜

宋家的路說遠也有些遠，加上晏長晴開的慢，花了一個小時車程才到。

晏長晴陪著宋奶奶看電視到十點，宋楚頤被宋懷生叫進書房。

宋奶奶去睡後，晏長晴被傭人帶回宋楚頤房間。

比起自家別墅的房間，宋楚頤這裡似乎又大多了，只是他房間東西不多，大部分都是醫科方面的書籍，晏長晴無聊看了一圈，最後在他床頭櫃上發現了一個相框。

照片上五個人，那時的宋懷生看起來只有三十多歲，宋楚朗笑的很陽光，宋楚頤還長得很稚嫩，穿著校服，戴著黑框眼鏡，模樣秀氣，他旁邊站著一個十多歲的小女孩，肩上編織著一條長辮子，嬰兒肥的臉笑起來很甜美，宋懷生旁邊站的不是戴嫒，是一個三十多歲的陌生女人，女人五官略明豔，嘴唇像極了宋楚頤。

晏長晴心裡了然，這位應該就是宋楚頤的媽媽了，可這個小女孩是誰。

房門突然打開，晏長晴趕緊放下來。

宋楚頤目光微凝，把門悄悄關上說道：「那是我讀國中時候拍的全家福。」

「噢……」晏長晴點頭，突然想起，自己對宋楚頤媽媽的事，好像一無所知，她撓撓腦勺說道：「我一直以為你像你爸，原來你更像你媽一點。」

「不是都說兒子像媽，女兒像爸嗎？」宋楚頤笑了笑：「妳跟妳爸性格也不像啊，妳應該像妳媽多一點。」

「是啊。」晏長晴點點腦袋瓜子傻笑：「我爸老說我性子跟我媽差不多。」

宋楚頤薄唇揚了揚，晏長晴低頭沉默，實在又忍不住好奇的問：「你還有個妹妹嗎？」

「……是啊，她和我媽在德國生活。」宋楚頤脫掉外面的針織衫，露出裡頭的白色T恤：「妳先去洗澡吧。」

「嗯。」晏長晴看了宋楚頤，突然有些同情起來。

有時候她想不明白，是不是有錢人的家庭都特別容易散，像傅愈的爸媽，也是傅伯伯在外面找了年輕女人，不過傅伯伯更過分，婚內有私生女，宋懷生也娶了年輕他二十歲的戴嫒。

怪不得人家說男人年輕的時候喜歡二十一歲的女人，中年依然喜歡二十一歲的女人，不知道宋楚頤老了會不會也這樣。晏長晴挺傷感的。

她洗完澡出來後，宋楚頤接著進了浴室。

這樣夜深人靜的晚上，晏長晴心情忽然七上八下，最近兩人的關係越來越親密，今晚火辣辣的吻都足以捅破最後一層紙窗似得讓人心跳加速。

正胡思亂想著，宋楚頤放小茶几上的手機響了，這麼晚也不知誰打來，晏長晴好奇的爬過去看，

「管櫻」兩個字刺進她眼球裡。

上午，管櫻那本雜誌的封面從她腦海裡飄過。

她心裡涼了幾分，自己雖然沒有過戀愛，但喜歡過人，也懂得這個時間打，肯定是有曖昧成份，而且這兩人已經分手了，管櫻難道又想跟宋楚頤和好了？

也是，她已經和傅愈分手了，現在是單身。那宋楚頤呢，會跟她和好嗎？也不是沒可能，管櫻那麼美，也會討男人歡心，不像自己……何況阮恙曾經說過，這世界只有不努力的小三，沒有挖不動的牆角。

晏長晴心臟堵了堵，那鈴聲刺得她耳朵不舒服。

鈴聲響了一陣，停了。

晏長晴拿起宋楚頤的手機，上面顯示一個未接來電。她突然想看他手機裡面有沒有什麼曖昧簡訊，雖然這樣很不厚道，不過這是考驗一個男人忠不忠誠的最好辦法。

她們臺有一個真人真事的節目，裡面各種渣男聊騷。

晏長晴挺挺胸膛，她是他老婆，作為老婆就有偷看的權利。

可是密碼是多少？她似乎不知道宋楚楚生日。晏長晴苦惱，最後碰狗屎運的先輸入自己生日。說不定宋楚楚偷偷暗戀自己也說一定呢？結果……當然密碼不正確。她又輸入管櫻生日，還好也不是。

她開始一二三四五六的亂按，接著手機震動提示密碼輸入錯誤過多，要五分鐘後才能重新再輸入。

哇靠，這麼久。

晏長晴傻了，這時浴室裡傳來開門的聲音，她趕緊放下手機，迅速爬回床上。

宋楚頤出來就看到她認真的拿著手機開始滑微博，他扔了擦頭髮的毛巾，伸手正要去拿手機。

晏長晴突然「啊」了聲。

他怔住回頭看她：「怎麼了？」

晏長晴眨眨眼，腦子急速的運轉，手指著他說：「你有胸肌。」

「妳又不是沒看過。」宋楚頤淡淡道。

「不是啊，上次你胸肌好像沒那麼好看。」晏長晴拚命的從喉嚨裡擠著話，這五分鐘必須不能讓他碰手機，不然他肯定知道自己套過她密碼了：「你有四塊哎。」

「是啊。」宋楚頤莫名其妙。

「不是啊，你天天在醫院，怎麼可能會有胸肌，你們一般的醫生不都只有一塊胸肌嗎？」

晏長晴描繪：「一大塊肥肉。」

「我偶爾也是有健身的。」宋楚頤胸膛微微緊了緊，大晚上的，一個女人盯著自己胸膛討論胸肌真的好嗎？他把T恤穿上，手又朝手機伸去。

晏長晴「哎呀」一聲：「我肚子突然好疼。」她拼了老命發揮全部的演技，一整張漂亮的小臉痛苦的擰在一起。

宋楚頤信以為真朝她走去：「不會又腸胃炎了吧，疼的厲害嗎？」

「可能是，反正就是疼。」晏長晴抓著他手，粉唇抿的緊緊的，桃花眼裡也閃爍著令人心疼的光芒：「不然你幫我倒杯熱水吧，我不想總吃藥，藥吃多了對身體不好。」

「我幫妳弄杯熱牛奶吧。」宋楚頤想了想說。

「嗯嗯。」晏長晴乖順的點著小腦袋瓜子。宋楚頤幫她蓋好被子，下樓去了。

晏長晴鬆了口氣，聽到下樓的腳步聲後，她立即爬起來看手機，還好，只有兩分鐘了，他泡杯牛奶回來肯定就過了。她看著時間，最後宋楚頤花了七、八分鐘的時間才上來。

「很久沒回來了，不知道牛奶放哪裡，還是找了保姆問才知道，快喝吧，喝了還不舒服就吃藥。」

「嗯。」晏長晴「咕嚕咕嚕」的把牛奶全部喝完，為了把戲做足，她又捂著肚子過了一分鐘後才低低說：「好像不那麼疼了，牛奶真好啊，我決定以後每天晚上一杯牛奶。」

「牛奶有這麼神嗎？」宋楚頤看著她舒坦的模樣，作為醫生的自己表示懷疑。

晏長晴點點頭：「對了，你洗澡的時候好像有人打電話給你。」

宋楚頤走過去拿了手機。整個過程，晏長晴仔細盯著他，他看到號碼的時候，眉心皺了皺，安靜的盯著手機足足七、八秒，然後放下，往床上走。

晏長晴躺進被窩裡，裝作漫不經心的問：「你不要回嗎？」

「不是什麼重要的電話。」宋楚頤輕飄飄的聲音從床的另一邊飄過來。

晏長晴背對著他，心裡鬆了口氣的同時，嘴角還情不自禁的勾起幾縷偷笑。

床的那邊沉了沉，一隻手攬上她腰。晏長晴愣了，緊接著一身沐浴後的清爽香味從身後襲來。

晏長晴肩膀不爭氣的僵了僵，身後的人像沒有察覺一般將英俊的臉埋進她頸窩裡：「睡吧。」

晏長晴鬆了口氣，卻又有點小興奮。兩人雖然也不是第一次睡一張床，但還是第一次這樣被一個男人抱著睡，好緊張，緊張的晏長晴動也不敢亂動，呼吸也小心翼翼的。

十多分鐘後，晏長晴聽到身後傳來均勻的呼吸聲，以為他睡了，僵硬著身體輕輕的挪動，試圖從他臂彎裡逃脫出來。結果一動，耳邊再次傳來宋楚頤的聲音：「怎麼還不睡？」

晏長晴窘：「你抱著我，我不大舒服，睡不著。」

「這樣啊……」宋楚頤聲音挑高，突然又壓的低沉：「那……要不然我們來做點有助於睡眠的事情怎麼樣？」

晏長晴被他聲線撩撥的腦子渾渾噩噩，沒仔細想就問：「什麼事情？」

她話音一落，宋楚頤身體突然動了動，晏長晴剛張口，橘子般誘人的唇瓣就被他封住了。

她腦子一嗡，來不及反應，被他索了一個深深的吻。

晏長晴被吻得雲裡霧裡，臉蛋酡紅，好不容易鬆開，他的吻落在她脖子上。

「不行……」晏長晴身體麻了半截，抓住他手臂，彷彿被雨水滋潤的雙眼在黑暗中波光粼粼。

「為什麼不行，上次都行。」宋楚頤摟著她腰往懷裡送，低著頭親她。他的吻猶如清風，晏長晴這顆小嫩草哪有半絲經驗，不一會兒便軟綿綿，任由這陣風吹遍肌膚。

直到身上傳來涼意，晏長晴猛地一個激靈，瑟縮的往被窩裡躲：「宋楚楚，我怕……」

那桃花眼濕漉漉又顫抖的模樣，宋楚頤渾身肌肉也痛苦的緊繃起來，但她怕，他也不忍傷害她，只是靠近親她粉紅的小臉蛋，輕輕柔柔的說：「長晴，我們是夫妻……」

晏長晴心臟好像突然停住了，她呆呆的看著上方明亮灼熱的眼睛，弱弱的說：「可是我們一年後會離婚……」

「可是……我不想離婚了……」他話音沙啞，猶如春風拂過，溫柔蠱惑的幾乎讓她瞬間沉淪。

相處的日子雖然不長，但兩人朝夕相處，從生活的點點滴滴中，晏長晴不是沒發現這個人的迷人動心之處，以為可以一直逃到他當初的一年後離婚。她始終忐忐忑忑，內心有一片地方，不願意把自己的全部真心交托，現在聽到他說不願離婚，晏長晴只覺得整顆心滿滿當當的要沉淪下去了。

原來對一個人有感覺，對方也對自己有感覺時，那種微妙的悸動，如此美妙。

「我還沒做好心理準備，可不可以再給我一點時間？」許久，她安靜的凝視著他面頰。

「好。」宋楚頤吻了吻額頭，沒有勉強。

過了兩日的新戲，晏長晴清晨六點鐘過去，拍到九點多鐘時，管櫻才出現在片場。

看到管櫻，晏長晴自然而然想起前幾天晚上那通電話，她心裡好像有個疙瘩，看到管櫻也覺得不大自在，她想不明白，管櫻是想追回宋楚頤嗎？如果她知道宋楚頤和自己在一起了，會不會很生氣？

晏長晴這輩子一直堅信好朋友曖昧過的任何男人不能碰，可遇到宋楚頤關係到兩家的商業聯姻，也不是她能完全做主的。

而且她當時聽管櫻的意思，真的以為宋楚頤那方面不行，再者，是管櫻先劈腿，先不要宋楚頤，她想無論如何，管櫻有一天知道了真相，應該不會很生她的氣吧，她只是撿了管櫻不要的。但她萬萬沒想到管櫻又會再次聯繫宋楚頤……她到底是存著什麼心思呢？

「長晴，在想什麼呢，跟妳說話一直不聽？」管櫻明澈的雙眼疑惑的看她。

「嗯？」晏長晴回過神：「妳跟我說什麼？」

管櫻眉頭微動，古怪的看了她幾眼，突然壓低聲音：「妳最近怪怪的，不會是有男朋友了吧？」

「……沒有啊。」晏長晴閃爍的望向別處：「我哪有時間找男朋友？」

「也是。」管櫻笑了笑：「長晴，那天妳和傅愈在化妝間，他是不是在跟妳表白？」

「妳怎麼知道？」晏長晴驚訝的脫口說完，忙覺不好，趕緊解釋：「妳別誤會，我……」

「我沒有不高興。」管櫻打斷她，把劇本放下，眼神裡多了一絲別的意味：「其實我和傅愈交往的那段時間就感覺到，他心不在我身上，我對他也沒多大感覺，當初純粹是因為他身分能幫我，才和他交往的。我跟他之間與其說是交往，倒不如說是互相利用，我們連關係也沒發生過。」

「真的假的？」晏長晴有點不大敢相信。

管櫻點頭：「我也是那天晚會上看出他喜歡妳，平時我和他相處的時候，他總和我聊起跟妳有關的話題，也怪我太遲鈍，早該知道的。」

晏長晴心裡窒了窒，原來是這樣，她要是早點知道的話……

不不不，她趕緊把這個念頭從心裡否定掉，就算還有些對傅愈的不捨，但她現在已經是宋楚頤的人了。「但是……妳之前不是那樣說的，妳說他對妳很好，上次不是還去看了沈阿姨嗎？」

「他對我確實不錯，我當時也是抱著想嫁給他的想法，才去討好沈阿姨，不過感情的事還是不能強求。」管櫻自嘲一笑：「再說，我對他更多的是，想利用他捧紅自己，如果他喜歡我的好朋友，我不會阻攔，也不會嫉妒，我沒那麼小心眼，只要妳開心就好。」

晏長晴聽著這番話動容了，她笑笑，佯裝開玩笑的說：「說的這麼大度，那我要是去找之前那位宋醫生，妳也不會生氣嗎？」

管櫻沒料到她會提起宋楚頤，怔了怔。

晏長晴猶豫了下，實話道：「我昨天在妳桌上看到一本雜誌，封面就是那位……宋醫生，管櫻，妳是不是……喜歡的還是他？」

管櫻不大自然的拂了耳邊的秀髮：「可能，人有時候真要等失去，才知道後悔。反正我跟傅愈接觸的那段時間，常常會想起他，好像從來沒遇過比他對我更好的人，可是我做了對不起他的事，不知道他會不會原諒我。」

她說完朝晏長晴望過去，見她一動不動的望著自己，臉色微微泛白，她怔然，笑問：「怎麼啦，妳是不是看不起我？」

「不……不是。」晏長晴勉強擠著臉上的笑容。

她是猜到些許的，可從管櫻嘴裡說起宋楚頤對她的好時，心裡那種悶悶的滋味讓她格外難受。那宋楚頤是不是……也忘不了她呢？如果是這樣的話，她怎麼辦？她算什麼呢？

晏長晴潤了潤乾澀的嘴唇：「但妳之前不是和朵瑤說他那方面不行嗎？」

管櫻眸光閃了閃，說：「其實我騙了朵瑤……」

四周彷彿突然「嗡嗡」的，晏長晴從椅子上站起來，背對著管櫻，她沒敢讓管櫻看她臉，一定是非常難看的。

是啊，宋楚楚那麼正常的一個人，跟管櫻交往了一年，怎麼可能沒碰過她呢？可是她當初會選擇和宋楚頤結婚，就是以為他跟管櫻沒有發生過那方面的事。現在告訴她是假的，晏長晴沒法接受，她很保守，喉嚨就像吞了隻蒼蠅一樣。

「小櫻，我去趟洗手間。」晏長晴快步朝廁所走去。

廁所裡，晏長晴用冷水潑了潑自己的臉。空落落的情緒從四肢百骸蔓延出來，晏長晴覺得，老天爺跟她開了一個玩笑。

為什麼要這樣對她呢？她喜歡傅愈那麼多年，好不容易能再喜歡上另一個人，容易嗎？真的特別不容易啊。她眼眶都紅了。

凌晨五點，晏長晴結束完片場的戲回公寓，到家時六點多鐘。

宋楚頤牽著狗繩，大概準備牽羅本去散步，見她回來問道：「吃早餐了嗎？」

晏長晴疲倦的看著他，他一身運動服，黑褲子，白色上衣，玉樹臨風。這個人是她老公，也是她好朋友的前男友，早知道當初就不結婚了，晏長晴癟了癟嘴，心裡難受的要命。

宋楚頤當她拍通宵戲太辛苦了，之前晏磊就跟她說過，他這個女兒特別的嬌氣、矯情，不過她其實無非就是想要人哄。

「王阿姨還沒來，我幫妳弄水餃，先吃點再去睡如何？」

「我不要，我睡覺了，你別跟我說話。」晏長晴冷著臉往自己房間走。

宋楚頤拉住她，皺了皺眉心，漆黑的眸蓄著強勢：「聽我的話，等一下妳睡著了肯定要睡到中午，不吃東西胃會難受。」

「我不要你管。」晏長晴掰開他手，用力把房門甩上，還聽到她反鎖的聲音。

宋楚頤揉揉頭髮，這丫頭，一天一個脾氣。雖然他喜歡逗她生氣，看她氣鼓鼓，但他還是有分寸。

晏長晴這一覺睡得昏昏沉沉，醒來時，已經是中午十二點半。

肚子餓的難受，扔了手機打開門出去，明亮的客廳裡，宋楚頤找了個閒適的位置在沙發上看電視。

聽到開門聲他回頭，晏長晴怔忡：「你今天沒上班？」

「休息。」宋楚頤穿上拖鞋起身：「妳先去洗漱，我把飯菜端出來。」

晏長晴望了他挺拔秀美的背影一眼，睡覺前的煩躁又再次湧上來。

她洗好臉出來，桌上三菜一湯，看菜色不像是是王阿姨做的。

她心中動了動：「你做的？」

「是啊。」宋楚頤點頭。

晏長晴喉嚨裡晦澀極了，如果不是管櫻那些話，她現在心情可能是甜蜜的。

她悶悶的喝著湯，宋楚頤清眸看了她一會兒，說：「下午一起去街上走走？」

「我才不要去街上，到處是人，說不定還會被認出來。」晏長晴不冷不熱的回答。

「那……去公園？」

「不去，公園有什麼好玩。」晏長晴一臉的煩躁。

宋楚頤英俊的臉龐僵了半邊：「那出海怎麼樣？」

「我已經約了朋友。」晏長晴淡淡的說。

宋楚頤黑黑沉沉的眸盯了她十多秒，才收回視線不再說話。

一頓飯安靜的吃完，晏長晴端了兩個菜碗放回冰箱。

一道如牆壁般的身影抵在她身後，她想從另一邊走，他手臂攬過來，接著，她鎖骨間傳來涼意。

晏長晴低頭，胸前多了條白天鵝的鑽石墜子。她腦子恍惚了下，他從後面抱住她，迷人的臉探過來親吻她臉頰、嘴角。

晏長晴鼻子酸了酸，宋楚頤將她身子轉過來，抵在冰箱上親她軟綿綿的嘴唇，他溫柔的撬開她。

彼此嘗到了曖昧的滋味，晏長晴卻莫名其妙的想起，這張唇可能也這麼吻過管櫻。

她突然覺得難以忍受，眼淚也委屈的滾了出來，她用力推開他，抽噎的說：「別碰我。」

宋楚頤微瞇眼，也直勾勾的看著她，惱怒：「妳在外面受氣，把怒火發洩在我身上嗎？」

「是又怎麼樣，反正我不想看到你，討厭你親我。」晏長晴抹了抹眼角的淚，飛快的從他身邊走過進了房間。

宋楚頤手撐在冰箱上，眼神陰鷙極了。

晏長晴回到房間裡發了一會兒呆，低頭看了看胸前墜子，很精美，她戴著正好，不會特別高調，但也足夠襯托出她如今在臺裡的地位。

只是她現在心裡亂的一塌糊塗。她喜歡這個人，但又抗拒她的親近，也接受不了他曾經和管櫻也發生過類似的事。

乾淨的衛生紙擦濕了臉頰，晏長晴聽到外面傳來關門聲，宋楚楚應該出去了。

她打開房門，外面果然沒宋楚頤蹤影，只有羅本甩著尾巴委屈的看著她。

晏長晴戳戳羅本腦袋：「你說，你是不是也認識管櫻，她是不是也來過這個家？」

羅本「嗷嗷」的沖她叫。

晏長晴摸摸牠頭嘆氣：「你到底是想搖頭還是點頭。」

晚上，晏長晴回了晏家睡，宋楚頤也沒打電話過來。

第二天回臺裡上班，今天臺裡似乎格外忙碌，新聞部的人進進出出。

鄭妍說道：「今早高速公路上發生大型交通事故，連環車禍，其中還有輛大巴士，傷亡慘重，人都派出去採訪了。」

晏長晴恍然，那醫院裡現在肯定忙不過來才是，宋楚頤不知道是不是也很忙。

「池以凝那個小賤人也跑去做現場直播了。」鄭妍又恨恨的說。

「她不是綜藝部的嗎？」晏長晴無語。

「之前陳主持不是休產假嗎，新聞部人手不夠，池以凝之前也在新聞部實習過，正好今天不忙，就跑過去了。」鄭妍撇嘴：「她膽子還真大，為了曝光、出風頭真是豁出去了。」

晏長晴回辦公室後，打開電視機，回播早間新聞，傷亡確實慘重，池以凝在做現場報導，看到身後的傷患，她還是佩服的，至少她膽子沒池以凝那麼膽大。

「……接下來讓我們問問現場醫生的傷患情況。」池以凝話鋒一轉，朝蹲在地上給一名小孩子綁紗布的醫生走去：「請問現在傷亡情況如何？」

男人抬頭，一張臉英俊清冷：「現場的醫護人員和消防、員警都在緊急救治，不過車禍發生後，來往的車道擋住了緊急通道，現在有部分傷患堵在高速公路上……」他話還沒說完，前方忽然傳來焦灼的聲音：「這裡有位孕婦好像要生了！」

「讓讓。」男人推開池以凝快步走了過去。

「咚咚。」敲了門，文桐進來，看了電視，詫異道：「這不是宋楚頤嗎？」

「是啊。」晏長晴回過神來：「找我有事？」

「是這樣，剛才劇組打電話給我，說管櫻出了點事，這兩天把妳和柯永源的戲先拍了，今晚加班拍通宵吧。」

晏長晴擔憂的皺眉：「管櫻出什麼事？」

「她沒事，但她媽好像也是這場車禍上的傷患，今早去醫院採訪的記者回來，說在那碰到管櫻，中午的時候，娛樂頻道的記者也過去採訪管櫻了。」文桐說：「也真是倒楣啊，這種車禍都能碰上。」

「那她媽的情況如何？」晏長晴緊張站起來。

「不清楚，我等一下去幫妳問問。」文桐離開後，晏長晴撥了電話給管櫻沒人接。

三點鐘左右，江朵瑤打了個電話給她：「管櫻她媽出車禍了？」

「妳消息還真靈通啊。」晏長晴說。

「靈通妳個頭，我剛滑微博的時候看到的。」江朵瑤不大放心的說：「不知道傷的重不重，可惜我這裡要出去拍戲，妳會去醫院看管櫻吧？幫我帶個紅包過去。」

「好。」晏長晴掛了電話後，微博上已經傳的如火如荼，管櫻母親出事的新聞曝光度，甚至高過連環車禍，還有人拍到管櫻在醫院裡捂臉哭泣的模樣。

晏長晴是真的有些擔心了，猶豫著要不要去醫院看管櫻的時候，文桐氣呼呼又來了：「妳馬上給我提點水果，去醫院看管櫻她媽！」

「我也正想去。」晏長晴站起來，突然覺得奇怪：「妳之前沒說，怎麼這一會兒突然著急的讓我去了，難道她媽真的傷的很重？」

「屁，住幾天就能出院了。」文桐冷笑：「池以凝那小賤人還真有本事，管櫻她媽的事上頭條後，娛樂記者也都跑去醫院，她立刻就裝模作樣的跑去探望管櫻她媽，還在記者面前說什麼，她和管櫻雖然只拍了一陣子的戲，但是兩個人初見面就像認識很多年的朋友，彼此相談甚歡，虧她有臉說，她幾時跟管櫻關係好了，兩人在片場明明都沒說過幾句話。」

晏長晴扯扯嘴角：「這不是池以凝最擅長的嗎？」

「所以妳也得去！」文桐懊惱極了：「這蹭熱度的事不能讓她一個人占了，我不求妳進前三，能進個前熱搜二十我就心滿意足了，剛才臺長還誇了池以凝，說她幹的漂亮，她和管櫻的曝光度越高，這部電視劇知名度也就越高，劇組那邊也非常贊成她的做法。」說著迅速的幫晏長晴拿了包：「快快快，我陪妳一起去。」

第十三章　受傷撒嬌

醫院附近，文桐兜了一陣才找到停車位，下車時，她扔給晏長晴一個口罩。

「妳不是說讓我曝光嗎？我戴著口罩誰認得出我？」晏長晴茫然。

「妳傻啊，不戴口罩光明正大往門口走，就顯得炒作的太刻意了，放心吧，我已經安排好我們臺裡的，等一下妳一進大門，我們臺的記者就會叫妳名字，到時候大家都能認出妳。」文桐拉著她往大門口走。

晏長晴有些無語，雖然這種事情她常見，但第一次發生在自己身上，還是特別不好意思。到醫院大門口時，裡面守著各界的記者，晏長晴進去，突然有人朝她叫了句：「是晏長晴啊！」果然，那些記者一下子如潮水般朝她湧來。

「長晴，妳怎麼來醫院？」

「妳也是來看管櫻她媽媽嗎？聽說妳們也是在一個劇組。」

十多個麥克風對著長晴，她從來沒遇到過這種陣仗，被人擠得東倒西歪，幸好文桐一直在前面邊擋邊說：「是的，我們長晴一聽說管櫻的母親車禍住院，立即停下了手裡的工作來看她……」

「快讓開，有救護車過來了！」

文桐話還沒說完，外面突然有人大喊，緊接著大門口一片凌亂，一大波人瞬間朝人群中心的晏長晴擠了過來，她穿著高跟鞋，沒站穩摔在地上，她疼的還沒回過神來，手又被踩了幾腳。

救護車上，宋楚頤緊緊皺眉，看著外面人潮壅堵的記者和家屬。他煩躁的揉了揉眉心，問前面的救護車司機：「能開快點嗎？」

「前面好像又來了一個什麼明星，堵住了……」司機為難的在前面說。

宋楚頤轉頭望去，從熙熙攘攘的人群中看到一個眼熟的面孔，似乎是晏長晴的助手，難道是……

「你們停一下。」他打開救護車門，快步下去，撥開人群，看到摔倒在地，蜷縮成一團的女人，他眉目湧起一股火氣。

「讓開！」他怒吼的開口，直接把一個記者對著晏長晴的攝影機打在地上，現場突然安靜下來，「咔擦咔擦」的閃光燈落在他身上。

晏長晴只覺得渾身每一處都在疼，她捂住臉，想快點離開這裡，想快點爬起來，但擠得太狠，似乎怎麼也爬不起。

她感到格外的無助，正在這時，一抹高大的陰影罩下來，她抬頭那一刻，正好看到那張在陽光下陰陽交錯的俊顏，他穿著白大褂，簡直比天神還帥氣，比當初為她擋酒駕的模樣還要man、還要好看。

她呆呆的看著他，咬唇，差點哭出來。

宋楚頤彎腰將她抱起來，那個被砸掉鏡頭的記者生氣的問：「你誰啊，憑什麼砸我攝影機！」

「我是這裡的醫生！」宋楚頤目光憤怒的說道：「我知道你們是記者，想要新聞，也許這位小姐摔倒出醜，能讓你們的新聞得到的更大的價值，但你們要明白，當記者也要有基本的道德底線，看到一個人摔倒了，去扶，才是一個人該做的事！」他語氣鏗鏘，周圍一片寂靜，他冷著臉直接抱著晏長晴上了一旁的救護車。

裡面的醫護人員把門關上，宋楚頤扯掉她口罩，晏長晴忽然「嗚嗚」的埋在他胸膛大哭起來。那名醫護人員傻眼，這是那個知名主持人晏長晴嗎？怎麼跟電視裡完全不一樣，哭的這麼誇張，他再看看宋楚頤，很尷尬，這是個什麼情況。

宋楚頤低頭，滿臉怒容：「妳哭什麼？」

「疼……哪裡都疼。」晏長晴眼淚和鼻涕都擦在他白大褂上。

宋楚頤被她哭的每一個太陽穴都在疼，低頭一看，女人鬢角髮絲淩亂，淺藍色的衣服上左一塊泥巴、右一塊泥巴，手上、腿上還有淤青和傷痕。

他的臉色越發難看，罵道：「瘋了嗎，誰讓妳來這種地方的？」

「我……我……」晏長晴抽噎的囁嚅。

車突然停了，救護車門打開，幾名醫護人員手腳俐落的把病人抬出去：「宋醫生，手術室已經騰出來了。」

「好。」宋楚頤立即把晏長晴交給救護車裡的另一名醫護人員：「朱超，你把她帶到醫院高層家屬備用的VIP病房去。」他說完匆匆跟著病床往急診部大樓走。

晏長晴眼光氤氳的呆看著他背影，明明是那麼急匆匆的步伐，可怎麼由宋楚頤走來，簡直帥爆啊！而且他剛才和記者說的那些話，聽得她都小心臟沸騰了，原諒她不是那種花癡的人，可她覺得宋楚頤就是從裡帥到外。

「咳，晏小姐，麻煩您坐這上面來。」這一會兒的功夫，朱超從旁邊推了輛輪椅過來，晏長晴被攙扶著坐上去，一路上，看到不少家屬在哭，她心裡看的抽疼抽疼的。

朱超把她推到八樓的病房裡，裡面乾乾淨淨、設施齊全，就像一個小型的公寓。

朱超拿了藥水過來，笑問道：「晏小姐和我們宋醫生認識嗎？」

晏長晴猶豫了一下，無精打采的點了點頭：「宋醫生不是神經外科嗎？怎麼跟你們跑去現場了？」

朱超邊給她上藥邊道：「因為宋醫生很有可能是我們醫院的下屆院長，這件事情在我們醫院上班的人都心知肚明，我們現在的余院長一心想栽培他，今天的車禍是醫院裡近幾年遇到的最緊急的事件，當時情況危急，余院長臨時就把宋醫生派了過去。別看宋醫生年輕，可他的臨床經驗和技術水準卻是我們醫院頂尖的，遇到那種場合一般醫生hold不住，容易手忙腳亂。而且，五、六年前，北非那邊爆發登革熱急性傳染病，宋醫生在美國研究院被派去那邊，所以他這方面的經驗比誰都強，再者，他是我們醫院顏值最高的，一般上新聞採訪的事也都由他出面。」

晏長晴難以置信，踟躕的問：「我記得當時那場登革熱死了不少人。」

朱超倒有幾分詫異：「妳也知道？」

「你別忘了，我是電視臺的。」晏長晴調整了一下情緒說：「雖然那時候我還沒進電視臺，不過我跟新聞部的一個老同事熟，他也是六年前登革熱發生時被派過去做報導，他回來後跟我說那裡太恐怖了。」

「是啊，一來那種病確實很容易傳染，也有生命危險，二來當時非洲那邊軍事情況很不穩定。」

朱超很贊同的點頭：「我真的非常佩服宋醫生，我現在是他的學生。」

晏長晴差點一句：「那我就是你師母。」脫口而出，她咬住嘴巴忍著。

朱超緊張問：「我是不是弄疼妳了？」

晏長晴搖頭。

朱超幫她塗好藥，準備離開時，晏長晴問道：「你們宋醫生什麼時候回來？」

「不知道，至少要動完剛才那個手術，妳先休息躺著，宋醫生忙完就會過來。」朱超其實不確定，不過還是說了那麼一句才離開。

她走後，晏長晴很快接到文桐打來電話，口氣非常緊張又內疚：「長晴，妳沒事吧？」

「妳看我像沒事的樣子嗎？」晏長晴嘟囔，心裡是有埋怨的，但也不怪她，文桐也是為自己好。

「對不起啊……」文桐聲音弱弱的，非常內疚：「現場的混亂超出預料，要不然請幾個保鏢？」

晏長晴嘆氣：「我自己都快養不起了，還養保鏢，算了，反正臉也丟了，想想池以凝，為了上位跟馮臺長那麼醜胖的人睡覺，我已經好太多了。」

文桐聽得越發難受：「需要用這種方式來安慰自己嗎？」

「不然呢？」晏長晴其實特委屈，也想哭，不過不想在文桐面前哭，怕她更後悔，更有壓力。

文桐沉默了一會兒說：「我剛跟蘇導打了電話，他也諒解，今天的戲妳就不用拍了，明天再看，要是還疼我再去跟蘇導說，現在外面還有很多記者，妳先在醫院裡待一會兒，反正有宋楚頤在。」

晏長晴低「嗯」了聲。

「疼的話就跟妳老公撒嬌啊。」

「不理你了。」晏長晴掛了電話後不久，又接到晏磊、晏長芯、阮恙的慰問電話，後來晏長晴也被他們慰問的煩了，乾脆把手機關機了。

如今這個年代，網路發展的太快，不到半個小時，她在醫院摔倒被欺負的影片就刷爆了微博。

晏長晴沒去看，覺得太丟臉，拿被子蓋著躺床上，可能是太累，沒一會兒就睡著了。

傍晚七點，剛做完手術的宋楚頤推開病房的門，裡面靜悄悄的。晏長晴面朝著門口側身睡覺，褲腿和衣袖都捲了起來，上面塗了藥水，她睡覺的時候不小心把藥水蹭到被子上。

宋楚頤走到床邊上，看到她睫毛上掛著小水珠，嘴巴連睡覺時都在嘟著。他彎腰盯著她手上的一片淤青，用手指戳了戳。

晏長晴疼的立即醒過來，看清楚是他時，猛地坐起來，孩子氣的揉著眼睛說：「你忙完了？」

「剛做完一個手術。」宋楚頤板著臉，居高臨下的盯著她：「妳為什麼會出現在醫院的大門口，還摔倒在地上？妳那個助理呢，幹什麼吃的？」

「她……她是想讓我來探望管櫻。」在她嚴厲的注視下，晏長晴莫名沒了膽子，畏畏縮縮的，更不敢說她跟管櫻是好朋友：「因為池以凝也去看了，上了頭條。」

「我看妳現在應該也上頭條了，不過是丟臉丟上頭條。」宋楚頤臉色很不好，毫不留情的斥責：「妳有沒有想過，如果不是我過去，妳會被人家踩成什麼樣子，中國最多的就是人，還記得那些踩踏事故嗎？踩死了多少人，那些狗仔隊，不會因為妳是明星就不踩妳，他們根本不管，踩完後還會把妳最醜的一面放網路上去供人家觀賞取樂。」

「你別說了。」晏長晴聽不下去，捂耳朵，眼淚氣得流出來。本來之前難受的要命，她一遍遍的用池以凝陪馮導睡覺的事安慰自己，好不容易安慰的好受了點，宋楚頤又過來狠狠的撕開她的臉面。晏長晴面皮薄，最怕的就是丟臉，也更不願意回憶摔倒時那麼多人圍觀她，拿相機拍她時有多無助。

宋楚頤吸了一口氣，坐在旁邊冷著臉看她哭泣。

晏長晴見他冷漠的模樣，哭的越發傷心，好像老天爺漏了個口子，一直在掉雨。

「好啦，別哭了，說妳兩句就哭。」宋楚頤冷俊著容顏皺眉：「妳那個助理也是，辦事不可靠，我看換了算了。」

「不要。」晏長晴趕緊哽咽的開口。

宋楚頤臉沉的更厲害了：「妳還想同樣的事再發生？作為一個助理，該做的是把自己藝人的人身安全放在第一位，上次她接那種廣告，我本來就想說了。」

「你不懂。」晏長晴吸鼻子說：「從踏進這個圈子開始，文桐就一心一意的跟著我，她可能不是什麼金牌經紀人，但她這幾年卻是一心一意的幫我找資源，從來沒離開過我，說實話，我不是個特別聰明的人，混了這麼幾年一直沒起色，要換成別的藝人早走了，今天的事她確實可能沒想周到，但藝人跟助手之間都是相互的，我平時笨笨的，轉不過彎，她也沒嫌棄過我，所以我也不能嫌棄她。」

宋楚頤見她固執的模樣，無可奈何的扯唇嗤笑：「妳還知道自己笨笨的。」

「你夠了啊。」晏長晴瞪著濕漉漉的桃花眼：「不要以為救了我，就可以隨意的羞辱我啊。」

宋楚頤哼了聲：「妳們這些藝人就是做作。」

「說的好像你不做作一樣。」晏長晴小聲嘀咕。

宋楚頤質問：「妳說什麼？」

「沒什麼，我說餓了。」晏長晴捂著肚子，一副小媳婦的委屈樣：「好餓，既然我都住進來了，你是不是該周到點？好歹我還是你老婆。」

宋楚頤嘆了口氣，最近總有種養了女兒的感覺：「妳坐著，我去餐廳幫妳帶便當。」

他去的稍晚，排骨剩的不多，食堂的大嬸乾脆把剩下的全給了他。

回病房後，晏長晴餓了，實在也顧不得菜合不合胃口就捧著便當吃起來。

宋楚頤夾了幾塊排骨給她，晏長晴怔了怔，看著身邊模樣清冷的男人，心裡卻劃過陣陣暖流。

記得每次看到姐夫林亦勤和晏長芯也是這樣吃飯，林亦勤總把晏長芯最喜歡吃的夾給妻子，晏長晴瞧得羨慕，總希望以後的老公也能像姐夫這樣。

可她萬萬沒想到自己的老公雖然也很好，但之前卻和自己的閨蜜……她寧可他對她不要好，這樣她就有一千個理由不去喜歡他。偏偏在她最無助的時候，他總是出現，他雖然罵自己，但晏磊說過，只有最親近的人才會捨得罵妳，不親近的人隨你自生自滅。

晏長晴喉嚨酸酸的，小聲說道：「你真討厭。」

宋楚頤俊臉一黑，又把排骨夾回來：「不給妳了。」

「不行，給出來的不能收回去。」晏長晴夾住他筷子。

兩人僵持了一陣，排骨還是掉回了她碗裡，晏長晴心滿意足的勾勾唇。

宋楚頤僵硬了一會兒，心裡默默的罵了句，跟幼稚的人在一起久了，果然人也變得幼稚。

吃飽飯，晏長晴打了個哈欠，懶洋洋的問：「我們什麼時候回去？」

「還有好幾個病人沒有脫離危險期，我今天晚上要加班，恐怕不能回去了。」宋楚頤表情幽幽的說：「妳陪我休息一會兒，晚點我讓人派車送妳回晏家睡。」

「我幹嘛要陪你睡。」晏長晴扭頭，耳根子發燙，她想到了不該想的。

宋楚頤看在眼裡，低頭親親她耳朵，晏長晴紅著臉身子瑟縮的往下躲，那小可愛的模樣，讓宋楚頤有了異樣的感覺，不過實在太累了，沒力氣，乾脆抱著她躺下：「睡一會兒。」

晏長晴扭扭身子，他按住她，低啞的在她耳邊道：「別鬧，我晚上沒什麼時間休息。」

晏長晴聽出他聲音的疲憊，沒再動了。宋楚頤先睡著的，晏長晴枕著她手臂沒多久也睡了。

醒來時，病房裡只剩晏長晴一個人，外面天色黑壓壓的讓人有些害怕。

晏長晴立即拿手機打給宋楚頤：「你在哪兒，什麼時候走的？」

「我在給人看病，妳醒了？現在幫妳安排車子，三十分鐘後宋家的司機來病房接妳，別亂走。」

宋楚頤壓低聲音交代完後就掛了。

晏長晴算算時間，夠她去探望管櫻，換了鞋子，往樓下走。

管櫻在六樓，晏長晴找了一圈都沒找到那間病房，正好看到右邊有護士值班室，想進去問一下，剛走到門口，就聽裡面兩個護士的說話聲。

「宋醫生可真厲害，院長的女兒追著他跑就算了，現在連那個管櫻也纏著他不放，宋醫生進她媽的病房半個小時還沒出來，妳說，不就是頭磕了個輕傷，用得著宋醫生出面？」

「妳不知道，聽說宋醫生之前跟管櫻交往過，去年有幾次醫院的人都看到管櫻來找宋醫生。」

「怪不得，這是要重修舊好嗎？」

「誰知道，別說管櫻，八樓還住了位晏長晴呢，下午不少人看到宋醫生將人抱進救護車呢。」

「宋醫生也太多情了點。」護士嘆了口氣：「幸好我沒喜歡上他，不然有罪受。」

「沒辦法，誰讓人家宋醫生有錢又長得帥，醫術又高超，女人嘛，明知道前面是座珠穆朗瑪峰，還是想去攀一攀。」

晏長晴默默的轉身離開值班室。

下來的時候，她是一瘸一拐的，因為腳受傷，疼。可這一會兒卻渾然未覺，一絲痛意都沒感覺。

就像又回到大一那年，眼睜睜的看著傅愈一家人搬去美國，四周彷彿是黑的。她終於明白，宋楚頤剛才接電話的時候，為什麼聲音壓得那麼低了，他所說的病人就是管櫻的母親。

他對管櫻還是那麼關心，是因為喜歡嗎？

「楚頤，今天真是謝謝你了。」前面病房的門打開，突然傳來管櫻的聲音。

晏長晴嚇了一跳，下意識的躲進了旁邊的病房。

她看到宋楚頤和管櫻一起兒從門口走過，宋楚頤是背對著她的，但從她這個角度，正好可以看到管櫻清秀的臉上一臉的依賴和情意。

晏長晴望著他們的背影，宋楚頤正好比管櫻高一個頭，情侶間最完美身高差。

她低頭看著地上自己的剪影，孤零零的，眼眶驀地紅了。

「我是醫生，這是我應該做的。」宋楚頤渾然未覺身後有人盯著自己，淡淡的說。

「楚頤……」管櫻傷感的紅了眼圈，凝視著他：「我跟傅愈已經分手了，這段日子，我總是想起從前我們交往的一些事情，我沒想到你還是願意一而再的幫我。」

「管櫻，我是看妳對母親很孝順。」宋楚頤低頭把鋼筆夾到胸前的口袋上，腦海裡掠過她母親消瘦的模樣和身上的傷痕，大致能明白她是在怎樣的環境下長大，心裡嘆了口氣說道：「妳有沒有想過，把妳媽接來這裡，妳爸和妳弟會甘休嗎？」

管櫻隱忍的搖搖頭：「過一天算一天吧。」

「總之先讓妳媽在醫院裡住著吧，我還有事，妳別送，回病房吧。」宋楚頤停下腳步。

管櫻強擠出一抹笑點頭，轉身離開時，突然又回頭說：「對了，今天的下午的事也謝謝你。」

宋楚頤一愣：「下午？」

「你救了長晴啊，她是我好朋友。」管櫻說道：「她可能是為了探望我媽，我跟她認識好幾年了，真是多虧了你。」

宋楚頤緩緩轉過身來，眸底的顏色凝固：「認識好幾年？」

「是啊，她是我大學室友，我們的感情特別好，跟別人不一樣，她也知道你跟我曾經的關係，所以真的很謝謝你。」管櫻一臉的真摯

「……不用。」宋楚頤沉默了好一陣才面無表情離開。

就在剛才，他感覺自己聽了個笑話，晏長晴跟管櫻竟然是好朋友。

有沒有搞錯，他竟然找了前女友的好朋友做老婆。雖然這世界之大，無奇不有，可他也不想遇到這種事。

更令他惱火的是晏長晴知道自己和管櫻的關係，竟然一聲都沒吭，他捂著頭，煩的厲害。

他必須找晏長晴好好問個清楚，這都什麼破事。

管櫻望了他的背影一會兒，轉身走了幾步，突然看到傻傻愣在旁邊病房裡的長晴，她愣了愣，忙走過去拉住她手：「長晴，妳怎麼在這？沒事吧，我之前打電話給妳，妳沒接，我還挺擔心的。」

「我……我想來看妳媽，結果走錯病房。」晏長晴閃爍的轉開視線：「噢，對了，朵瑤也要我帶個紅包給妳媽，她沒時間來。」

「妳們啊，都這麼客氣。」管櫻微笑的拉著她往另一間病房走：「這才是我媽的病房，不過妳看到我媽……千萬不要覺得奇怪。」

「為什麼啊？」晏長晴目光疑惑。

管櫻沒說話，只是推開房門，病床上躺了一位看起來六十多歲的老太太，頭髮白了一半，皮膚粗糙，而且格外的瘦，瘦的彷彿只剩下皮包骨。

病人打著點滴，臉上和頭上都是傷，看起來臉色蠟黃、營養不良。

晏長晴震驚的說不出話來。這是管櫻的媽？看起來是管櫻的奶奶也不為過。

大學那一會兒，阮恙、江朵瑤、她都為體重煩惱，只有管櫻總是高高瘦瘦。

她總纏著管櫻說妳媽一定很瘦，那時管櫻總是笑而不語，可她從沒想過會這麼瘦。晏長晴看了看身邊的管櫻，嬌美的猶如一朵出塵的荷花，她不敢相信，這樣的老太太會生出管櫻這麼漂亮的女兒。

「小櫻，又是妳朋友嗎？」盧萍扯出一抹和藹的笑容。

「媽，這是晏長晴。」管櫻彎腰笑著說：「就是我大學室友。」

「噢，晏長晴啊。」盧萍一臉感激、欣慰的說：「小櫻經常在電話裡提起妳們，尤其是大學那一會兒，每次都說，好像還有什麼……朵瑤、阮恙的？」

「對，阿姨，您記性真好。」晏長晴動容的點頭。

盧萍吃力的坐起來，蠟黃的臉色似乎有了些精神：「小櫻常說大學那一會兒多虧妳們照顧，還說妳們對她非常好，有回過年，她回家沒買著車票，後來妳叫了小櫻去妳們家過年，小櫻在北城沒親戚，要不然那個年她就得一個人在宿舍裡孤孤單單的過了。」晏長晴默默的聽著，眼眶泛熱。

她深深的慚愧，也許她不該跟宋楚頤在一起。

她說：「小櫻也對我很好啊，每次小櫻回老家的時候，都帶了您親手醃的菜，特別好吃。」

「對對對，小櫻說妳喜歡吃我醃的鹹菜，所以每次都讓我多弄點。」盧萍嘆氣著點頭：「看到妳們感情依然這麼好，我就放心了，這麼多年，小櫻一直在外奮鬥，我就擔心她過的苦，現在，好不容易過的好一點了，我還想搬過來跟她一起住，結果還沒到就發生這種事。」

「還好阿姨您沒事。」晏長晴萬幸的說：「早上的車禍確實太驚險了。」

「都怪那個小車司機，太離譜了。」盧萍埋怨：「他超大貨車的時候，突然發現旁邊是下高速公路的車，猛地一個急剎車換車道，好幾輛緊跟在一起的車子全撞上了，旁邊還有輛大貨車，傷亡慘重，我們司機當場就死了，我算是命大。」

「開車還是要慢點。」晏長晴剛說著，手機就響了，她悄悄拿出來一看，宋楚頤打來的。

她心虛了下：「我出去接個電話。」

病房外，話筒裡傳來宋楚頤冰冷的聲音：「妳跑哪去了？給我回房間，我有事問妳。」

晏長晴一陣迷茫，他能有什麼重要的事問自己。

「我有事。」她看了一眼病房，也不想現在這個心情上去面對宋楚頤：「等一下我自己坐車回晏家，別讓人來接我了。」

「晏、長、晴……」宋楚頤一字一句的念出她名字。

「我掛了。」

聽到電話裡嘟嘟的聲音，宋楚頤只能竭力控制住自己情緒。

這個蠢女人，醫院裡到處都是記者，也不知道她又跑哪裡去了，還敢對她冷冷淡淡，真是個沒良心的白眼狼。

他氣得冷哼，腦子一閃，突然想她可能去管櫻那裡，轉身準備離開，突然步履極快的走進一抹高大的身影，若不是宋楚頤長腿剎的快，兩人差點就要撞到一起，兩人一照面，彼此都後退了一步。

傅愈眉頭陰沉緊皺的看向他身後的床鋪：「長晴呢？」

宋楚頤也皺眉了一陣才開口說：「走了。」

傅愈俊容上一陣失望：「走了多久了？」

宋楚頤異常煩躁的說：「我怎麼知道走了多久。」這都什麼事，又是這個傅愈，簡直陰魂不散。

他是上輩子得罪他嗎？他走到哪，牆角就撬到哪。

他回去一定得好好把晏長晴教訓一頓，要是再跟這個傅愈曖昧不清的，他非打斷她腿。

他邁開腿正欲走，傅愈溫淡的聲音卻傳過來：「今天下午，非常感謝宋先生救了長晴，不過我也希望宋醫生以後能離長晴遠點。」

宋楚頤腳步頓住，瞳孔微縮回眸：「你什麼意思？」

「就是字面上的意思，宋醫生應該懂。」傅愈唇撩起淡淡的弧度：「我不希望長晴受到無謂的傷害。」

宋楚頤緋薄的唇滲出寒意，四目相視，他唇角微彎：「傅先生，我是不是可以理解你太多情了，上個月，還挽著我的女朋友，下個月又換了新的對象。」

「我從來都沒有喜歡過管櫻。」傅愈聳肩：「現在已經分手了，你要是還喜歡，可以再找回來。」

「你是不是太過分了。」宋楚頤乾淨的黑眸噴出薄薄的怒意。

「也許吧，不過你應該感謝我，就當我是在為你考驗女人呢。」傅愈嗓音帶點涼薄的低懶：「能被輕易勾走的女人，可不是什麼好女人，只要有錢任何人都能上。」

宋楚頤倏地握緊拳頭。

「我知道你想揍我，不過這裡是醫院，你是醫生，外面有很多記者。」傅愈悠悠的挑眉看他。

宋楚頤盯著他片刻，一名護士忽然急急的跑過來：「宋醫生，我可找到你了，十八號病床的人呼吸不過來！」

宋楚頤眸色沉了沉，立即跟著護士快步離開了。

第十四章　晏長晴的丈夫

第二天的清晨，太陽如往常從地平線升起。

晏磊悠閒的聽著音樂，在院子裡練太極，守衛跑過來說：「外面有位叫傅愈的說想拜訪您。」

晏磊一愣，關了音樂道：「讓他進來。」晏磊回別墅擦擦汗，吩咐保姆沏壺茶，傅愈就從外面進來了。

「伯父，您真是越來越年輕了。」傅愈微笑又帶點複雜的看著晏磊，當初得知晏磊和沈璐的一段情時，他是憤怒的，可這麼多年再次見到晏磊，對方一身棉麻的白色中式漢服，精神奕奕，也難怪自己母親這麼多年都沒忘記。

「哪裡的話，倒是你長大不少了。」晏磊哈哈一笑，讓張阿姨給他倒了一杯龍井茶：「我聽長芯說起過你，現在是上市公司的老總了是吧，真是有本事啊，比你爸當初還能幹。」

「其實我回來北城也有段時間了，本來應該早點來拜訪您，不過我媽前陣子在醫院做手術……」

「我知道。」晏磊擺手：「我都聽長芯說了，你媽出院了嗎？」

「前兩天出院了，我給她請了一個看護，在北城郊區靜養。」傅愈捧著茶恭恭敬敬的回答。

晏磊頷首嘆氣：「你媽這輩子挺不容易的，你要好好的孝順你媽，她這輩子都把心思放你身上，你也別總想著工作、賺錢，還是要多陪陪長輩，其實你媽那個年紀，錢對她來說不是那麼重要，她更需要的是晚輩的關心。」

傅愈眸底微微動容，這樣的話連自己父親半句沒提過，沒曾想會從晏磊的嘴裡說出來。

「伯父，您放心，我會好好照顧我媽的。對了，我昨天看網路上影片，晏長晴在醫院裡受了傷，她現在怎麼樣了，還在睡懶覺嗎？」

「就是在睡懶覺。」晏磊再次笑出聲來：「傷是傷了點，不過還好。」

傅愈聽了放心些：「她畢竟是公眾人物，我看還是請幾個保鏢安全點。」

「我也是這麼想。」

晏磊問道：「吃早餐了嗎？」

傅愈搖頭。

「一起吃早餐吧，我們家保姆做的早餐還不錯。」晏磊笑領著他往餐廳走。

傅愈看著桌上的牛奶微微一笑：「我記得，以前長晴特別討厭喝牛奶，都會把晏奶奶給她喝的牛奶全塞給我。」

一旁拿碗筷出來的張阿姨笑說：「長晴現在挺喜歡喝牛奶的。」

「是嗎？」傅愈一愣。

張阿姨笑的很寵溺：「說是牛奶喝了美容、皮膚白，每天都要喝牛奶。」

傅愈聽得嘴角的笑容越發多了：「長晴從很小就愛美的，小時候她最喜歡穿我媽送她的那條鵝黃色裙子，每天都穿著，晏奶奶讓她脫了換洗她還不讓，後來我媽只好又送了條給她才甘休。」

「哈哈，是嗎？這個我倒不知道。」晏磊聽著哈哈笑起來。

「什麼事笑的這麼開心呢。」晨光中，突然走進一抹英俊的身影，臉部輪廓乾淨無瑕，宋楚頤打開鞋櫃，拿了他的一雙拖鞋換上。

傅愈臉上的笑容凝住，眼底的聚焦的光也深深沉下去。

「今天這麼早。」張阿姨滿面含笑迎了上去，看到他眼底的血絲頓時明白：「喲，又上晚班了？」

「是啊，昨天高速公路上連環車禍，忙不過來，臨時加了一個晚班。」宋楚頤往餐廳裡走，看到餐桌邊的傅愈時愣了愣。

「宋醫生，真巧啊，又碰上了。」傅愈站了起來先朝他伸手。

「是啊。」宋楚頤瞇起晦暗的眸，與他握了握。

晏磊詫異道：「喲，你們倆認識啊？」

「宋醫生就是給我媽做手術的主刀醫生。」傅愈溫和的解釋：「沒想到伯父也認識宋醫生，而且對晏家也很熟悉的樣子。」

宋楚頤勾勾唇，不做聲的坐到他平時來晏家常坐的位置。

晏磊看看他，又看看傅愈，眸色間掠過絲複雜和尷尬，這時，張阿姨又拿了套碗筷給宋楚頤，正好聽到傅愈的話，順口就回答：「當然熟了，宋先生可是晏總女婿呢。」

傅愈被這個回答弄得猝不及防，怔住下意識的說：「該不會他就是長芯的丈夫吧？」

「哪裡。」晏磊忙擺手：「楚頤是長晴的丈夫，才結婚沒多久。」

「叮咚」，傅愈手裡的叉子掉進餐盤裡。

他一向擅長偽裝，此時英俊的臉從所未有的難堪，一會兒黑，一會兒白，不敢接受這個事實。

他喜歡長晴，從小就喜歡。他和她青梅竹馬，像她哥哥，又像她戀人。他看她笨笨的在地上爬行到長成一個越發漂亮的小女孩，他做錯過，離開過。可她那麼傻，那麼真摯，他以為她會一直在原地等他，縱然前陣子她明確的拒絕過，他也不相信他的晏長晴會喜歡上別人。

他想著，只要他多花點心思，她還是會回到自己身邊。

可現在卻有人告訴他晏長晴已經結婚了，他怎麼能相信呢？他猛地攥緊拳頭，站起身來，他的背脊在微微發抖，他用全身的力量在控制自己的情緒。

宋楚頤卻舉止從容的切了三明治的一小塊，勾著唇氣定神閒的說：「昨天我本來想跟你說的，不過後來醫院忙，來不及說，傅先生，你不會介意吧？」他之前心情還挺糟糕，不過現在看到傅愈這副想把人撕碎的模樣，忽然覺得心情還挺愉悅。

興許等一下晏長晴醒來，他還能平靜的跟她聊聊。

晏磊輕輕咳了咳，繼續說：「楚頤，傅愈跟長晴一起長大，又是長芯的同學，他和長芯，一個像哥哥，一個姐姐，從小就照顧長晴，她現在那性子都是被他們兩人慣的。」

宋楚頤挑唇：「爸，確定不是您慣的嗎？」他難得幽默一回，晏磊一聽，不大好意思的笑起來。

傅愈也抽了抽嘴角，卻抽的很難看，他現在一點也笑不出來：「伯父，我突然想起公司還有點事，我先走了。」傅愈已經完全沒辦法冷靜下來，他需要好好的找個地方冷靜，不然他不確定會不會在晏家失控了。

「這樣啊，那你快去忙吧。」晏磊彷彿什麼都察覺，臉上始終掛著慈和的微笑。

傅愈攥緊拳頭離開，宋楚頤陪著晏磊用完早餐，才往晏長晴臥室裡走。

房間裡，晏長晴剛醒不久，正脫了睡衣在扣後面的內衣扣，突然聽到外面開門聲。她頓時一陣手忙腳亂的把睡衣重新套上，拿被子蓋住自己。

「起來了。」宋楚頤把鑰匙放回口袋，英俊的臉上掛起似笑非笑的淺笑，不過那淺笑似乎沒達眼底，盯得晏長晴莫名不安。不過想想，她為什麼不安，該不安的是他，是他昨天騙自己，其實是和管櫻在一起。

想到昨天和諧的一幕，晏長晴心裡還是泛酸，像吃了還沒泛紅的青梅。

宋楚頤坐到床邊上的絲絨椅上，雙腿交疊，銳利的看著她。

晏長晴裡面的內衣還沒弄好，一動也不敢動，只是心裡對這樣的宋楚頤莫名不安，難道他昨天跟管櫻相處後想通，要跟自己結束了？她心底的不安一陣一陣湧上來。

兩人僵持。

宋楚頤解開領口兩粒鈕扣，透透氣，然後右手放大腿上輕輕敲擊：「妳跟管櫻是從大學起就住同一個宿舍的好朋友？」

晏長晴的心頓時提到嗓門口，深長呼吸。

他知道了，他怎麼知道了？完啦，他會不會恨死自己了？

晏長晴慌亂的又把被子拉上點，顫顫的回答：「是的。」

「妳是不是早就知道我是管櫻的前男友？」宋楚頤面沉似水的壓著心裡那口氣，繼續質問：「婦產科那次是我們第一次見面嗎？」

「……不是。」晏長晴搖頭，緊張的潤了潤唇，或許因為太過緊張，只能機械般的回答問題：「在『雪聲』那天晚上，我……我有見過你，只是我去的晚了，你轉身走的時候正好撞到我，但你當時在氣頭上，沒看到我。」

宋楚頤想起來了，那天他確實太生氣，只是感覺撞了個人，沒想到會是她。

他站起來，揉著眉頭在屋裡走了一圈，突然很可笑的停在床邊看著晏長晴：「那當時在醫院裡，由妳好朋友的前男友來給妳檢查的時候，妳什麼感受啊？」

晏長晴臉色一白，沒繃住，紅了眼睛，臉上被人狠狠打了一巴掌也不為過。

「你以為我願意嗎？」晏長晴憤怒的哽咽：「如果可以，我也不想你給我檢查啊，我本來預約的又不是你，可是我實在不舒服，也沒時間天天去醫院，我姐也極力推崇你，你又說什麼，只能叫沒結婚的老變態醫生給我來看，我被嚇得……就只能……只能……」

晏長晴低頭，臉在被子上蹭了蹭，留下一片濕痕：「我本來想著再也不要見你，可是沒想到相親的時候又碰到你，你說願意跟我結婚的時候，正是我爸公司最難熬的時候，你有什麼資格說我？當時我們婚前約定互不干涉的是你，你總來撩撥我，你以為我好受嗎，你以為我願意嗎？」

宋楚頤驟然陰冷如墨的瞳孔盯著她：「妳不願意嗎？」

晏長晴拿被子捂臉，咬著唇不發一言。

「我問妳！」宋楚頤握住她手臂把她從被子裡揪出來，晏長晴一時沒站穩，倒在他面前。

睡衣裡沒扣上的內衣滑落，晏長晴沒有安全感的護住自己胸口，忍著淚終於將最近的一切爆發：「我是不開心，我的老公是自己好朋友的前男友，我本來不想跟你怎麼樣，只想著各過各的生活，但你總是靠近我，我就忍不住喜歡上你了，現在，我每天都充滿罪惡感，我覺得我對不起管櫻！」終於，壓得她快喘不過氣的事吐出來，晏長晴雖然惴惴不安，但也如釋重負了。

一直以來，她擔心宋楚頤知道他和管櫻的事，擔心管櫻知道她和宋楚頤結婚，她每天都在害怕，都在慌張，只能用逃避來解決，現在終於被人家知道了，不用逃避了。

她恨恨的大眼睛含著淚水瞪著他。

宋楚頤怔住，他總算明白這些日子她的反復無常了。

他鬆手放開晏長晴說：「妳確實該有罪惡感，妳的罪惡就是不該瞞我。」

晏長晴癟嘴：「如果一開始就告訴你，你剛失戀，還不得把我殺了？」

宋楚頤氣結：「我沒那麼恐怖吧！」

「你就有。」

宋楚頤深吸了一口氣，扶額：「我告訴妳，我跟管櫻的感情，是她先做了對不起我的事，妳哪裡對不起她了。」

「你不懂。」晏長晴側頭，不大想說管櫻想跟他復合：「你們交往了那麼久，你跟管櫻之間肯定感情深。」

宋楚頤嗤笑了聲：「不好意思，我沒那麼大肚量，能容忍一個給我戴綠帽子的女人。」

晏長晴咬唇，她該不該告訴他，管櫻其實沒有和傅愈發生關係呢？

「不過我當初要是知道，妳跟管櫻是好朋友，我不會跟妳結婚的。」宋楚頤猶豫片刻，突然說了句。

晏長晴呆了呆，明知道的事，由人家說出來還是像被捅了刀似的。她死命忍著淚水說：「現在後悔也來得及，可以離婚，我不會糾纏的……」

「婚是能說離就離的嗎？何況我們是商業聯姻。」宋楚頤看著她那副隱忍著要哭的模樣，面色柔了柔：「不過當務之急，我看妳得解決剛才那個來妳家的男人。」

「什麼男人？」晏長晴懵懂。

「傅愈。」

晏長晴頓時一個頭兩個大：「他來我家了？」

「是啊，知道我們結婚的事後，挺受打擊的走了。」宋楚頤斜睨著冷哼：「看不出來人家對妳用情深重啊，都找到妳們家了，不愧是青梅竹馬啊，說什麼只是小時候的鄰居、妳姐姐的同學，妳還想騙我到什麼時候？」

晏長晴心虛的低頭。

宋楚頤見狀越發生氣：「妳說這個傅愈，我是不是上輩子搶了他媽，這輩子這麼陰魂不散，我得罪過他嗎？之前搶我女朋友就算了，這一會兒還打算來搶老婆，他是不是見不得我好啊，我是不是下次再換個女人，他還要來搶啊？說不定他根本不是喜歡妳們，他就是看我不順眼。」

晏長晴頓時連哭都忘了，用一種非常同情的眼神注視著宋楚頤。他真是氣瘋了，這種離譜的想法都有，太不適合高冷的他了。

「我去洗澡了。」宋楚頤越說越來氣，乾脆去浴室淋浴了。他需要洗個冷水澡來冷靜冷靜。

天氣進入六月份後，火辣辣的，晏長晴在家休息了三天，重返劇組後連夜補拍落下的戲份，翌日幾位主角便轉場前往跑馬場錄製節目。

天氣灼熱的馬場裡，晏長晴身著騎士服，緊張的坐在馬背上，馴馬師在前面牽著她的馬奔跑起來，邊跑邊回頭說：「放輕鬆、放輕鬆，大腿夾住馬，身體前傾，臀部跟著馬的節奏抬起。」

晏長晴堅持著，好不容易馬兒停下來，她腿都快要斷了。

「騎得還不錯。」馴馬師回頭笑道：「是不是陽光太猛烈了，看妳臉曬得挺紅。」

晏長晴耳熱的點點頭，她哪裡是被曬得，是想起前天晚上的事心煩意亂。

「先休息一會兒吧。」馴馬師扶她下來。

文桐遞給她一杯冰飲，晏長晴邊喝邊看著遠處騎馬的管櫻，穿著騎士裝的管櫻英姿颯爽，烏黑的長髮在風中飄揚，雙腿修長，美目明亮，手裡拿著長鞭，明明是柔弱五官，可這一刻英氣十足。

蘇導在一旁看的讚不絕口：「好，管櫻也差不多找到感覺了，長晴，等一下妳再上馬，攝影師給妳們幾位主角拍幾張騎馬的海報，明天就弄網路上去。」

晏長晴只好把飲料給文桐，自己忍著痠痛的身體又上馬，看到管櫻時，她笑咪咪的打趣：「妳剛才騎馬的模樣帥的快把蘇導都快迷暈了。」

「妳啊，又吹捧了。」管櫻苦笑說：「我只是外表看著輕鬆而已，我這大腿感覺都擦紅了。」

「我也是。」晏長晴咧嘴偷笑。

「三位主角排成一排！」攝影師拿著照相機過來，蹲在地上從側面幫他們拍了一張照片。

拍了三十多分鐘後，晏長晴和管櫻才下馬，化妝師跑過來給她們倆補妝，導演看了下外面天色，拿著擴音器說：「今天好像會下雨，大家抓緊時間，搬道具的快點，管櫻，妳先上馬就位，長晴，妳做好準備，等一下管櫻騎馬跑出十多米後，妳再往自己的馬上衝，跨欄的地方會給妳們換替身。」

今天這場戲至關重要，晏長晴腦海裡又把馴馬師教她的內容熟悉一遍，管櫻離開後，晏長晴緊張的看著她，見管櫻沒戴手套，她看向旁邊休息椅上，果然上面放著一雙白色手套。

「管櫻，妳手套忘拿！」晏長晴趕緊拿著手套跑過去。

「是啊，我差點忘了。」管櫻笑道：「幸好妳提醒我，不然待一會兒又要被蘇導說了。」

這時，兩人不遠處，一匹高大的黑馬突然踢著雙腿發瘋似的朝兩人方向衝過來。

黑馬離兩人的距離太近，晏長晴下意識的拽著管櫻就跑，可馬跑的太快，而且還毫無章法的四處亂蹦，到兩人面前，後腿猛地朝晏長晴踢過來，晏長晴那一瞬間看著兩隻馬腿心臟好像嚇得停止。

慌亂中，身邊的人好像推她一把，晏長晴跌倒在地，爬起來正好看到馬後腿踩在管櫻身上，慘叫聲從她喉嚨裡叫出來。

「快，快抓住馬！」蘇導著急的指揮。有反應敏捷的馴馬師跑過去揪住馬韁，飛快的跳上馬後拽著馬往一邊空地上跑。

晏長晴連滾帶爬的朝管櫻撲過去，管櫻早已經昏迷了過去，額頭和臉上布滿了血跡。

「快叫救護車，叫救護車！」晏長晴不敢碰她，只是臉色蒼白的哭吼。

醫院裡，宋楚頤查完房去護士站，路上碰到幾個年輕的病患家屬格外興奮的往樓下跑。

他略微疑惑，到護士站時，又看到幾個年輕的護士踮著腳尖往窗外看。

他輕咳，提醒：「你們在看什麼？」

「宋醫生。」年紀最小的護士激動的指著外面：「柯永源來我們醫院，很多記者也來了！」

「怎麼回事？」宋楚頤皺眉看向護士長：「又是哪個明星出事了？」

「好像是一個劇組的女演員，在拍戲時被馬踩昏迷，送去急診部……」護士長還沒說完，就看到宋楚頤的臉色變了。

「知道那個女演員叫什麼名字嗎？」他沉聲問，他記得昨天晏長晴就說，今天要去拍騎馬的戲，該不會就是她吧，也只有她能糊裡糊塗的做得出來這種事，護士長搖搖頭。

宋楚頤轉身走出護士站後立即給晏長晴打電話，沒打通，他只好又打給急診科的人：「于主任，我聽說急診科送來了個被馬踩傷的女演員，是什麼人？叫什麼名字？」

于主任低笑：「宋醫生幾時對這些明星也有興趣了？」

「是我個朋友托我打聽，他有個熟悉的朋友也在劇組裡做演員。」宋醫生低沉的解釋。

「這樣啊……」于主任打開電腦查看：「一個叫管櫻的女演員，前幾天她媽還在我們醫院治療，沒想到沒多久她自己就住進來了。」

宋楚頤愣住：「她的傷勢如何？」

「還在急診室救治，不清楚。」于主任踟躕了一下，笑說：「一會兒結果出來，要我告訴你一聲嗎？」

「……那也行。」

傅愈在公司收到消息時，迅速的趕往醫院。

急診室外，晏長晴呆呆的坐在椅子上，手上還沾著血漬，他快步上前，當著眾人的面抓起她手：「妳哪裡受傷了？」

晏長晴抬起被淚水沖洗的眸子看他，搖搖頭，表情僵硬，聲音暗啞：「我沒受傷，受傷的是管櫻，如果不是她把我及時推開，躺在裡面的就是我，不是她。」

傅愈一怔，沒想到管櫻會做出這樣的事，倒讓他有幾分吃驚，他一直以為管櫻對晏長晴是利用，沒想到也有幾分真心。

他轉頭看向一旁的蘇導，眉目一沉：「蘇導，開機之前，千叮嚀萬囑咐，一定要做好安全措施，你是怎麼搞的，現在外面一大堆記者，明天這件事鬧上新聞，外界的人怎麼看待我們上緯？連拍一個馬戲都能讓演員受傷，如果去拍古裝戲呢，還有誰敢接？」

「對不起，傅總。」蘇導擦擦額頭上的汗：「其實一開始安全措施我們都已經做足，甚至管櫻和晏長晴的替身也安排好了，萬萬沒想到，片場的一個工作人員搬道具時沒拿穩，不小心砸到馬身上，那匹才會失控……」

「這些話你去跟外面的記者好好說。」傅愈陰沉的道：「還有管櫻，最好別落個殘廢。」

晏長晴一震站起身，眼神死死的盯著蘇導，對方躲閃的目光讓她心頭一沉。

是啊，那匹馬用那樣的力道踩在管櫻瘦小的身體上，不是沒有殘廢的可能。

在這時，急診室門打開，醫生走了出來，晏長晴感覺自己被拉到懸崖口，好像在等著對方的審判：「醫生，她情況如何？」

「病人沒有生命危險，但是她可能被馬撞到頭部，腦部出現輕微的震盪，胸口有三根肋骨骨折，至少要休養兩到三個月才能康復。」醫生聲音從口罩後傳出來。

晏長晴難以置信：「那她這三個月都不能拍戲？」

「何止不能拍戲，還只能靜養，麻煩你們去給她辦住院手續。」醫生說。

傅愈囑咐了助理一句，龍新很快就給管櫻安排了ＶＩＰ病房，還請了專業看護。

晏長晴一言不發的坐在管櫻病床前，傅愈也安靜的坐她身邊。

病房外，管櫻的經紀人薛高正和蘇導在吵架。

「三個月，劇組不可能等她，除非這部戲不想拍了。」

「你現在什麼意思，管櫻是因為拍戲的時候受傷，現在已經拍了這麼多了，你說不拍就不拍？」

「薛高，不是我不想等，可是得配合其他演員的時間，管櫻現在根本就不能跟柯永源和其他老戲骨比，如果要等三個月，大家都不會拍了，這半個月的損失誰來承擔？」

晏長晴聽得越來越心灰意冷，她看向傅愈，眸光微涼：「傅愈哥，你認為呢？」

傅愈皺眉站起來：「長晴，管櫻是我們公司的藝人，這次她受傷，相關的醫療費用，劇組都會承擔，同時，我們還會給一筆不小的賠償金，等她身體康復，公司會再給她安排新戲，我答應妳，都會是女一，長晴，如果這時候暫停拍攝，我們公司和妳們電視臺，要承擔的損失不是一筆小數目。」

晏長晴明白，每當傅愈嘴裡的「不行」時，他的口吻總是這樣婉轉而溫和。

可她聽了還是難受，為管櫻難受。為了這個機會，管櫻等了多久，她努力了多久，可就在這關鍵的時候，卻受了這麼重的傷，如今她的母親還躺在另一間病房裡。

她捂臉，情願管櫻不要救她，她住院，錯失這個機會無所謂。

「晏長晴……」傅愈手握住她肩膀。

「傅愈哥，我能拜託你一件事嗎？」晏長晴輕聲說：「等一下管櫻醒來，你把剛才對我說的話，再對她說一遍，如果有你的承諾她一定會放心些。」

傅愈注視她一會兒緩緩點頭：「我陪妳去洗一下手和臉好嗎？」

晏長晴低頭，這才注意到自己手上的血一直沒洗掉：「不用了，我自己會洗。」

VIP病房裡有單獨的廁所，晏長晴走進去，打開水龍頭，用熱水洗了把臉和手，出來時，一個穿著白大褂的清逸身影，背對著她望著床上的管櫻。

「傅愈。」

傅愈則板著臉，見晏長晴出來，冷笑：「宋醫生，來看你前女友嗎？」

晏長晴緊張起來，唯恐管櫻醒來會聽到。

她飛快走到宋楚頤身邊，著急問道：「你怎麼來了？」

難道真的是來看管櫻的？如果是，她也不會阻攔，管櫻醒來能看到他，一定很高興，晏長晴表情微微落寞。

「我找妳。」宋楚頤突然拉她往病房門口走，傅愈一個箭步擋在前面，宋楚頤斯文英俊的臉一沉：「傅愈，你給我讓開，我們夫妻有話要說。」

簡單的「夫妻」兩個詞卻像利箭一樣射中了傅愈的心臟，他疼的難受，可卻不想就這樣讓宋楚頤帶著晏長晴從他面前離開。

兩人僵持，晏長晴看看宋楚頤，又看看傅愈，這時，身後突然傳來管櫻「嚶嚀」的聲音，她心頭一慌，下意識的推開宋楚頤，宋楚頤皺眉回頭看她，晏長晴躲閃著往管櫻身邊走。

「小櫻，妳醒了嗎？」晏長晴伸手在她眼前晃了晃。

管櫻睫毛動了動，吃力的睜開，扯了下嘴角：「長晴……」她頭微微轉動，看到一旁的宋楚頤和傅愈愣了愣：「傅總、楚頤……」她吃力的想坐起來，胸口卻傳來一陣劇疼。

「別亂動。」晏長晴著急的眼紅：「醫生說妳胸口骨折。」

「骨折？」管櫻蒼白的唇喃喃動了動，猛地看向傅愈：「劇組！」

「妳暫時沒辦法拍戲了。」傅愈說：「妳放心，等妳傷好，我會再另外安排新戲，也是女一。」

管櫻眸色慘然：「傅總的意思是……我這個女一要換人了？」

「目前只能這個樣子了。」傅愈目光淡淡靜靜的看著她，沒有太多的情緒波動。

管櫻拽緊被角，一動不動沒有再說話。

晏長晴瞭解她，每當受到打擊時，管櫻就會流露出這份模樣，她自責的哭出來：「對不起，小櫻，如果不是為了救我，妳根本就不會被馬踩。」

宋楚頤怔然，忍不住多看了管櫻幾眼，見她強忍著淚水安慰晏長晴：「我當時……也是下意識的，沒想那麼多，算了，事情已經這樣了，妳別想太多了。」

卻不知，她越這樣說，晏長晴的心越不是滋味。

傅愈這時候上前一步，輕聲說：「長晴，我們先走吧，讓管櫻和宋醫生好好說一會兒話。」

晏長晴一愣，見管櫻並沒有阻止，她突然明白了，管櫻也是希望和宋楚頤獨處。

如果是以前，她可能沒辦法，但現在面對的是，在生命危險來臨時把她推開的管櫻……

「傅愈！」宋楚頤生氣的皺眉，看向晏長晴。

晏長晴從始至終低著頭，猶如機械般任由傅愈把自己拉出病房，宋楚頤容顏漸變成冷暗和陰沉。

「楚頤，你來看我嗎？」管櫻雙眸看著他，控制著，可說完最後一個字，眼睛和鼻頭都紅了：「我真的很高興，醒來第一時間能看到你。」

宋楚頤目光幽深的張了張口，最後變得有幾分無力：「好啦，妳休息吧，我還在上班，先走了。」

「等等，楚頤……」管櫻著急朝他伸手，吃力的想拽住他衣角，但沒碰到，反而從床上摔到地下。

宋楚頤回頭，臉色一變，趕緊把她抱起來，板著臉道：「妳還想不想好了？」

管櫻只緊緊的抓住他的白大褂，額角和眉目慘白的一句話都說不出，她眼睛疼的翻白，幾乎要呼吸不過來的模樣。

宋楚頤把她放上床，但她扔不鬆手，他只好伸長手臂按了鈴，胸外科的醫生立即趕過來，再次幫她局部麻醉，進行重定。

整個過程，哪怕管櫻處於昏迷的狀態，也沒有鬆開抓著宋楚頤的那隻手。

胸外科醫生看到這一幕有些尷尬：「宋醫生，這位管小姐是你朋友，你一定要叮囑她別亂動了，傷筋動骨一百天，她這麼折騰，兩百天都難好。」

「不好意思，王醫生，又麻煩你了。」宋楚頤歉意的說：「麻煩你讓護士多照看下她吧，我科裡還有事。」他拿開管櫻昏迷中的那隻手，轉身離開了。

第十五章　徹夜未歸

傅愈的車裡。

晏長晴從上車後一句話都沒說，一直在發呆，等好不容易從一個急剎車中回過神來時，她發現自己身處在一片陌生的山區道路上。

「這哪……」晏長晴懵了，忙挺直背。

「妳今天一天都沒吃飯，我記得這附近有家很不錯的私房味館，想帶妳來嚐嚐。」傅愈溫柔的說。

晏長晴感到疲倦和懊惱：「我不是說了讓你送我回家嗎？我現在根本就沒有心情。」

「妳現在回家悶著只會更難受。」傅愈溫潤的眼眸流露深深的關切：「聽我的，去吃點好吃的東西，看看漂亮的風景，晚點我再帶妳去看我媽，我媽就在這附近療養，她一直都挺想妳，說了好幾次讓我帶妳來，但妳最近一直忙，所以我也沒有喊妳，我工作忙，沒太多時間，妳不知道，我媽平時一個人有多無聊和孤單。」

想到沈璐，晏長晴心裡微堵，確實，她好久沒去探望沈璐了，傅愈開口，她這一會兒哪怕再不願意也實在不好意思反駁。

十多分鐘後，到了傅愈說的私房菜館。

菜館位於山中一處幽藍的湖邊，四周山峰如屏障，景色秀麗。

晏長晴第一次來這樣的地方，要是以前肯定很高興，但今天實在提不起興致，吃著滿桌珍肴時，腦子也是離開病房時，宋楚頤看著自己的眼神。

他現在在幹嘛呢，在陪管櫻嗎？他會生自己的氣嗎？晏長晴覺得心情煩躁，平時最容易餓的她，今天竟是沒什麼食欲，偏偏傅愈總是不斷給她夾菜。

「傅愈哥，你別給我夾了，我吃不完。」晏長晴嘟唇抱怨。

「那我幫妳吃些。」傅愈把她碗裡的飯和菜，弄了些到他自己碗裡。

雖然小時候兩人常這樣，這一會兒大了，晏長晴真的不大習慣：「傅愈哥，我知道你對我的心意，可是我真的……」

「長晴，管櫻那樣捨命救妳，妳能心安理得的和宋楚頤在一起，妳良心上過的去嗎？」傅愈幽黑的眸子突然直視著她。

晏長晴僵住，心被一隻手狠狠擰了擰似得疼。

她半晌一個字都說不出口。

傅愈邊吃菜邊自言自語的說：「說實話，我真沒想到管櫻會拚命救妳，以前妳說她是妳好朋友，我總覺得她別有心機，不過現在看來，她對妳這個朋友倒是真心的。」

「是啊……」晏長晴低頭，看著飯碗中的米粒，呆呆的呢喃。

同樣的情況，換成今天她是管櫻，她未必會做出管櫻一樣的舉動，因為當時，害怕已經支配全部的她。不論管櫻現在對宋楚頤是什麼狀態，至少現在她是需要宋楚頤的吧……

吃完飯，傅愈帶著她去了沈璐住在郊區的別墅。

路上，天氣陰沉。

到別墅時，沈璐坐在輪椅上被看護推出來，看到晏長晴時，眉開眼笑：「可算等到妳來看我了。」

「阿姨，對不起，最近太忙了。」晏長晴見沈璐氣色好了不少，心裡也安慰許多，她四下看了看這座別墅，笑道：「阿姨，怪不得您好的這麼快，這附近山清水秀，您過的簡直是神仙日子。」

「唉，我是寂寞的像神仙。」沈璐嘆氣，指指後面的看護：「每天就是我對著她，她對著我，要不是還有個人在，我都成雕像了。」

傅愈滿臉歉意：「我也想陪您，但最近事情實在太多了。」

沈璐不理他，牽著晏長晴往別墅去：「長晴，這裡離市區其實不遠，以後沒事就來吃頓飯也行。」

「好啊。」晏長晴乖巧點頭。

沈璐一直拉著她閒聊，也沒提她結婚的事情，弄得晏長晴心裡七上八下，不知道沈璐到底知不知道她結婚的事。到傍晚時，沈璐非要留她吃晚飯，晏長晴不好拒絕。

晚上，傅愈親自下廚。

晏長晴趁這時間打了一通電話給管櫻，過了好半天，裡頭才聽到管櫻聲音。

「小櫻，護理師送飯給妳了嗎？」晏長晴問。

「我正在吃。」管櫻聲音還是很虛，但比之前好多了：「不過是楚頤讓人送來給我的。」

「……噢。」晏長晴許久才聽到自己艱難的吐出幾個字：「那就好……」看來她是想太多了，她走了，正好讓他們二人世界，宋楚頤也能夠更好的照顧她。

「是啊。」管櫻說：「楚頤說我不能動的這幾天，他會常去看我媽，我也就放心了。」

「那劇組的事……」

「也沒有辦法，我還沒重要到，讓整個劇組停機這麼久等我，這點自知之明我還是有的。」管櫻苦笑完後突然小聲說：「不跟妳說了，楚頤來了。」

晏長晴低頭，盯著手機，通話結束了，可她腦子裡還是管櫻的那句「楚頤來了」。

陽臺上。

現在北京時間六點四十，他應該下班了吧。沒回家，卻是先去看管櫻。

晏長晴忽然感到一陣深深的無力，她真的是這個世界上最沒用的人，明明是自己老公，卻沒有勇氣把他留在自己身邊。

她是不是會失去他？可能是她又能做什麼呢，一個是捨命救她的閨蜜，一個是喜歡的人。

窗外，雨點大的水珠突然砸在落地窗的玻璃上。

「下大雨了。」沈璐來到她身邊，溫和的握住她手：「手怎麼這麼涼？」

「可能有點冷。」晏長晴垂眸說。

「也是，最近天氣反覆無常。」

牆上的鐘指向八點時，晏長晴剛吃完晚飯，正陪沈璐看她演的綜藝節目。

張阿姨的電話打來：「長晴，妳和宋先生是不是吵架了？他剛才來了一趟又走了，說是以為妳在晏家，妳怎麼不回去吃飯，也不給他打個電話啊？」張阿姨略帶責備的口吻說。

「我……我忘了。」沒想到宋楚頤會去晏家找她，一時百感交集，心裡有一絲絲的酸楚：「他還說什麼了嗎？」

「也沒說什麼。」張阿姨說：「妳要是沒應酬，早些回家，知道嗎？」

「喔。」晏長晴掛了，眸子失落。

傅愈端著切好的果盤從廚房出來，晏長晴抬頭說：「傅愈哥，你送我回去吧。」

「長晴，外面雨下太大了，能見度低，不安全。」沈璐語重心長的說：「也別這麼著急，等雨停了些再走。」

「是啊，雨水簡直像水桶在潑，先吃點水果吧。」傅愈含笑的叉了塊鳳梨給她。

晏長晴吃了一小塊，心不在焉的摸著手機，可能宋楚頤會打電話來，結果等了很久他沒打來。

雨一直到九點多都沒停，沈璐又勸她：「看這樣子今晚雨是不會停，這樣回去真的不大安全，尤其這一帶有不少山路，長晴，要不然今晚睡這吧，明早讓傅愈早點送妳過去，今晚跟我一起睡，記得以前妳喜歡讓我抱著妳睡覺、講故事呢。」暖燈下，沈璐溫柔的模樣，彷彿和記憶中，晏長晴對母親的憧憬畫面重疊，晏長晴也有些懷念，猶豫下點了點頭。

觀湖公館。

第二天一早，宋楚頤出門晨跑時，發現晏長晴的門是關上的，他走過去打開門，床單整潔的和她昨天早上離開時差不多。

羅本走到他腳邊上搖搖尾巴，仰頭看他，表情疑惑，好像不懂為什麼昨晚女主人沒回來。

「走吧，去跑步吧。」宋楚頤牽著牠出門。

跑完回來，王阿姨做好了早餐，他倒杯牛奶，放在桌上手機震動兩下，他沒去理會。

過了一陣電話打進來，是宋楚朗的，聲音暗沉：「你看了我的簡訊了沒？」

「我沒看，我在吃早餐。」宋楚頤淡淡說。

「你老婆整晚沒回家，你還有心情吃早餐？」宋楚郎冷笑：「你就不怕她在外面亂搞？」

宋楚頤臉色陡然冷了幾分：「哥，能不能別每次都把話說的這麼難聽。」

「我不是難聽，是你自己找的女人不可靠。」宋楚郎沉沉的說：「你去看我傳給你的東西，我並沒特意讓人去跟蹤她，只是我跟狗仔隊打過招呼，但凡有晏長晴的新聞第一時間給我，我這麼做，都是怕她鬧出難堪的緋聞給我們宋家丟臉，你信誓旦旦，但我擔心的事還是發生了，昨天晚上有記者拍到她一整晚住在傅愈的別墅裡。」

宋楚頤捏了捏眉心，站起身來。

宋楚郎說：「上次一個管櫻，這次一個晏長晴，如果不是我心裡清楚，你到底為什麼跟她結婚，我根本就不會放過她們，也不會放過傅愈，我們宋家的是這樣隨便由他欺負的嗎？我勸你早點把這個婚給離了，楚頤，你要對自己的人生負責。」

「我自己的人生我自己做主，我想怎麼樣就怎麼樣。」宋楚頤惱羞成怒：「倒是你自己，連你自己想要的都不敢去爭取，有什麼資格說我。」他把電話掛了「啪」的放桌上。

正好在拖地的王阿姨嚇了跳，偷偷瞧了他臉色，很少看到這麼「烏雲密布」啊。

宋楚頤深吸了口氣，過了一陣子，他又拿手機，點開宋楚朗傳來的照片，第一張是她和傅愈在一個湖邊吃飯，傅愈正在扒她碗裡的飯。

很好，兩人共吃一碗飯。

第二張，她和傅愈、沈璐正在吃晚飯，傅愈還幫她夾著菜。

第三張，她坐傅愈的車一起離開別墅。

非常好，一整晚不回家、一個電話都沒有，就是去了傅愈家。

說什麼只是以前喜歡傅愈，都是騙人的，昨天傅愈拉著她走，她哼都沒哼一聲。

他真的太愚蠢了，她心裡住著一個人，不管他做什麼，都是沒辦法改變的。也許他真的該想想，這段婚姻到底值不值得他維繫下去，又或許，一開始他就錯了。

宋楚頤坐回沙發上，整個早晨，羅本趴在他腳邊，很久都沒見自己主人動一下。

清晨九點多，保時捷到達醫院。

晏長晴解開安全帶：「到這停下吧。」

傅愈卻沒急著停，而是慢慢找著停車位：「我也上去看管櫻吧，畢竟是我公司的藝人。」

晏長晴擰起眉頭：「傅愈哥，要不然我們分開上去吧，今天醫院裡應該還有記者才對，我不想惹上一些不必要的麻煩。」

傅愈笑笑說好。

晏長晴下車，一路上小心翼翼。進住院部時，旁邊突然有個年輕護士衝她背後叫：「宋醫生。」

她背部一顫，猶豫了好一陣鼓起勇氣回頭，看到的是一名瘦小的男醫生，朝那名護士走去。

原來不是他，姓宋的人實在不止他一個人。

C區住院部醫院的長廊上，宋楚頤和辛醫生兩人正低聲交談著往門診部走，遠遠看到也朝這邊走來的傅愈，黑衣黑褲，一派從容的氣質。

「那位好像是上緯的傅總。」辛醫生也認出來。

「嗯。」宋楚頤看了一眼傅愈身後的E區住院部，管櫻就是住在那邊。

「宋醫生、辛醫生，今天不忙的樣子。」傅愈一貫冷冽的眉目間，今日竟藏著愉悅的笑意。

宋楚頤薄涼的唇扯了扯，辛醫生笑道：「還好，正準備去門診部，傅總來這裡是……」

「送一個朋友過來探望病人。」傅愈挑著眼角，嘴角彌漫著笑意。

「女朋友啊？」辛醫生沒注意到身邊人的臉色，開著玩笑的說：「看傅總心情挺不錯的。」

傅愈不語，只是嘴角笑意更深點。

宋楚頤微瞇眸，對辛醫生說：「你先過去吧，我有點私事想跟傅總聊聊。」

「好，那你儘快過來。」辛醫生非常識趣的先走了。

傅愈看了一眼辛醫生的背影：「宋醫生，我們之間有什麼私事可以聊嗎？」

「你覺得呢？例如我老婆。」宋楚頤下巴微抬，清冷的臉射出寒意：「傅愈，有些行為我勸你適可而止，管櫻你搶了也就算了，現在又衝著晏長晴來，真當我宋楚頤可以隨意的任由你拿捏了。我告訴你，我宋楚頤在北城混的時候，你還不知道在什麼地方，我一而再、再而三的讓你，不是我怕你，只是我不想節外生枝。」

「我非常明白。」傅愈卻輕描淡寫的說：「可是感情的事都講究兩情相悅，宋醫生，晏長晴是因為什麼跟你結婚的，你應該比誰都清楚，如果不是晏家正好資金緊缺，而你們宋家有錢，晏長晴根本就不會嫁給你。實話告訴你，我跟晏長晴很小的時候就兩情相悅，她曾經還向我告白過，只是當時因為兩家人一些複雜的糾葛，我不得不跟家人去了國外，我現在回來了，從前的糾葛晏長晴也知道了，她其實也很想回到我身邊，只是因為覺得你們宋家幫了她晏家，就這麼離開不好。」

今天的天氣依舊陰沉，可宋楚頤知道自己的臉色肯定比天氣還要難看。

他宋楚頤，也算是天之驕子。偏偏遇到這個傅愈，換成以前，他直接就給弄廢了，但現在……

他感到深深的無力，這些日子，他不能說對晏長晴很好，但起碼還算不錯吧，沒想到她竟然是這麼想的。

他深吸了口氣，忽然冷冷一笑：「行，你喜歡長晴，只要我不跟她離婚，你永遠都是第三者，也沒辦法名正言順的走到一起。」他說完看到傅愈輕鬆愉悅的眼神突然籠上陰霾，心情這才好受點。

「宋楚頤，總之自己好好想想，揪著一個不喜歡你的女人有什麼意思，恐怕你永遠都沒辦法體會到心靈和身體契合的感覺吧。」傅愈冷笑一聲，抬步離開。

宋楚頤胸口騰出怒意，很久看著長廊外的一株常青樹一動不動。

一整個上午，晏長晴都在病房陪管櫻。王醫生過來幫她做檢查的時候，管櫻狀似隨口的問了一句：「今天宋醫生很忙嗎？」

晏長晴心一提，也緊張的聽著。

「怎麼，期待宋醫生來看妳了？」王醫生打趣：「宋醫生今天有門診，應該很忙。」

管櫻微微失落，晏長晴也失落，從昨天到現在宋楚頤一個電話也沒有，她想打過去，又不敢打。

陪管櫻吃完中飯，晏長晴才離開，出醫院的那段距離，她四處張望，也沒碰著宋楚頤一回。其實醫院很大，有時要碰著一個人真的很難。

晚上，猶豫很久回了觀湖公館，家裡沒人，王阿姨不在，連羅本都不在。

晏長晴很久都沒有覺得，這個家如此空落落的，短短兩天，好像很多地方都變得不一樣了。

她餓，隨便在家裡找了些零食吃。

快到十點時，她再次拿出手機，找到宋楚頤號碼，反復撥出掛斷，最後還是撥了過去。

響了四十多秒，螢幕開始顯示通話。

「怎麼了？」傳來他清冷的聲音。

晏長晴緊張的手冒汗，咬了下唇：「你什麼時候……回來？」

「我今晚在宋家，不回來睡了。」他淡淡的說：「妳要是怕的話就回晏家睡吧。」

莫名的，晏長晴心裡存在的不安好像突然擴散。

「還有，我明天晚上晚班，也不會回來睡。」他說完頓了兩秒，便掛了。

聽著「嘟嘟」的聲音，晏長晴再傻、再遲鈍也能察覺到哪裡不一樣了。

他生自己氣了嗎？還是透過這次管櫻救了自己，又發現了管櫻的好？說實話，昨天如果換成自己，也會很生氣的。

這一刻，她深刻的意識到，一個男人要對你好很容易，要對你冷漠其實也很容易。

翌日，《挑戰到底》錄製新的一期節目，晚上和嘉賓吃消夜到很晚，晏長晴睡在晏家，第二天，她又要和劇組去之前的葡萄山莊補拍女主角的戲份。

代替管櫻演女一號的趙姝不是個好相處的角色，好在要補拍的不多，磕磕絆絆拍了兩天回北城，當天傍晚她便趕去醫院探望管櫻。然而，剛到管櫻病房門口，便聽到裡面傳來一陣哭鬧聲，病房門口還站著幾個看熱鬧的護士，晏長晴趕緊小跑著過去。

病房裡，一個中年男人叼著菸，小雞似得拎著盧萍瘦小的胳膊警告：「我耐心有限，妳他媽的最好告訴我，把銀行卡放哪裡去了？」

盧萍哭著歇斯底里的吼：「我給你做什麼，讓你去賭去買彩券嗎？管洪鑫，你能不能有點人性，你沒看到我跟你女兒都還在住院嗎？你一張口就是要卡要錢，我告訴你，你要錢沒有，要命有一條！」

「還想我顧妳，妳們這狗母女，背著我以為逃到北城就一了百了嗎？上電視還真當自己是明星了，她不過就是我的搖錢樹，沒有我，她哪有資格出生，妳不給錢，信不信我去跟外面的記者媒體說她忘恩負義，連親生父親都可以不認！」管洪鑫用力把盧萍推到地上。

「媽！」管櫻急的在床上抽搐。

晏長晴連忙過去把盧萍扶起來，生氣的瞪著管洪鑫：「天底下怎麼會有你這種父親，我警告你，你少在這裡凶，外面的媒體也不是瞎子，病房裡也有其他人，她們隨隨便便一錄音，就知道你是個什麼樣的人！」

「哎，妳誰啊！」一名二十多歲的小夥子上來推了推長晴，指著她腦門說：「我們家的事，幾時輪到妳這個外人管了。」

「管熙，你碰她一下試試！」管櫻著急的吼：「她爸是北城的大老闆，你傷了她，我看你們連北城都走不出去！」

管熙一向欺軟怕硬，聽她這麼說動作倒遲疑了下。

這時，宋楚頤帶著兩個保全人員走了進來：「誰在這裡鬧事？」他表情肅冷。

晏長晴幾天沒看到他，呆了呆。

管洪鑫上前一步譏諷：「喲，你該不會就是之前我女兒交的醫生男朋友吧？哎，能在這種地方上班應該挺有錢的吧？」

「管洪鑫，你夠了，我跟他已經分手了！」管櫻滿臉哀求的看著他。

宋楚頤臉彷彿結冰了一樣，他轉頭朝後面的保全人員使了個眼色，身後的病房門立即被人關上。

他脫掉身上的白大褂，猛地一拳往管洪鑫臉上揍過去，也不知道他拳頭有多重，身材還算高的管洪鑫被他打的踉踉蹌蹌，差點摔倒。

「你是醫生，還敢打人，信不信我把你告到在醫院待不下去！」管熙衝上前想幫忙，還沒靠近就被兩個保全人員抓住。

宋楚頤長腿朝管洪鑫走過去，邊走邊捲起袖口冷笑：「才一拳就站不穩，剛才不是挺橫嗎？」管洪鑫咬牙朝他撲過來，宋楚頤對著他腹部踢了一腳，上前拽著他衣領往廁所走，身高一百八十公分的身材在他手裡猶如拎小雞。

晏長晴看的完全呆住了，她平時看宋楚頤斯斯文文，沒想到動起手來這麼狠。她小步子的湊過去，更是嚇的膛目結舌。

廁所的洗手檯裡，宋楚頤用力把管洪鑫臉往裡面按，水龍頭嘩啦啦的往管洪鑫頭上澆，不一會兒洗手檯裡的水便掩過他耳朵，管洪鑫拚命的在水裡痛苦的抽搐。

盧萍看了也嚇得腿軟，忙上前勸說：「宋醫生，夠了夠了，再這樣會鬧出人命的。」

「阿姨，這種人妳不給他點教訓，他永遠不知道什麼叫害怕。」宋楚頤把管洪鑫腦袋扯起來，又再次按進水裡，他唇角冰冷的沒有一絲溫度：「你是什麼東西，敢跑來醫院跟我叫囂！在北城，我要弄死一個人，像弄死一隻螞蟻，不過像你這種人渣連一隻螞蟻都不如，自己老婆和孩子都不管，只知道賭博，連畜生都比你強一點。」

他說完把管洪鑫腦袋扯出來，手一鬆開，管洪鑫雙眼翻白的滑倒在地上，嘴巴裡不斷的往外吐水。

宋楚頤用鞋子踢了踢他，問：「還敢來北城鬧事嗎？」

管洪鑫邊大口喘氣邊搖頭。

「以後離這兩個人遠點，滾回老家去，要是讓我明天還在北城看到你，我讓你怎麼死的都不知道。」宋楚頤手抄褲袋，猶如神祇般高高在上的下著命令：「喜歡賭博，自己就去掙錢，就算是你親生的，也沒有義務來給你當奴隸。」

管洪鑫點頭。

宋楚頤眉目微轉，輕聲說：「還不快滾。」

管洪鑫連滾帶爬，拉著兒子逃出了病房。

幾分鐘的事，盧萍、管櫻、晏長晴都震驚的彷彿不認識他般。

不過片刻功夫，管櫻便回過了神來，感激的落淚：「楚頤，真的謝謝你，要不是有你在，我和我媽都不知道怎麼辦才好。」

「他們對我的病人動粗，我只是對我的病人負責而已。」

宋楚頤重新穿上白大褂，轉身朝晏長晴走來。

晏長晴緊張的心跳差點停止，直到他停在自己面前，彎腰查看盧萍頭上的傷勢後說：「阿姨，有沒有哪裡不舒服？」

盧萍看了看自己手臂，剛才被推倒的時候摔破了。

宋楚頤朝門口的護士招手：「妳們送她回去，處理下傷口。」

「宋醫生，你就是我們母女倆的再世恩人。」盧萍感激涕零的道謝後蹣跚離開。

管櫻望著盧萍的背影心口發酸：「是我太沒用了，被人家欺負上門來也沒能力保護我媽。」

「小櫻，妳別太難受了，我花錢幫妳請幾個保鏢，二十四小時保護妳。」晏長晴被氣得熱血沸騰：「如果不是親眼所見，真不敢相信世界上還有這麼渣的父親和弟弟！」

「這樣的人醫院裡多了去了……」宋楚頤還沒說完，手機響了，他一看來電，便疾步往外走：「門診裡有事，我先走了。」

他一走，管櫻就拉著晏長晴喃喃的說：「長晴，妳說他肯這麼幫我，是不是對我還有情？」

「……我不知道。」晏長晴低頭吶吶的低語。她是真的不知道了。

之前宋楚頤說過，不會再接受背叛自己的女人，可是如今卻為了管櫻動手打人。在醫院裡鬥毆對一個醫生來說，實在是冒著極大的風險，她甚至從來沒有見他流露出那麼憤怒的神情過。

可能……管櫻在他心裡的地位確實不一樣。

第十六章　被他厭惡

病房裡，一番激烈的搶救後，宋楚頤低頭安靜的看著病床上沒有氣息的病人。許久，才摘掉手套，回頭對朱超說：「通知病人的家屬，病人晚間六點二十分，搶救無效死亡。」他說完轉身離開，每一步，步履沉重。

在能夠眺望到花園的走廊視窗上，他多站了一會兒，吹吹風才返回辦公室。門口，晏長晴一身杜嘉班納的繡花連衣裙倚在那，低垂著腦袋瓜。

「妳在這裡做什麼？」他走過去，沒有一絲溫度的聲音從他喉嚨裡傳出來。

晏長晴抬頭，看清楚宋楚頤眼神後，不自覺打了個哆嗦，雖然他平時也總是清清冷冷，很少笑，但不會像現在這個樣子，表情冷漠的好像沒有感情。

「我……」

「別站門口了，進來吧。」宋楚頤打開辦公室門，先走了進去。

晏長晴亦步亦趨的跟在他身後，看他坐進辦公椅，拉開抽屜，從裡面取出一根菸和打火機點燃，動作優雅的就像一部英國片。

「你……你不是不抽菸的嗎？」晏長晴眨眨眼，今天的宋楚頤又動手又抽菸，都快讓她認不出來了。

宋楚頤深長的吸了口，綿長的煙霧，從潔白的牙齒和高挺的鼻子裡溢出來。

他平時是不抽菸，可每當有病人在他手裡死掉的時候，他都會難受的抽一根紓解壓抑的情緒。

他低低的語氣裡有不耐煩：「妳到底有什麼事？」

晏長晴眼圈一酸，後悔，或許自己不該來的，可是，人怎麼就那麼奇怪，才幾天大家的關係就變成這個樣子。

「我……是想代替管櫻謝謝你。」晏長晴咬著牙根低低的開口。

宋楚頤微眯眼，一會兒後，側過眸淡淡的說：「有什麼好謝的，妳不是已經把我讓給管櫻了嗎？」

晏長晴突然手腳冰涼。她傻乎乎的看著這張被煙霧籠罩的英俊冷漠臉龐，想努力瞧出點什麼，但她什麼都瞧不到。

他這話什麼意思呢？她讓了嗎？她只是不知道怎麼去面對而已啊，她並不想讓，她的臉蒼白的像琉璃一樣，茫然又不知所措。

「我沒……不是……」她結巴。

「長晴，那天妳任由傅愈拉著離開的時候，妳就已經讓了。」宋楚頤一雙眸暗不見底：「我不是一件貨品，說讓就讓，妳有尊重過我的感受嗎？妳沒有，管櫻救了妳，正好妳以為她對我舊情難忘，為了報答她，妳就把我讓了，當然，妳能讓的這麼灑脫，是我在妳心裡並不重要。」

「不是這樣……」晏長晴倉惶開口，直覺告訴她，如果不再多說點什麼，他跟她可能就完了。

「我現在很明確的告訴妳，晏長晴。」宋楚頤打斷她，眉頭反感的皺著：「我不會和管櫻復合，我今天幫她，只是因為她和她母親是這間醫院的病人，同時，我之前認識她，知道她狼狽的家境，她在北城沒有親人，所以才多一點的照顧。而且不止對她，我對我的每個病人都很照顧，病人不僅僅是醫好他的病就夠了，長晴，妳實在太不瞭解我了，其實我們的婚姻走到現在，已經沒有太大的意義了，我覺得我們還是找個時間離婚比較好一點，這樣對我好，妳應該也很高興才對。」

『離婚……』晏長晴想，怎麼會這個樣子呢？

來辦公室的路上，她想要是宋楚頤罵她、懲罰她，她都能忍受。他如果說決定和管櫻復合，她再不捨也會退讓，可是宋楚頤卻說不會和管櫻復合，但也要和她離婚。

他的眼神那麼的認真，他看著她的表情那麼陌生。

晏長晴腦子好像突然空白了一樣，也許是接受不了這個事實。

「宋楚楚，我承認，我那天是不該走，我錯了，可是當時管櫻傷成那個樣子……」晏長晴通紅著眼睛開口。

「是不是以後管櫻哪裡過的不幸福，我就要成為彌補她幸福，而隨時被推出去的那個人？妳憑什麼權利來決定我該找哪個女人？」宋楚頤冷笑：「妳其實心裡不也一直在後悔，不應該選擇自己好朋友的前男友做老公嗎？妳嫁給我，不過是因為當時晏家急需要錢，所以現在不需要在我面前假惺惺，妳放心吧，就算我們離婚，我們宋家對晏家也不會撤資，更何況，就算宋家撤資了，也有一個青梅竹馬的傅愈隨時為你們晏家填補空缺。」他說話的時候，眼睛裡的厭惡沒忍住流露出來。

晏長晴彷彿明白了什麼。

她被他厭惡了，就因為她那天和傅愈扔下他離開了醫院，就被他厭惡了。他以為她之前的那些，都是為了讓晏家得到宋家的幫助。他這幾天一個電話都沒有，也沒回家，是根本不想在一起了。

想到以後都要失去這個人了，晏長晴忽然覺得很恐懼，她後悔了，後悔不應該有讓的念頭。

原來有些事情，當你讓了第一步，就真的會開始會失去。

這種感覺像極了當初站在院子裡看著傅愈一家人離開。

她花了許多年的時間，才能重頭再來，那這一次又要到什麼時候才能忘了這個人？

她要哭的表情有那麼片刻，讓宋楚頤微微鬆動，但也只有片刻便打消這個念頭。

『她最擅長的不就是這副可憐兮兮的表情嗎？找誰都不要找演員。』這話是當初展明惟說的，真是太他媽有道理了。

手裡的菸快燃到盡頭，他壓滅在菸灰缸裡：「沒事的話，妳就先走吧，我這等一下有家屬要來了……」他已經連多餘的話都不想再多說了。

晏長晴臉白的比外面的病人還難看。

她突然明白，以前她有撒嬌、發脾氣的資本，是一個男人給的，現在男人要收回他給予的東西，這些招數都是多餘。

她哭，他只會反感，她鬧，他只會厭惡。

晏長晴麻木的轉身，離開辦公室。

回到車上，她便把車門鎖上了。

她是不是該高興呢，從今天開始，再也不用覺得對不起管櫻了，再也不用想有一天，她會和管櫻為了一個男人撕破臉。

她想笑，可卻哭了出來。她也不知道怎麼回的觀湖公館，家裡只有羅本在，以前每天這個時候會過來的王阿姨，晚上也沒來做飯了。

她收拾衣服、收拾鞋子，毫無章法的把東西塞進去。

羅本好像意識到什麼，「嗷嗷」的跟在她身邊叫，烏黑的眼珠子急的要哭似的。

牠沒哭，晏長晴倒先哭了，抱著羅本哭的昏天暗地：「羅本……嗚嗚……以後我們可能再也沒機會見面了……你乖乖聽話點……別惹宋楚楚……生氣，不然他又不給你飯吃……」羅本「嗷嗷」叫得更加厲害了。

晚上八點多，宋楚頤疲倦的和死者家屬談完回來，羅本飛快的跑過來咬了咬他褲腳，然後又往敞開的晏長晴房裡跑，從他角度望過去，正好可以看到一個大行李箱，他怔了怔，換完鞋走過去。

臥室裡，她帶來的東西都差不多收好了，房間恢復的和她當初來時差不多，粉嫩的床單和被子是他買的，北極熊也是他買的，她都沒帶。

宋楚頤恍惚了下，心裡頭竟蔓延出一絲空落的感覺。

晏長晴拿著牙刷、牙膏從浴室出來，看到他站門口的身影時，眼淚差點又飆出來，她努力忍住，沙啞又遲緩的說：「我……我想著，反正都要離婚了……決定先搬走……這樣對我們會好點。」

「搬回晏家去？」宋楚頤低聲問。

「不、不是。」晏長晴搖頭，這時候搬回晏家，肯定會驚動晏磊，她現在還沒做好心裡準備：「我先去朋友家住一陣子，我怕我爸暫時接受不了……」

宋楚頤安靜的注視了她一會兒，點頭道：「這麼晚了，明天再搬吧。」

晏長晴感覺心更碎了，上次也不是沒提過搬家離婚的事，當時他還會說讓她下次再搬，這次直接說明天搬，看來他是沒打算挽留自己，她不知道自己還希翼什麼。

「不了，我明天……沒時間，明天有工作，早搬晚搬都一樣。」她低著腦袋，把牙膏塞進包裡，眼淚落在手背上，被她披散的頭髮擋住，宋楚頤完全沒看見，只當她恨不得立刻搬走，這樣說不定就早日和傅愈更自由的相處了。

「隨你。」宋楚頤按按眉心：「不過這麼多東西妳一個人搬不了，我找個搬家公司來幫妳。」他轉身出去打了電話。

晏長晴呆了呆。

搬家公司來的很快，他們幫著她把東西搬上車。

離開時，羅本用力咬著她褲子不放，晏長晴沒忍住還是哭出聲。

「羅本，給我回來。」宋楚頤冷冷開口。

羅本「嗷嗷」的看著他，最後在他冰冷的眼神中聳拉下腦袋。

晏長晴把鑰匙放鞋櫃上，難過的說：「鑰匙放這，你想好離婚的日子聯繫我……」門輕輕關上。

宋楚頤靠在沙發上的僵硬身影，慢慢倒進後面的椅背，這個家似乎又像以前一樣安靜了。

羅本跳到沙發上，將腦袋放進他懷裡，模樣難受。

宋楚頤摸摸牠腦袋：「有些人只是生命中的過客，我才是你最終的歸宿，知道嗎？」

羅本搖尾巴，「嗚嗚」的心裡默默呻吟：我可以不選擇你這個歸宿嗎？

晏長晴連夜搬進阮恙住的地方，阮恙經常在外拍戲，一年到頭很少在家，兩人關係好，乾脆把鑰匙交給長晴，拜託她幫忙照顧房子。

今夜，也多虧這把鑰匙，才讓晏長晴有個容身之處。

搬進去接連幾天晚上，晏長晴都是害怕的，她害怕晚上一個人過夜，尤其是阮恙的房子又是樓中樓設計的，住著更顯得空蕩蕩。

過幾天，阮恙回來的時候，晏長晴正好從電視臺下班回來，穿一件簡單的牛仔褲、T恤，妝沒化、乳液也沒弄、黑眼圈重重的，白淨的小臉也是憔悴的。

阮恙看到後怔住了：「怎麼把自己弄成這個樣子，不會是和宋楚頤吵架了吧？」阮恙是唯一知道她和宋楚頤結婚的朋友，其餘的晏長晴不敢講。

看到阮恙，晏長晴覺得連日來壓抑的痛楚找到宣洩口：「我跟……宋楚頤……要離婚了。」

阮恙吸氣扶額：「因為管櫻？」

「我……也說不上來。」晏長晴大力的吸吸鼻子，聲音終於平靜下來些許：「他說我已經……把他讓給管櫻了，還說什麼他不是貨品，說讓就讓我，沒尊重過他感受……」

阮恙仔細聽她結結巴巴說了一通，大致理清出來這些日子發生的事情：「所以……宋楚頤請搬家公司，把妳的東西和人送到我家？」

晏長晴「嗯嗯」的點頭，難受的說：「我怎麼感覺……他巴不得我走似得，阮恙，妳說他是不是討厭我了？」

阮恙也氣憤。在這段感情中，宋楚頤幾乎是絕對的主導者，說結婚結婚就結婚，說離婚就離婚，不過以晏長晴的個性，完全無法取得主導者的地方也很正常。

阮恙嘆氣：「長晴，要不然妳就想開點，離婚就離婚吧，當初傅愈的事妳走過來了，宋楚頤的事情也還是能走過去。」

「阮恙……」她的話不像安慰，更像打擊，晏長晴呆了。

阮恙無奈的說：「宋楚頤說的那些話也不是沒有道理，如果管櫻過的不幸福，他或許就要為彌補她的幸福而被妳推出去……」

「我沒有要把他推給管櫻，主要是上次管櫻救了我，她為了我受傷住院……」

「對啊，她為了妳受傷住院，連這部很好的電視劇也錯過了。」阮恙打斷她：「妳有沒有想過，傅愈雖然答應下次的女一還是會給管櫻，但妳確定她以後會就會紅嗎？娛樂圈裡那麼多新人，她們不漂亮嗎？可真正能紅的有幾個，如果管櫻以後紅不了，或者受了苦、吃了虧，妳是不是都要把這份責任扛在自己身上，覺得妳沒辦法彌補，就只能用宋楚頤去彌補？長晴，這種想法確實對宋楚頤不公平，他說的沒錯，他不是物品，他跟管櫻分手是他的事，他要不要回到管櫻身邊也是他的事，就算妳是他老婆，有些事妳也沒資格，更何況確實是管櫻對不起他，妳不覺得這麼做，對他確實不好嗎？或者說，妳完全沒有尊重過他。」

晏長晴猛然一醒，她突然意識到自己最近做的事多麼的愚蠢。

「所以我覺得你們離婚是好的，這樣妳也不用覺得愧對管櫻。」阮恙拍拍她肩膀：「我們晚上出去吃吧，吃完正好去醫院看看管櫻。」

晏長晴沒做聲，只是無精打采的坐在沙發上。

阮恙的話說的沒錯，離婚了，她就不用覺得對不起管櫻，但是離婚和結婚真的要這麼速食嗎？

夜晚的醫院，正在看電視的管櫻看到她們倆一同來特別高興：「阮恙，妳該不會是知道我住院，特意來看我吧？」

「那是一定要的，我好姐妹，就算我在南極拍戲也得過來。」阮恙放下探視的禮物和鮮花，觀察她氣色：「看來比長晴之前說的要好些了，不過天天這麼躺著，怎麼也沒見妳胖點啊。」

「躺著也難受呢。」管櫻用鼻子聞了聞：「妳們倆去吃火鍋了？」

「妳這狗鼻子。」阮恙大笑。

晏長晴笑咪咪點頭：「我們吃重慶火鍋了。」

管櫻揉肚子：「口水要流出來了，我也好想吃，每天清湯寡水，吃的嘴裡一點味道都沒。」

「等妳好了，想吃多少我都請。」晏長晴失笑。

阮恙尋了椅子坐下，忽然說：「長晴說宋醫生也在這間醫院裡，上次他還幫妳教訓了妳爸一頓，今晚怎麼沒見他？」

管櫻眼裡流露出複雜：「我跟他現在還是分手狀態，而且他今天代表醫院去瑞士參加研討會了。」

晏長晴愣了，宋楚頤去瑞士，她竟然比管櫻知道的還晚。

這種滋味真是吃條苦瓜都沒這麼苦，而且心裡某一處好像突然空蕩蕩的。

雖然要離婚了，可她之前至少知道宋楚頤還在北城啊，還在這家醫院上班啊，瑞士是在地球上，可遠的她和宋楚頤突然真的變成兩個世界的人了。

「那他什麼時候回來？」晏長晴問。

「總要去六、七天吧。」管櫻說。

晏長晴無精打采了。

六、七天這麼久，他不在，那羅本怎麼辦啊？可能被送到宋家去了。

從醫院出來，晏長晴興致不高，阮恙也注意到了，繫安全帶的時候，她故意嘆氣：「怎麼辦，看來真的是要離婚了，人家宋醫生去瑞士都沒告訴妳。」

晏長晴半邊側臉憂傷的望向窗外，她自己發了一會兒呆，忽然氣呼呼的一哼：「離婚就離婚，有什麼大不了，以為自己是一朵高冷的花，平時對我冷嘲熱諷，沒說過幾句甜言蜜語，每天只知道病人、病人，就是一個死醫癡，他不要我，別的女人還未必受得了。」

阮恙鼓掌：「說的太對了，不過他對妳這樣，妳都能喜歡，看來真的太缺男人，等我下次回來給妳介紹幾個優質的男人。」

晏長晴被吐槽的都無語了。

第二天，阮恙又飛新加坡去拍戲了。

每天處在火辣辣的太陽中錄節目的長晴，一想到宋楚頤在漂亮如童話的瑞士瀟灑，晏長晴整個人都不好了，尤其是每當想到宋楚頤長得那麼帥，隨時隨地都有可能在國外豔遇一個金髮美女，晏長晴恨得大口大口咬西瓜。

「注意形象，注意形象。」文桐著急提醒，晏長晴實在形象不起來。

晚上左騫包場請《挑戰到底》節目組的人看電影，看的是一部剛上映的美國大片。

看不到十分鐘，男、女主角親吻了，二十分鐘，男、女主角便有了床戲。

晏長晴特別不爽的對左騫說：「你說他們外國人是不是太奔放了，這才見第一次面就滾床單，太不像話了。」

她一雙烏黑的桃花眼在幽暗的電影院裡生氣的閃閃發亮，左騫微微勾唇，輕聲說：「他們外國人跟我們這些方面確實不大一樣。」

一旁的朱嘉往嘴裡扔顆爆米花：「其實我們有些人也一樣，對現在的人來說，一夜情就像爆米花。」她語氣一頓，忽然在晏長晴耳邊小聲說：「聽說我們總導演上次去法國學習的時候，也跟一個女人發生一夜情，當時有劇組的其他人親眼看到。」

晏長晴偷偷瞅了不遠處，梅崇那張因為長了很多痘痘導致凹凸不平的臉，噎了噎口水。國外的女生真是重口味，連梅崇這種貨色的都不放過，那宋楚頤那種極品的還不得撲了。

晏長晴她狠狠吸了口飲料，電影都沒心情看下去了。

轉眼又到週三，晏長晴吃完早餐去電視臺，路上接到姐姐打來的電話：「長晴，今早看新聞說，張子芯跟左騫要在你們節目同臺了，真的假的？」

晏長晴挺無語：「姐，妳是我親姐嗎？去北京進修這麼久，妳也沒主動跟我聯繫過，好不容易主動聯繫了還是問八卦，我真受不了妳。」

晏長芯特別不好意思地嘿嘿笑了：「姐這不是太忙了嗎？妳要原諒姐，妳又不是不知道，妳姐我是張子芯的忠實粉絲啊。我大學那時候特別迷她，一直希望她和左騫復合，他們郎才女貌，多配啊。」

晏長晴嘆氣，外界的人倒是挺期待，倒是苦了左騫要面對自己的前任：「是要錄啦，明天張子芯會來北城彩排，晚上錄製。」

「天啊，真要同臺！」晏長芯興奮：「我好想親眼看看張子芯，我要是回去，妳能幫我拿到進去的票嗎？」

「……能。」晏長晴無奈：「姐，明天又不是週末，妳能回來嗎？」

「我可以請病假跟人調班，我明天下午就回。」晏長芯眉飛色舞的說：「對了，妳老公好像也是明天下午飛機到北京，說不定我們坐同一趟航班回去。哎，要不我也邀請他一起來看吧。」

晏長晴一聽，精神立刻就來了：「妳怎麼知道他明天回來，你們有聯繫？」

「廢話，我跟他同一醫院的，能沒聯繫嗎？我還讓他給我從瑞士帶了不少巧克力和香水回來。」

晏長芯得意洋洋的說：「那邊的巧克力特別好吃，他肯定也會帶給妳的。」

『屁！』晏長晴特別想說髒話，都要離婚了，哪裡來的巧克力。

她這個老婆真是混的連自己姐都不如，她很不高興，她也很想吃巧克力。

晏長芯還在自言自語：「哎呀，我真羨慕妳啊。有這麼優秀的老公，他去歐洲出差好多次，以妳這麼拜金的性格，應該讓他買了不少奢侈品吧！到時候分姐一點啊，不用多，一個包就夠了。」

晏長晴覺得再和晏長芯聊下去，肯定會得心臟病氣死的。

「妳說妳一個天天坐醫院的，背那麼好的包包幹嘛，別浪費了。」她氣呼呼的說：「我要開車了，再見。」

「小氣鬼，平時白對妳好了。」晏長芯對著手機埋怨。

電視臺。

晏長晴和總導演梅崇說了姐姐也想要入場券的事，梅崇大方的給她一張票，然後編導把剛弄出來的劇本給她。

晏長晴一看，這期節目上面左騫和張子芯各種曖昧。

她看了一眼梅崇眉飛色舞的臉色，忍不住說道：「梅導，這劇本您給張子芯那邊的人看了嗎？」

「看啦，人家經紀人都同意了。」梅崇心情好，難得跟晏長晴說話格外和顏悅色：「哎，妳說這張子芯，是不是還沒忘了我們左騫啊？」

晏長晴驚悚，梅崇跟她聊八卦，她怎麼覺得這麼詭異呢：「這個……我不清楚啊。」

梅崇指腹摩挲下巴：「之前我邀請她，還以為會很難，沒想到對方應邀的挺爽快的。」

晏長晴不喜歡別人背後議論左騫，但左騫是她老師，她又是個八卦的女人，實在沒忍住也多了幾分好奇，但說話分寸還是注意的：「我當時來電視臺的時候，左老師和張子芯已經分手了，梅導您和左老師認識的最久，您應該比我知道多些啊，他們不是大學同學嗎？怎麼當年就分手了？」

「據我瞭解，好像是張子芯太強勢了，她是那種認為是對的，不管對方怎麼想，一定要聽她話的女人。」梅崇突然用奇怪的眼神看著她，神神秘秘的笑：「男人啊，還是中意那種小鳥依人的女人。」

晏長晴被盯得雞皮疙瘩都起來了，開玩笑說：「梅導，不是每個男人都喜歡小鳥依人的女人吧，我不相信左老師是那麼膚淺的人。」

「妳不懂，小鳥依人的女人會讓男人感到自在，太強勢的讓男人累，百分之九十的男人都是這麼認為。」梅崇低笑一聲轉身去忙碌了，晏長晴也去左騫辦公室找他對臺詞。

臺詞本上有一段，是由她來問左騫和張子芯當初為什麼會分手，這個問題相當尷尬，晏長晴不好意思的對左騫說：「左老師，要是不想回答這個問題，我在臺上不問，大不了被梅導罵一頓。」

「這個問題才是這場節目的炒作重點。」左騫無奈一笑，文質彬彬的臉依舊一派溫和：「既然答應了，就證明已經放下了。」

晏長晴莫名有些傷感和惆悵：「左老師，你和張老師都很優秀，在我們眼裡就像金童玉女……」

「長晴，相愛容易相處難。」左騫知道她要說什麼，輕聲截斷：「我跟張子芯性格不合，剛交往的那兩年感情是挺甜蜜的，我們的愛情還在，就算有矛盾彼此忍耐，但時間長了，那些矛盾將我們的愛一點點磨滅，再堅持就是勉強將就，變成仇人。」

晏長晴聽得愣愣的，想到自己和宋楚頤。

她們結婚後是在勉強將就的過日子嗎？

她覺得沒有啊，每天鬥鬥嘴、吵吵架，貌似也過的挺充實的啊。

晏長芯說得對，如果她沒有跟宋楚頤鬧離婚，說不定他這趟去瑞士也會給自己帶很多好東西。

她想要禮物，還有特別不爭氣的想要這個老公。

第十七章　晏長晴吃醋

午間十分，電視臺的食堂裡。

文桐看著對面的女人無精打采，拿著便當的飯菜攪了足足二十多分鐘，沒好氣的敲敲她手背：「能吃快點嗎？等一下還要趕劇組去拍戲。」

晏長晴捧臉嘟嘴看著她：「小文文，妳說我要是跟宋楚楚說，不離婚了，他會不會看不起我？」

文桐呵呵笑了兩聲：「他幾時看得起妳過？」

晏長晴：「……」這麼說好像也挺有道理的。

下午，晏長晴有場戲是在太陽下，穿著厚厚的人偶衣服拍戲。

午後的太陽出乎意料的火辣，蘇導搖著扇子都覺得四周熱氣騰騰的：「這天太熱了，用替身吧。」

「不用了，蘇導，還是我親自上陣吧。」晏長晴大義凜然的上前：「蘇導，這是我第一次拍戲，很多動作我都想親自完成，雖然穿著人偶衣服看不到臉，不過以前我們老師說過，肢體上的演繹才是最難表演的，我不想錯過這麼好的鍛練機會。」

「說得好！」蘇導被她說的熱血沸騰，對劇組的其他演員說：「你們看看長晴，多有激情，不像你們，抱怨天太熱，懶懶散散的，你們多向晏長晴學習學習。」

池以凝嘴角抽搐，看晏長晴的眼神像看怪物一樣，這種天氣拍完後不中暑才怪。

蘇導說完眾人後，又還是不大放心的對晏長晴說：「可是，長晴，妳確定吃得消嗎？」

「蘇導，這點小熱對我來說不算什麼。」晏長晴不顧文桐的阻攔，穿上了厚厚的人偶衣服。裡面悶熱的簡直像裹了棉被，晏長晴差點熱的呼吸不過來，不過她要的就是這，等她生病了，就可以打電話給宋楚頤了。

但她萬萬沒想到，拍這場戲簡直像是在四十度的高溫下泡溫泉一樣痛苦。

好不容易拍完，晏長晴感覺自己全身都濕透，也虛了。

文桐開車送她回晏家，路上一直在訓斥：「妳是不是腦子壞了，要逞能也不能這個樣子啊，明天還有一場大節目要錄，病了怎麼辦？」

「別跟我說話，我現在想吐。」晏長晴無力的擺手。

文桐氣得直罵她：「活該！」

回晏家後，晏長晴直接就上樓睡了。

第二天起來，晏長晴只覺得頭昏眼花、想吐。想到下午要錄節目，實在扛不住了，晏長晴找張阿姨要了藥來吃，才稍微好受點。

今天的電視臺門口聚集了不少記者，晏長晴還從地下停車場上去。到片場時，張子芯已經到了，她一身寶藍色的連衣裙，身材嬌小，及肩的半長捲髮，三十二歲的女人看起來卻才像二十出頭的模樣，五官算不上特別驚豔，但十分有氣質，是那種越看越美的女人。

晏長晴以前看過她不少電影，大螢幕裡她覺得張子芯的皮膚細膩又光滑，但今天第一次親眼看到張子芯本人時，才發覺她的皮膚並不是特別好，但是妝容細膩，身體明明瘦小，氣場卻強大。

「張老師，您好。」晏長晴在節目上最擅長的便是熱情：「我特別特別喜歡看您的電影，尤其是上次一部諜戰片，您在裡面簡直太酷了。」

「是嗎？」張子芯淡淡的笑了下，又轉過臉去繼續和現場編輯聊天。

晏長晴覺得尷尬，朱嘉正好看到這一幕立即向她招手解圍：「長晴，妳來一下，我有點事找妳。」

「那張老師，我們等一下見。」晏長晴還是厚著臉皮跟她打了聲招呼，但是張子芯壓根沒看她。

她沮喪的朝朱嘉走去說：「我怎麼感覺張子芯好像不喜歡我啊？」

朱嘉嘿嘿笑：「說不定她嫉妒啊？」

「我還要嫉妒她呢！」晏長晴莫名其妙。

「嫉妒妳能和左騫在一起啊。」朱嘉擠眉弄眼：「看來傳言沒錯啊，她可能還沒忘了左老師。」

晏長晴無語，張子芯和左老師分手又不關自己的事。

下午四點多鐘，晏長芯被文桐帶進了演播廳。

晏長晴抽空過去跟她打聲招呼時，晏長芯正拿著一盒手工巧克力吃的挺開心。

「這該不會就是宋楚頤從瑞士帶回來給妳的吧？」晏長晴憋屈的問。

「是啊。」晏長芯笑咪咪的遞了顆給她：「要不要嚐嚐，很純。」

「不吃。」晏長晴扭開臉，嫉妒又鬱悶：「你們一起回北城的？」

「妳怎麼什麼都問啊？」晏長芯疑惑：「他都沒跟妳說嗎？」

「我現在不是很忙嗎……」

「忙也要關心自己的老公啊。」晏長芯說：「對了，晚上醫院同事幫妳老公他們接風洗塵，他們也叫了我，忙完後妳要不要跟我一起過去？」

「……好啊。」晏長晴心裡偷樂了一下，還是姐在好啊。

錄完節目將近十點多鐘，林亦勤的車來電視臺樓下，接了她們倆去往北城一家挺熱鬧的ＫＴＶ。

晏長晴一個人坐後座，晏長芯和林亦勤坐前面，一路上，晏長芯嘰嘰喳喳，沉浸在見到張子芯的激動和喜悅中，林亦勤不時寵溺的看看身邊的妻子，不時又捏捏她臉蛋。

晏長晴這隻單身汪在後面感覺受到一萬點傷害，她想要老公，也想要被人寵著。

到ＫＴＶ時，晏長晴先下車，在外面等他們兩人的時候回頭，不小心看到林亦勤正在親晏長芯。

晏長晴突然覺得腦袋疼的更加難受，鼻子也酸酸的，她也想要被人親親。

ＫＴＶ厚重的包廂門從外面推開，低沉好聽的男音，和女人悅耳動人重疊的合唱聲一起傳出來。

晏長晴下意識的在大包廂裡去尋找宋楚頤的身影，大概是太熟悉了，不用幾秒鐘時間便找到了，他手裡拿著麥克風，眉目認真的看著前面的大螢幕唱歌，旁邊，一名模樣端莊、長髮及腰的年輕女人小鳥依人般的坐在他身邊，也拿著麥克風，一雙翦水雙眸還不時含情脈脈的望了一眼身邊的男人。

晏長晴只覺得身體裡壓制的氣血突然「蹭蹭」的湧上腦門。

弄了半天，他竟然在跟別的女人唱情歌，還在唱什麼「得不到的永遠在騷動」。難不成她就是那個被他得到，所以不騷動的人嗎？

「晏醫生，妳來啦！」包廂裡一名三十多歲的女醫生站起來朝她們招手：「呀，妳這朋友怎麼看著這麼像晏長晴？」她大聲說了句，包廂裡不少人朝晏長晴看過來。

醫院職位高一點的人大部份都知道，前陣子宋楚頤眾目睽睽之下，抱著晏長晴去了高級病房，在大家眼裡，這兩人是有些曖昧的。

突然聽說晏長晴來了，大家下意識看了看宋楚頤身邊的院長女兒余思禾。

余思禾警惕的看了一眼長晴，又看了看宋楚頤，卻見他放下麥克風，朝門口望去。

「跟你們鄭重介紹一下，晏長晴其實是我妹妹。」晏長芯笑嘿嘿的推著晏長晴朝宋楚頤走去。

「哇，這真是一個勁爆的消息！」醫院裡一些不知情的醫生頓時嗨了起來。

「還有、還有……」晏長芯抬手示意大家安靜：「晏長晴她還……」

晏長晴大約猜到她要說什麼，趕緊捂住她嘴巴，小聲說：「夠了夠了，別再說了。」

「怎麼不能說，妳和宋楚頤是光明正大的夫妻，我跟妳說，宋楚頤身邊那個女人是院長的女兒余思禾，她一直對宋楚頤有心思，妳給我爭氣點，膽子別這麼小。」晏長芯推著晏長晴過去。

她力道用的比較大，晏長晴絆住一旁的桌角，眼看著往旁邊一個陌生的男醫生身上再去，一隻男人的手臂突然橫伸出來，攬住她腰。

晏長晴只覺得整張臉狠狠的撞在一片溫軟的地方，鼻子周圍都縈繞著一股熟悉的男性味道，她猜到是誰，心臟隱隱的差點窒息。

鼓起勇氣抬頭，他一雙諱莫如深的雙眼正盯著她。

晏長晴窘迫的爬起來想逃，但轉念一想，自己還沒離婚，還算名正言順，幹嘛要逃，想了想便坐在他旁邊。

包廂裡，坐在最中間的宋楚頤左右兩邊，各緊挨著一名美女，眾人面面相覷，感到尷尬，但隱隱又有些興奮。

莫非是兩女爭一男，其中一個是他們醫院的院長女兒，另一個還是當紅的女主持人，這畫面，簡直比娛樂八卦還有意思啊。

眾人興致盎然的看著他們三人，副院長笑道：「楚頤，你可真是有豔福啊。」

「副院長，您別打我趣了。」宋楚頤淡笑的放下麥克風，修長的手臂很自然的搭在晏長晴肩上。

眾人一愣，晏長晴身體也僵住，她小心翼翼，悄悄睨了宋楚頤在昏暗中俊雅斯文的臉，他嘴角始終掛著深不可測的淡淡笑容，彷彿沒有看到眾人震驚的目光，只是低頭看他自己手機。

他身旁的余思禾臉色白了白，怔怔的看著他們良久，好半天喉嚨裡才擠出一個聲音：「宋醫生，你和她……」

宋楚頤語調低沉的淡漠反問：「有什麼問題嗎？」

然後晏長晴看到一雙漂亮的瞳孔突然變得傷心欲絕的模樣。

她看的心裡也有幾分不是滋味，又有點感同身受，現在這個院長女兒的心情肯定和自己前些日子的心情差不多，她嘆了口氣。

雖然聲音很小，可宋楚頤還是聽到了，他目光古怪的看了一眼身邊的女人，她好像沒什麼精神，模樣也懨懨的。

『就這麼不喜歡自己搭她肩膀？』宋楚頤臉色也臭臭的，要不是余思禾這個女人老煩他，每次他唱歌的時候，都要拿著麥克風非要插一腳進來一起唱，他也不會搭她肩膀讓余思禾知難而退。

他真是搞不懂，世界上怎麼會有余思禾這種女人，他都拒絕的那麼明顯了，臉皮還那麼厚。

包廂裡不知道誰唱了一首搖滾的歌，晏長晴被音樂吵得頭昏腦漲、難受，胸口也悶悶的，開始是略帶僵硬的坐著，後來慢慢的放軟，再後來姿勢懶散，到最後不自覺的往宋楚頤胸膛上倒。

她嬌軟的身子倒在宋楚頤懷裡時，他怔愣了那麼幾秒，才低頭，晏長晴側著頭，小蒲扇一樣長的睫毛，頭髮柔順的鋪開在他胸前。

她今天穿了條紀梵希的新款流蘇短裙，上面是無袖的絲滑綢緞上衣，她兩隻手臂白皙又修長，腰肢纖細，胸口飽滿。

這樣一個尤物倒在自己懷裡，能坐懷不亂的絕對是君子。宋楚頤一向不承認自己是個君子，尤其是她身上源源不斷的熱氣傳過來的時候，他不得不解開襯衫上面的一粒鈕扣。顯然並沒有好轉許多，她身上的熱氣越來越重。

宋楚頤摸摸她手臂，才發現也燙的不正常。他終於意識到哪裡不對勁了，抬手朝晏長芯招了招手。

晏長芯掛著滿臉曖昧的笑走過去，小聲說：「怎麼啦？」

「妳妹妹好像發燒了，妳跟他們說一聲，我帶她先走了。」宋楚頤說完抱著晏長晴就出了包廂。

「哎、楚頤，怎麼就一聲不響走啦！」大家都議論起來。

余思禾不服氣的跺腳，直接站起來對晏長芯道：「晏長芯，妳妹妹什麼時候勾搭到楚頤的，妳信不信我告訴外面的記者，她不好好做她的主持人，勾三搭四！」

「說話注意點啊，我告訴妳，宋楚頤和我妹妹是合法結婚的。」就算她是院長女兒，晏長芯也是有脾氣的。

「什麼！楚頤和妳妹妹結婚了，不可能吧！」包廂的人都譁然起來，大家不可思議的面面相覷，倒是副院長想起上次，宋楚頤親自跟他打招呼，讓晏長芯去北京實習的事，他猛地明白過來。

余思禾臉色漲的比豬肝還難看：「楚頤怎麼會娶妳妹妹，少在這裡胡說八道。」

「這件事宋家人都知道。」晏長芯板著臉說：「余醫生，妳隨時可以去宋家問。」

余思禾呆了呆。

副院長出來打圓場：「好啦、好啦，一人少說兩句，唱歌、唱歌。」

眾人立即也轉過身，唱歌的繼續唱歌，喝酒的繼續喝酒，雖然今晚這個消息讓大家很震驚，不過一個院長女兒，一個是未來院長的大姨子，誰都不要得罪的好。

宋楚頤抱著晏長晴上車，她才昏沉的有些反應，費力的睜開眼睛，一眼就看到正在幫自己繫安全帶的男人。

奧迪A7的車裡，空間並不算特別寬敞，他個高，彎著腰便幾乎擋住了晏長晴眼睛裡所有的光線。

「這……哪裡？」晏長晴有氣無力的詢問。

「我車裡，送妳去醫院，這個時間點診所都關門了。」宋楚頤板著臉，面無表情的說。

「……噢。」晏長晴眨眨眼，身體往座椅裡蜷縮幾分，渾身都難受。

她閉上雙眼，之前想著感冒發燒了再打電話給宋楚頤，他是醫生，肯定不會放任自己不管，到時候再撒撒嬌，讓他放棄離婚。可是真的發燒了，她痛苦的什麼都顧不了，連說話都沒力氣。

宋楚頤看她難受的模樣，不由自主的把車速加快。

三十多分鐘後到醫院，扶著她往急診室裡走。

晏長晴走了幾步，便推開他，蹲邊上難受的吐了起來。

吐完後，她清醒點，看了看地上的汙穢，在看看旁邊緊皺著眉頭的宋楚頤，她臉部一窘。之前還打算裝病來惹他憐惜的，現在看到自己這副模樣估計都想吐了，他會不會怪自己亂吐。

晏長晴結結巴巴的解釋：「太、太難受了，沒忍住。」

「等一下清潔人員會來收拾的，先上去吧。」

宋楚頤攬著她準備要走，晏長晴乾脆裝腳軟，有氣無力的說：「沒力氣。」

宋楚頤沒說什麼，只是攔腰把她抱起來。

晏長晴小臉貼著他胸膛，眼睛瞧著他錐形的下顎，臉上的線條猶如水般流暢，而且他的臂膀很有力量，她一點都不用擔心自己會掉下去。

病了有人抱著的感覺真好啊。晏長晴閉上雙眼。

宋楚頤一路把她抱到急診室一張空床上。

一名女醫生走過來說道：「宋醫生，她怎麼了？」

「有點發燒，妳去忙吧，我自己能搞定。」宋楚頤說。

「好，要用什麼藥你跟護士說。」女醫生說完也就去忙其他的了。

晏長晴無力的瞇眼看著他：「你確定你一個剖腦子的還能看感冒嗎？」

「以前在急診室做了一年，有什麼不會的。」宋楚頤出去一趟，拿了個體溫計放她腋下，問她：「妳哪裡不舒服，大夏天的都能生病，妳也是朵奇葩。」

晏長晴噘嘴瞪了他一眼：「就是天太熱才感冒，可能是……昨天在太陽下拍戲，中暑了，再加上今天錄節目的時候在水裡玩遊戲拍了很久，感覺渾身都沒力氣了。」

「沒力氣還跑去KTV玩。」宋楚頤眉頭頓時皺起。

晏長晴嘴唇蠕了蠕：「我姐難得回來一趟，我想多陪陪她。」

宋楚頤呵呵笑了兩聲：「妳姐姐恐怕不需要妳這個電燈泡陪，她有妳姐夫陪。」

晏長晴嘟嘟小嘴，哼唧：「我頭暈，渾身都沒力氣，還口渴，你能給我倒杯水嗎？」

宋楚頤一聽，薄唇抿成了一條線，不過看她臉色蠟黃的模樣，還是起身走了出去。

他前腳一走，晏長晴又開始昏昏沉沉了。

宋楚頤買水回來後，從她腋下取出體溫計，燒到三十八度二。他擰開瓶蓋扶著她喝了點水。

晏長晴嘴巴乾澀，下意識的張開嘴巴喝了兩大口，又閉上了眼睛昏睡了。

沒多久，她覺得手背傳來一陣疼意，睜開眼，他坐在病床邊，她手就擱在他大腿上，針管插在她手背上。

宋楚頤動作俐落貼好膠帶，晏長晴迷迷糊糊的嘀咕：「有個醫生做老公就是好……」不管什麼病，他都是一手包辦。

細若蚊蠅的聲音讓宋楚頤動作一頓，他回頭凝視她因為不舒服而皺成一團的臉，心裡嘆了口氣。

修長的大手握著她柔嫩的小手放在病床上，正要起身，那隻小手輕輕突然勾住他尾指，晏長晴沒睜開眼，不過虛弱的小聲音還是傳了過來：「別走，我不想一個人待這……」

宋楚頤愣愣的看著被勾住的尾指，半天才說：「我沒走，我坐旁邊。」

十二點多，晏長芯和林亦勤來到醫院的急診大樓。她直接問清楚宋楚頤帶來的病人在哪後，便趕了過去，到門口時，她和林亦勤的步伐緩了緩。

輕輕推開病房的門，看到晏長晴安靜的躺在病房上打點滴，宋楚頤坐椅子上看手機，聽到動靜，回頭站起來。

晏長芯輕聲問：「她怎麼樣了？」

「中暑，燒還沒退。」宋楚頤沖林亦勤點了下頭算是打招呼。

「這丫頭，也太不會照顧自己了。」晏長芯沒好氣的摸摸晏長晴額頭：「要打幾瓶？」

「三瓶。」宋楚頤看看時間：「可能要到兩點了，你們回去吧，這裡我守著。」

「楚頤，辛苦你啦。」晏長芯感嘆：「這丫頭從小身體底子就不好，我讓她鍛練她就懶得要死，平時能能坐著，就堅決不站，有時間，你督促她多運動運動，她懶，你要打要罵都行。」

宋楚頤挑眉，似笑非笑：「確定打也行？」

晏長芯哈哈一笑：「我就開開玩笑。好吧，我就先走了，有你在我放心。」

從病房裡出來，晏長芯把包塞到林亦勤手裡，扭頭去了走廊盡頭的洗手間。

女廁所裡，她剛站起來，聽到外面進來的腳步聲。

「哎，妳晚上有看到宋醫生抱了一個女人進來沒有？」突然，一個女人問。

晏長芯猜想可能是某個值班的護士，心中一動，沒急著沖水。

「看到啦，沒看清楚是誰。」又一個護士困倦的說：「反正宋醫生最近身邊緋聞挺多的，上次不是看到他和那個管櫻嗎？後來又是晏長晴，又是余醫生，不過我看，管櫻上位的機會挺大的。」

「我也這麼想，聽說管櫻住院的這段時間，宋醫生基本上每天都去，還把人家的媽都照顧得仔仔細細。上次好像有人在管櫻病房鬧事，宋醫生還帶著保全過去把人家教訓了一頓。」

「那這麼說，余醫生是沒機會了。」

「醫院裡誰不知道，余醫生是一廂情願啊。」

晏長芯一直等到這兩個女人離開廁所，才慢慢的從裡面出來。

林亦勤等了一陣，見她出來，臉色表情不悅，好像別人欠她錢一樣，忍不住笑著打趣：「怎麼，便秘啊，進去趟心情都不好了。」

「你才不好！」晏長芯生氣的往晏長晴病房走：「我要去找宋楚頤，那管櫻到底怎麼回事！」

她真是來氣，她離開才多久，怎麼感覺宋楚頤莫名其妙就跟管櫻曖昧不清，之前管櫻不是還跟傅愈在交往嗎？怪不得她總覺得長晴今天情緒有些不對勁，看來這兩人是有問題啊。

「妳走慢點。」林亦勤在後面勸：「有什麼事慢慢說，畢竟宋楚頤幫了妳。」

「幫了我就能對不起晏長晴了？我告訴你，沒門！」晏長芯氣呼呼的說：「就算他長得帥，醫術比我高超一百倍都不行！」

這邊，宋楚頤剛幫晏長晴換了點滴，關上的房門又被外面一股力量推開。

晏長芯漂亮的臉色陰沉的不大好看：「宋醫生，你能出來一下嗎？我想跟你聊聊。」

宋楚頤感覺到她的變化，眉頭一皺，還是點頭走了出去。

一出門，晏長芯不掩飾生氣：「剛才我聽說一些不好的事，這段時間你和長晴是不是發生了什麼事？你和管櫻又是怎麼一回事？我聽說她住院的這段時間，你對她關懷備至，連她媽都照顧的無微不至，管櫻是晏長晴的閨蜜，現在很多男人都容易和老婆閨蜜有一腿，可是你……你……」

林亦勤怕她沒弄清楚事情，說的太難堪，趕緊拉住她說：「好啦，問清楚再說。」他語氣一頓，沉聲說：「楚頤，雖然從長芯到晏氏，你幫過不少忙，但不代表你對這段婚姻就能不尊重。」

宋楚頤眼眸深處劃過淡淡的疲倦，他坐了十多個小時的飛機，再加上現在已經凌晨，實在困乏，並不想談這些事，但顯然也只能坦白了：「管櫻是我前女友，這點長晴早就知道了。」

晏長芯一愣：「管櫻不是跟傅愈嗎？」

「大概是……她為了傅愈拋棄了我。」宋楚頤淡淡聳肩：「我幫管櫻是因為管櫻家世很不好，這些日子她和她媽都同時住院，也沒人照料，而且管櫻之所以住院，也是因為在拍戲的時候捨命救長晴，作為一個醫生，再作為她是長晴的朋友，難道我幫她一把有錯嗎？」

「這個……」晏長芯被堵得啞口無言。

「既然說起這事，那有些事我不也不瞞妳了。」宋楚頤思慮了下說：「我和長晴確實想離婚。」

晏長芯被這個消息打擊的身體都晃了晃：「為什麼要離婚，你們才結婚多久？」

「我想這個離婚應該也是長晴樂意的。」宋楚頤蹙了下眉，抿唇說：「長芯，妳也不要瞞我，妳妹妹不是從小就很喜歡傅愈嗎？」

「等等……」晏長芯抬手：「你的意思是，長晴想跟你離婚，和傅愈在一起？」

宋楚頤深沉的緘默，那兩個人到底怎麼想的，他不清楚，他只知道，他說過很多次讓晏長晴離傅愈遠點，她不聽，還總是越走越近，他的耐心有限，作為一個男人，他常常覺得難堪，也力不從心。

「不可能，這中間肯定有誤會。」晏長芯認真的說：「長晴膽子很小，她根本不敢有這種想法，我是她姐，我最清楚了。而且她跟你結婚了，婚內背叛的事她絕對不會做，說要離婚的事，也是你開口說出來的對不對，長晴她是不會說這種話的。你別看她平時誰都要寵著她的模樣，可她心很軟，結婚了就絕對不會輕易說離婚，沒有人比我更瞭解她。」

宋楚頤嗓音清冷的說：「說不定她就是在逼我說離婚呢？」

「楚頤，你對長晴有這種想法，我覺得你真的對長晴有誤會。」這次，連林亦勤也開了口：「長晴沒什麼心眼，她根本做不出來這種事。」

「就是！」晏長芯也生氣的附和：「而且我覺得長晴現在心裡是喜歡你，今天晚上她發燒，我這做姐姐的疏忽，粗心沒注意，還問她要不要去KTV，現在想想她當時可能就難受了，只是她聽說你也在，就也來了，有些話她可能是不好意思說，她臉皮薄。」

宋楚頤聞言怔了怔。

林亦勤點頭：「確實是這樣的，以前我和長芯在一起時，長晴都不會來當電燈泡，今天晚上她不可能是為了陪她姐姐才來KTV，她肯定是為了見你。」

「是啊。」晏長芯為自己妹妹心疼：「以前每次醫院活動，她哪次跟我來，就今天來了，你們再好好溝通溝通吧。像我跟亦勤結婚這麼久，又不是沒有吵到很凶過，但我們從來都不會說離婚，除非這個人真的讓你無法忍受繼續走下去了。」

晏長芯夫婦離開很久，宋楚頤站在走廊上沒有動彈，蒼白的燈光將他身影拉的又長又薄。

病房裡，晏長晴睡得正沉，被人叫醒的時候，她老大不高興的瞪起氤氳大眼睛，身體還往被子裡賴了賴，十足的小孩子模樣。

「燒退該回家了。」宋楚頤無奈的抱起她軟軟的身子。不是他非要這麼晚叫醒她回去睡，實在是醫院病人多，病菌也多，沒大病的人能少待就少待。

晏長晴窩在他寬闊的懷裡被他抱著走了一陣，起初睡意濃，等上車後慢慢的沒那麼想睡，她低頭看了下手背上的針孔，連什麼時候拔掉的，沒流血了，她都不知道。

她悄悄的看了一眼身邊認真開車的男人，盛夏的深夜裡，微微敞開的窗戶有風吹拂進來，他一頭烏黑的短髮也被吹亂了些許，看起來少了幾分精神，多了幾分頹唐。

他一隻手放在方向盤上，手腕上黃花梨的佛珠泛著沉靜的光澤。

晏長晴安靜的盯著那串佛珠，她一直很好奇，一個男人手上為什麼會戴佛珠，難道他信佛嗎？

看見宋楚頤腦袋微微一動，似要轉過來，晏長晴下意識的又閉上雙眼。

晏長晴不想讓他知道自己醒了，不然他可能會把自己送回晏家，或者阮恙家，她現在生病了，不想一個人。

車子在觀湖公館停車場停下來，宋楚頤看著她輕顫的睫毛，嘴角溢出一縷笑意。

抱著她打開房門，羅本永遠是第一時間來迎接，不過今天似乎格外的興奮，大晚上的還在「汪汪」叫。

「別叫！」宋楚頤瞪牠，走進次臥，羅本也賣力甩著尾巴跟上來，矯健的跳上床。

宋楚頤黑臉，才不在幾天，這小子今天的膽子變大了，敢跳上床。

他把晏長晴放下，蓋上被子，直接揪了羅本出去。

晏長晴立即睜開眼，捂著臉滾進被窩裡，但沒多久，又感覺熱。雖然她才搬出公寓沒多久，但是這幾天氣溫「蹭蹭」的往上升，她床下還墊著棉被，上面又是蠶絲被，熱的背後立即出了一身汗。

她只好爬起來找冷氣遙控器，找了很久都不知道遙控器在哪。

正在這時，房門再次被打開，宋楚頤臂彎裡掛著條薄被，看到她彎腰拿手機做手電筒，在房間裡四處翻找時的情景愣了愣。

晏長晴也愣住了，她完全沒想到宋楚頤會再次進來，自己這姿勢、這動作，感覺好像小偷。

晏長晴困窘得滿臉通紅，忙弱弱的解釋：「我被熱醒了，在找冷氣遙控器。」

「找遙控器就找遙控器，開燈就是了。」宋楚頤打開牆壁上的燈，忽然明亮的燈，照的晏長晴一張臉紅彤彤。

晏長晴硬著頭皮說：「你把遙控器放到哪裡了？」

「妳現在這個樣子不適合開冷氣……」

「但是很熱，都沒墊涼席……」晏長晴可憐巴巴的望著他。

宋楚頤安靜的看她片刻，才低聲開口：「不然……去我房裡睡吧？」

空氣彷彿突然凝固，晏長晴眼睛看別處，點點頭。

宋楚頤轉身走了出去，晏長晴跟在他後面，進房間後，她累極了，下意識的往床上爬。

「哎、等等，先把衣服換掉，剛在醫院待了那麼久，有病菌。」宋楚頤從衣櫃裡拿了一件黑色的男T恤給她。

晏長晴看看衣袖癟嘴，有些不高興：「你嫌棄我啊，我還感冒了，渾身都是病菌……」她把後面一句「要不然我還是去隔壁睡吧」硬生生忍在喉嚨裡，差點說了出來。

「我的意思是，醫院裡病人來來往往，病床上也不見得多乾淨，何況妳還在病床上睡過。」宋楚頤無奈的重新解釋。

晏長晴接過T恤，嘴上還是忍不住埋怨：「你們醫生就是麻煩。」

「妳在顯微鏡下看過細菌，就不會這麼說了。」宋楚頤轉身去浴室洗澡。

晏長晴慢慢換衣服。雖然退燒了，可還是沒多少力氣，穿上T恤後她發現衣擺正好到她大腿處。

她穿了一件裙子，這樣睡覺難受，而且宋楚頤也不喜歡她穿著在醫院穿過的衣服睡覺，想了想，她還是脫了。

露出兩條腿讓她覺得不大好意思，便拿乾淨被子蓋住身子。

她起初是想等著宋楚頤出來的，可聽著裡面那嘩啦啦的水聲，沒多久竟睡著了。

宋楚頤洗完澡出來，她蓋在身上的薄被全踢到了腰上，黑色T恤襯得她皮膚晶瑩雪白，再往下，他幽深的眼眸微瞇，注視了她片刻，躺到床的另一邊拿被子蓋住了肚子。

他也是累的很，一躺上去，濃濃的睡意侵襲而來，只是熟睡的時候，隱隱約約感覺到一個熱騰騰的身子滾到他身上。

他吃力的睜開一條眼縫，看到壓在自己上面的女人，筋疲力盡的把被子拉上來便又睡了。

兩人睡得都很晚，第二天早上誰都沒醒，還是後來羅本肚子餓了一直抓門，才把兩人吵醒。

宋楚頤扯開眼睛，趴在他胸口熟睡的女人也慢慢睜開困倦的眼簾，一雙蝶翼般的睫毛輕顫睜開，眼睛裡因為哈欠濕漉漉。

宋楚頤的睡意被那雙蠱惑人心的眸子給澈底驅散，他烏黑的眸色幽暗的注視著她。

四目相視，晏長晴腦子空白了三秒後，猛地意識到自己正緊緊的趴在他胸膛上，尷尬的讓她面紅耳赤，趕緊爬起來背過身去，懊惱的咬住下唇。

她快忘了，兩人是要離婚的人了。

「還有沒有不舒服？」良久，他暗啞的嗓音打破了沉寂。

晏長晴下巴抵在膝蓋上，小聲說：「比昨天好多了，不過現在胃不舒服，好餓。」

「妳昨天全吐了，餓很正常，我去弄早餐。」宋楚頤走出去，打開冰箱。一個星期沒回來，王阿姨也沒來，家裡沒食材了。

他想了想，乾脆熬粥。弄好後，發現晏長晴還慢吞吞的在洗手間裡不知道在做什麼，她牙刷、毛巾都帶走了，現在正用食指代替牙刷在努力搓牙齒，滿嘴擦的都是牙膏泡沫。

宋楚頤從洗臉架上扯了一條毛巾扔給她：「用這個洗把臉，快出來吃粥。」他轉身出去。

晏長晴捧著手裡乾淨的天藍色毛巾，用水打濕，擦臉時，整個臉上好像都有宋楚頤的味道。

洗漱出來，餐桌上一碗簡單的瘦肉粥，連蔥花都沒撒，只漂著幾滴芝麻油，旁邊一個水煮蛋。

「王阿姨最近沒來，將就一下吧。」宋楚頤低頭專注剝一顆雞蛋。

晏長晴心裡落寞。她一走，他連王阿姨都沒請了嗎？

「吃完早餐把藥吃了。」宋楚頤似不經意的繼續說：「今天妳休息？」

「下午拍戲。」晏長晴喝了一口瘦肉粥，味道挺淡，但是熬得濃稠。

他點點頭：「昨天妳打點滴的時候，妳姐和姐夫後來過來看妳了。」

晏長晴一愣：「你怎麼沒叫醒我？」

他看了她一眼，沒做聲。

晏長晴攪了攪碗裡的粥，這時，她房間裡的手機響了。

她進去找手機，電話正好是晏長芯打來的：「妳燒退了吧？」

「嗯。」晏長晴揉眼睛：「妳什麼時候回北京？」

「我下午飛機，一起吃中飯吧，就我和妳。」晏長芯一副不容人拒絕的口吻。

晏長晴莫名有種不好的預感：「不叫爸？」

「不叫。」

掛掉電話出來，宋楚頤碗裡的粥差不多見底了，晏長晴想著剛才姐姐的語氣，心裡七上八下：「你……你昨天跟我姐說了什麼嗎？」

宋楚頤淡然深沉的眼睛看了她一眼：「我跟她說了我們要離婚的事。」

晏長晴分外的不是滋味，低著頭，眼眶酸酸澀澀的：「你就這麼想跟我離婚嗎？」

宋楚頤看著她顫顫的睫毛，眸中清幽的光一閃。

她緊咬牙根，聲音低弱的像是從鼻子裡發出來：「我就……這麼讓你討厭嗎？」她用力捏緊勺子。

她知道自己論美，美不過管櫻，論聰明不如阮恙，不體貼、又驕縱，可是，總該有一點……值得讓別人喜歡的地方吧？

以前是傅愈，現在是宋楚頤。每當她覺得自己可以擁有喜歡的人時，老天爺好像又不留情面的繼續讓她一個人。

宋楚頤複雜的看著她，腦子裡想著昨晚晏長芯的話。難道她是真的喜歡自己嗎？可是如果喜歡，那她和傅愈到底又是怎麼一回事呢？

他摁摁眉心，盡可能和顏悅色的說：「長晴，我希望妳自己搞清楚，到底想要怎樣的生活、想要跟怎樣的人在一起，我不想見到自己的妻子和別的男人出雙入對。如果是傅愈，我還是奉勸一句，就算是青梅竹馬，妳也未必能駕馭得了傅愈。」

晏長晴呆呆的看著他：「我跟傅愈哥根本就沒有什麼啊……」

「沒有什麼？」宋楚頤薄涼的唇扯了扯：「管櫻的病房裡，妳明知道我在，任由他拉著妳離開，你們一整夜都在一起吧？妳沒有解釋、沒有電話、沒有訊息、沒有道歉……長晴，妳有沒有一點為人妻子的自覺性？」

「我……我那天是因為心情不好。」晏長晴蒼白著臉解釋：「我自己腦袋當時也是一片空白，後來我回過神，才發現已經到了郊外，我沒辦法，只好跟他吃飯。他又說沈阿姨一直想見我，我去他別墅只是看沈阿姨，沈阿姨對我來說就像媽媽一樣，她留我吃飯，到晚上又下大雨，根本不好開車，所以我就睡在那裡，但我是跟沈阿姨一起睡的……我從來沒有想過還要跟傅愈怎麼樣。」

「妳不想，可是他想。」宋楚頤眼神不自由主變得凌厲：「因為你們之間有一個沈璐，再加上你們一起長大，所以妳跟傅愈的關係更加牽扯不清。將來傅愈會沒完沒了的利用沈璐這個藉口來找妳，現在只是開始而已。長晴，該不該離婚這個問題，應該問妳自己，我的心沒有那麼寬廣，下次，我不確定我會不會對傅愈做出我沒辦法控制的事。」他說完最後一個字，面無表情的端著碗回廚房。

晏長晴看著他背影，猛地想起那天在醫院裡他冷漠又陰狠的模樣，打架手段俐落又乾脆，根本看起來就像是經常打架的人。

她冷不丁打了個哆嗦，又失落。

下午兩點多鐘，晏長晴趕去片場，一天沒來劇組，突然發現自己似乎被澈底的孤立了。

之前拍戲時，有些演員見她和傅愈關係不錯，平時導演又對她照顧有加，早就有了眼紅之心，只是劇組的工作人員倒還好，再加上又有管櫻在，她也不覺得難以忍受。

如今管櫻被新來的趙姝取代，也不知道趙姝用了什麼法子，竟然在短短幾天之內，讓劇組的人都圍繞著她，就連池以凝、何詠穗她們都跟她談笑風生。

晏長晴幾次湊過去想和她們一起聊，但不知大家有意還是無意，她沒說上兩句就被人打斷，然後大家彷彿忽略她繼續聊。

一來二去，她也不想過去，大部份都是她和文桐單獨坐一邊。

文桐剝了個柳丁給她安慰：「這還有一個多月要拍，再忍忍吧。我打聽過，這個趙姝和管櫻在上緯都是新簽的藝人，也是同公司的競爭對手，池以凝和她套了幾次近乎，說妳跟管櫻是朋友，再加上蘇導現在偏重妳一些，所以她現在看妳很不順眼。」

晏長晴鬱悶：「妳怎麼都知道？」

「呵呵，只許趙姝天天送這送那，討好劇組的人，我就不能？」文桐說：「妳只管拍自己的戲，她們愛怎麼樣就怎麼樣吧，到時候電視播出來，觀眾看的是演技。」晏長晴覺得她說的有道理，不過到底是有些失望的，尤其是在愛情不順心的時候，做什麼都格外難熬。

第十八章　深夜挽留

晚上拍完戲，晏長晴回了阮恙公寓，文桐約了男朋友，沒時間陪她。

晏長晴一個人守著兩層樓的房子，空蕩蕩的，她把家裡的電視機、燈光全打開，還是有些害怕。

她想著拍戲的時候孤零零的一個人，到了晚上還是孤零零的一個人，想回家怕晏磊說又不敢回家。

濃濃的傷感撲面襲來，她洗完澡坐床上翻看著牆上的電視機。突然，四周一片漆黑，停電了！

她嚇呆了，無休止的害怕湧過來。

她慌忙找手機，在床上摸半天，好不容易找到，打開手電筒，暗光的周圍一片黑暗籠罩著她。

她膽顫心驚的下樓，打開外面的門，外面都有燈，電梯也在運行，只是房間裡沒電。

她趕緊打阮恙電話，沒打通，電話薄被她翻一遍，停在宋楚頤號碼上，她鼓起勇氣撥去。

「怎麼了？」彼時，宋楚頤正在宋家和宋楚朗下象棋。

「我這裡沒電了……」晏長晴弱弱的說：「我怕，你可不可以來一下……」

電話那端沉靜了幾秒，宋楚頤才重新出聲：「告訴我地址。」

他放下手機，對宋楚朗說：「今天到這吧，我有事出去一趟。」

宋楚郎盯著棋盤淡冷的開口：「晏長晴打來的？」

「……我先走了。」宋楚頤站起來轉身離開。

他到達晏長晴說的社區，坐電梯上去，一出來，便看到晏長晴蜷縮的站在門口，黑色的長髮盤成了丸子頭，身上還穿著粉色睡衣，上面套了件外套，見他來了，烏黑的眼睛頓時好像有光彩透了進去，緊接著又湧現出委屈的水霧。

他眉微皺，她站起來撲進他懷裡，弱弱的說：「突然停電了，我怕……」

這一切發生的太突然，宋楚頤倒怔愣住了，他低頭，看著她脖子上那一截白皙如羊脂膏的肌膚，再剛硬的心，這一刻也變得柔軟了。

他輕輕推開她，拉開門走進去：「是不是沒繳電費？」

晏長晴拽著他襯衫跟在他後面：「我打電話去問過了，有電的。」

宋楚頤打開手機手電筒，四周還是黑漆漆的，可晏長晴望著高大的背影，忽然沒那麼害怕了。

好像有他在，一切都是安全的。

「總開關在哪裡？」宋楚頤四處張望的問。

「我不知道啊。」晏長晴搖頭，她對這些完全不瞭解。

宋楚頤只好自己找，好在他有經驗，很快便在一副畫後面找到了總開關。

晏長晴一直跟在他身後，他一轉身便又不小心撞到她，他無奈：「妳先坐著，我檢查看看，可能是總開關壞了。」

「怎麼辦？」晏長晴茫然的看著他：「我家別墅每次電路壞了，都是我爸修或者請守衛修。」

「我試試看吧。」他檢查著總開關。

晏長晴站旁邊幫他舉著手電筒，眼睛一眨一眨的看著他忙碌。

認真中的男人似乎格外迷人，連轉螺絲釘的模樣都是極好看的。

重新恢復明亮的時候，她眼睛被刺得酸了一下，揉揉眼睛，滿臉不敢置信：「這都能被你修好，你也太厲害了吧！」

明亮的桃花眼一臉崇拜的仰望著他，宋楚頤極度不適應的握拳咳嗽了聲：「這個其實挺簡單的，我以前在美國留學住宿的時候常常出現這種情況……」

「都是你自己修的嗎？」晏長晴問。她佩服的都不知道該說什麼，女人都會崇拜能幹的男人，尤其是她這種，基本上沒什麼長處的人更容易崇拜人。

以前她以為他只會醫術，沒想到連駭客的技術也那麼厲害，現在連家裡這種基本的小問題他也能搞定，其實有他這個老公挺好的，晏長晴覺得自己現在更不想離婚了。

「嗯。」宋楚頤把總開關上面的畫重新蓋上：「不過我建議，妳朋友回來還是讓她換個新的開關比較好點，這個下次還是容易出現停電的情況。」他說完轉頭，看到從一樓到二樓的牆壁上，掛了一副巨大的寫真照，照片裡女人烈焰紅唇，渾身上下散發出一股極致的豔麗美。

「這就是妳這間房子的朋友？」宋楚頤恍然想起，上次在酒店電梯裡他是見過的，怪不得當時對方還跟他說了一些奇怪的話，好像認識他一樣：「她也是管櫻的朋友，對嗎？」

「是啊。」晏長晴忙點頭。

「她怎麼不在，這些日子都是妳一個人住？」宋楚頤皺眉回頭問。

「她在拍戲，回來的比較少。」晏長晴研究他平靜無波的雙眼：「你不會不知道她是誰吧？」

「她不就是妳和管櫻的朋友嗎？」

晏長晴表情變得怪異：「她是阮恙。」

「噢。」他表情平靜的應聲。

晏長晴沒辦法冷靜：「阮恙超級紅！話題度超高、最年輕的影后，每週起碼上兩次熱搜！」

「對這些沒什麼興趣。」宋楚頤淡淡說：「我知道屠呦呦研製出抗瘧新藥青蒿素和雙氫青蒿素，獲得了諾貝爾獎。」

晏長晴嘴角抽搐：「還知道別的嗎？」

「最近一些非法疫苗流向了不少省。」

晏長晴無語：「你怎麼跟我爸一樣。」

宋楚頤皺眉：「竟然拿我跟妳爸比？」

晏長晴撇嘴：「哪有，我爸在我眼裡，是全世界最迷人的好吧！」

宋楚頤挑眉。

晏長晴轉過身去，抬頭往天花板：「不過，你只比我爸差那麼……一丁點。」比全世界最迷人的爸差一點。

爸是第一，他是第二。宋楚頤回味過來，漆黑的眸子裡閃過幾許笑意：「我真有那麼好，妳確定不是傅愈嗎？」

晏長晴聽著他依舊清冷的聲音，心裡有一半不大高興，這個臭男人，誇他兩句就當真了，也不檢討自己說話有多刻薄。

不過心裡的另一半還是羞澀，這麼直白的暗示，她還是第一次好不好，簡直跟告白一樣。

「傅愈不一樣，你才是我老公。」晏長晴扭捏的小聲回答：「我以後肯定會多注意的，但是沈阿姨從小對我很好，我不可能不理會沈阿姨。不然這樣，以後我每次去看沈阿姨，都叫上你可以嗎？」

宋楚頤看著她後腦勺，不用回頭看，大約能想像她現在的模樣，肯定是紅彤彤的小臉蛋，桃花眼裡都是羞澀，他目光落在她耳朵上，竟然都紅了。

他竟然覺得詫異，她的一顰一笑，這些日子在他腦子裡會那麼清晰。

「以後妳去看沈璐都要跟我彙報，但凡有關傅愈的事，都要通過我的批准才能去做。」宋楚頤薄唇終於微微鬆動。

晏長晴一呆。這是等於他同意不離婚了？可是這口氣也太霸道了吧。

她噘起小嘴回頭，長而纖細的睫毛微微上掀，眼裡流露出懊惱：「你只說我，可是你自己呢？跟那個余思禾還一起唱情歌。」跟她都沒唱過，還跟別的女人一起唱。

「是我自己唱歌的時候，她非要插進來唱，關我什麼事。」宋楚頤掃眼：「我至少沒像妳，睡在別的男人家裡吧。」

「說了那天晚上下大雨嘛。」晏長晴低頭：「我不是故意的，保證下次不犯了，可以嗎？」

見她認錯的態度還是良好的，宋楚頤比較滿意：「今晚是跟我回去睡，還是在這睡？」

晏長晴心裡一喜，看看自己睡衣，不大好意思的說：「今天有點累，不想再換衣服了，要不然你睡這好不好？我一個人怕……」

這麼一個嬌滴滴的美人挽留自己，宋楚頤瞳孔深了深，想答應，但又覺得不妥：「不大好吧，這裡是妳朋友家。」

「沒關係的，反正她都不會回來。一年三百六十五天，這房子三百天沒人。」晏長晴拽拽他衣袖：「我跟阮恙關係很好，她家裡的鑰匙我都有的，她說這房子隨我住。」

「人家說隨妳住，妳就真隨便住了。」宋楚頤忍不住捏捏她臉上嫩嫩的小肉：「臉皮厚。」

「你才臉皮厚。」晏長晴紅著臉瞪他：「你不懂，我跟阮恙的感情是好到，她餐廳儲值卡裡就算只有五塊都要和我一起吃的人。」

「好啦，我下去買個牙刷，等一下上來。」宋楚頤親親她額頭。

很久沒被人親過額頭的晏長晴呆了呆，心裡的喜悅像氾濫的泡泡，一個個往大腦裡升騰。

晏長晴按捺住自己的欣喜，軟綿綿的說：「我想吃零食和水果，幫我買海苔和布丁、櫻桃好不好，門口就有家超市。」

「好。」宋楚頤真想告訴她，這麼晚吃零食實在不健康，不過看她可憐巴巴的眼神還是點了點頭。

看著他出門離開後，她興奮的跳上沙發，拿著抱枕又蹦又跳。

Yes！她現在感覺像談戀愛了，也有老公疼了。

她第一時間趕緊衝回臥室，把房間裡亂七八糟的衣服塞進櫃子，洗完澡沒洗掉的內褲用手迅速搓了搓。

半個小時後，她感覺差不多時，門外響起門鈴聲。她連忙下樓開門，宋楚頤提了一袋東西進來。

晏長晴歡喜的捧過去，翻著零食，翻一陣，她覺得有個小盒子陌生，拿出來一看，臉蹭蹭的熱了，害羞的眼睛剜了身邊男人一眼：「你怎麼連這個東西都買回來了？」

宋楚頤雙手插褲袋，眼神幽深且愉悅：「我本來不打算買的，不過看妳大晚上要吃這麼多零食，為了妳好，我覺得睡覺之前，幫妳做點運動對身體有幫助。」

「……不要臉。」晏長晴瞪他。

流氓就算了，還說的好像在做什麼無私奉獻，為她好的事情。

「我都是為妳好。」宋楚頤撩起唇角的笑：「妳發燒的時候，妳姐說妳平時太缺乏運動，要我督促妳，不信去問妳姐。」

「我姐說的運動，你確定是這種運動嗎？」晏長晴真被他的厚臉皮給打敗了。

宋楚頤歪頭思考一下，片刻後似笑非笑的看著她：「要不然打電話問問妳姐，到底是哪種運動？」

「你討厭！」這種事情怎麼好意思問，羞死人了，晏長晴搥了他胸膛，聽不下去，羞得往樓上跑。

宋楚頤揪住她胳膊，手臂微一用力，晏長晴輕盈的身體一下次到他懷裡，她還來不及反應，熟悉又陌生的吻洶湧的落下來。

他一隻手扣著她腰，晏長晴腰部被他吻得往後拱，好在她腰力極好，不過不到一會兒，還是被他吻得臉如赤霞般灼熱，胸口也軟綿綿的滾燙無力，最後她整個人快倒下去時，他強而有力的臂膀再次把她拉了回去，他胸膛抵著她胸膛，男人的吻順勢落在她脖子上。

晏長晴心跳鼓鼓，結結巴巴的緊張道：「你……你先洗澡。」

他放開她，眸色幽深：「好，在哪洗？」

晏長晴面紅耳赤，指了指下面浴室。

「妳先吃東西，補充點體力吧。」他勾勾唇，拿了洗澡用的東西去浴室。

晏長晴心如小兔亂撞的拿了櫻桃去廚房洗。

洗了一顆，她吃了緩解緊張，可心裡的緊張卻好像怎麼也緩不夠。

雖然她知道自己主動留他下來又告白，兩人晚上可能會發生點什麼，但是當他真的把那種東西買回來的時候，也等於澈澈底底暗示他的想法，她也不是不願意，只是好緊張好緊張，還有許多害怕和不知所措，連手和腳也一直在哆嗦……

直到浴室門打開時，臉盆裡的櫻桃被她像小老鼠一樣的啃了一半。

後面腳步聲傳來時，她不敢回頭。

一股身上和她同樣香味的沐浴乳飄蕩過來，晏長晴不得不硬著頭皮回頭，他腰間緊繫一條浴巾，蜜色的肌膚腰線修長勻稱、緊繃，從頭頂到腳底找不出一絲贅肉。

洗完澡的宋楚頤身上似乎格外的熱，還沒靠近他，晏長晴便覺得身上要被他烤焦了一樣，晏長晴往後退了一步，後背撞到流理臺上。

宋楚頤玩味的勾唇，淡淡的男性氣息吹拂在她臉上，猶如春風吹過大地，花園裡泛起了桃花紅：「自己一個人吃，不餵我。」

「你自己不會拿啊。」晏長晴躲閃說。

「好，我自己拿。」宋楚頤拈了顆櫻桃，深紅的櫻桃襯得他白皙的手指修長又有骨感。

晏長晴看呆了，一個人的手指怎麼可以這麼好看呢？看著她傻乎乎的模樣，宋楚頤卻忽然把櫻桃放到她唇邊，晏長晴傻乎乎的張嘴，咬破櫻桃的汁肉，他低頭，猛然覆上她唇，明明是帶點微酸的櫻桃，現在只剩下了甜味。

宋楚頤托著她臀掛在自己腰上，邊親邊含糊的問：「妳房間在哪？」晏長晴覺得自己就像案板上被煮熟的魚，手指也不聽使喚的往樓上指。

他邊吻邊抱著她上樓，他力氣夠大，晏長晴完全不擔心會摔倒，只要全心全意的摟住他脖子……上樓，進入臥室。晏長晴天旋地轉的倒進大床，她才剛喘口氣，呼吸便再次被他吞噬，晏長晴害羞的緊閉著雙眼，一下都不敢睜開。

他看出她的緊張，起身把燈關了，鼻尖在她柔順的黑髮上輕輕蹭了蹭，捉住她小手，吻住她橘子般豐潤的唇，邊吻邊摩挲她烏黑的秀髮，唇齒間也用沙啞的聲音呢喃：「相信我，我絕對不會傷害妳……」

突然變得這麼溫柔的他，讓沒交過男朋友的晏長晴毫無招架力可言，身體也慢慢放軟下來。

一切似乎都發展的順理成章，只是晏長晴最後還是哭了，哭的往被窩裡躲，宋楚頤被她這副可愛的模樣，弄得心差點融化了。

深夜，晏長晴被宋楚頤抱著從浴室裡洗完澡出來，躺在他胸口時，模樣呆呆的。

她的第一次沒了？真的沒了？那她現在算是……真的成了宋楚楚的女人了吧？

晏長晴呆滯，有一點甜蜜還有點說不清楚的複雜。他說話難聽，又常常冷嘲熱諷，可有時候還是很man，尤其是他替人看診的時候，他代替自己醉酒駕駛的時候，還有他替自己買藥的時候……

她還是喜歡他的。

把自己交給他，她願意。

只是書上說這種事……猶如在天堂上走了一會兒呢？說好的好像在海上飄蕩呢？都是騙人的，又不是童話裡的故事。

「想什麼呢？」宋楚頤見她呆呆傻傻的模樣，溫柔的把她抱進懷裡。

晏長晴搖搖頭轉過身，頂著一張粉紅的小臉埋進他懷裡，嬌滴滴的抱怨：「疼……」

宋楚頤深邃的凝視了她一會兒，才低頭親親她額頭：「以後天天疼妳。」

「討厭……」晏長晴搥他，羞得再也不敢抬起小臉了。

翌日早上八點，阮恙疲憊的拖著行李箱開門，換鞋時，看到門口一雙男性白色運動鞋愣了愣。

家裡有男人？

她眨眨眼，四處看了看，桌上放著一些水果和零食，她正好餓極了，拿了一個芒果往樓上走，經過次臥時，敞開的門邊躺著一件睡衣。

她覺得自己這時候應該趕快離開，可是出於本能的好奇心，還是抬起頭往裡面望了一眼。

看一眼，她就後悔了。手裡的芒果「啪」的掉在木質地板上。

正熟睡的兩個人被這細微的動靜驚醒，晏長晴睜開眼，看到門外的人時，嚇得「啊啊啊啊」的尖叫著往被窩裡鑽。

「呃……我什麼都沒看到，你們繼續睡。」阮恙定定神，內心風起雲湧，表面冷靜的把門關上。

房間裡，晏長晴羞得無地自容，用力搥他胸膛：「都怪你、都怪你，為什麼不關門，丟臉死了，我不要見人了！」

「是妳說妳朋友一般都不回來的，我怎麼會知道她突然出現。」宋楚頤臉色也難看成醬紫色，沒好到哪裡去：「是妳昨天不肯跟我回去的。」

晏長晴氣餒的趴著不動，像隻小兔子。

宋楚頤看看時間，已經不早了，他忙坐起來穿衣服：「我上午院裡要開重要會議，得過去了。妳什麼時候搬回來，我讓人過來幫妳搬東西。」

晏長晴想到自己狼狽離開時的模樣，委屈的撇撇嘴，突然不想那麼容易就搬回去：「再看看吧，阮恙這才剛回來，我想多陪她住兩天。」

她說完觀察宋楚頤表情，誰知道他只是深思一下，便立即點頭：「也好，那過幾天再說。」

晏長晴頓時不高興了：「看來我不回去，對你來說也挺好的嘛！你是不是心裡其實根本不希望我搬回去啊？」

「沒有。」宋楚頤揉揉她腦袋：「我剛從瑞士出差回來，院裡一堆事，還有兩個大型手術要做，我要跟院裡的人開會討論手術方案，明天還要上晚班，這裡大概要累幾天了。」

「噢，這樣啊。」晏長晴心裡好受了些，不過也心疼他：「那你也要注意自己身體啊。」

「嗯。」

晏長晴送他到門口，一路上也沒見著阮恙，應該是回房間了。

「妳上去再睡一會兒吧。」宋楚頤凝視她片刻，低頭在她唇上親了親才轉身離開。

晏長晴一個人在門口甜笑的捂嘴，傻笑了一會兒，她回頭，看到二樓的走廊上，笑咪咪注視著她的阮恙，嚇得滿臉窘迫，尷尬的渾身不自在：「妳……妳怎麼出來也沒聲音啊……」

「我有聲音啊，是妳自己傻笑的太投入了。」阮恙拂了拂半乾的長髮，嘴角笑的格外曖昧：「看來我不在的這幾天發生了不少事啊。」

「也沒多少事啦。」晏長晴羞羞答答：「我們就是和好啦，阮恙，妳會不會看不起我？」

「這也沒什麼，對一個人動心，不是妳說隨便放下就放下的。」阮恙扶著樓梯妖嬈的往下走，嘴角似笑非笑：「不過，我沒想到，你們昨晚……」

「啊啊，不是妳想的那樣！」晏長晴就知道她會說那件事，捂著緋紅的臉，忙轉移話題：「對了，妳這次怎麼回來的這麼快啊？」

「跟男朋友分手，所以心情不好回來休息幾天。」阮恙聳聳肩膀，有幾分勉強的說。

晏長晴呆了呆：「為什麼啊，誰提的分手？」

「我提的。」阮恙手撐著自己太陽穴，長長的頭髮擋住了半邊臉頰。

晏長晴挺心疼她，她一早就知道阮恙有個神秘的男朋友，卻從沒見過：「為什麼要提分手？」

阮恙自嘲的勾勾唇角：「他家裡人為他挑了一個門當戶對的女人，要幫他訂婚，妳也知道，稍微好點的家庭，都看不上我這種娛樂圈的演員。」

晏長晴複雜的望著阮恙無可挑剔的性感臉龐，心裡湧起一股火氣：「真的實在太過分了，妳看妳長得漂亮，又有錢，還有什麼會讓人家瞧不起的！」

「別說這個了。」阮恙搖頭，拿起桌上一個布丁撕開，嘆了口氣：「妳什麼時候搬回去啊？」

「我要過幾天，順便陪陪失戀的妳，免得妳想不開。」晏長晴緊盯著她。

「多住幾天也好。」阮恙點頭：「和好了立即搬回去，會顯得妳太廉價。」

晏長晴頓時慶幸，之前她沒急切著想搬回去。其實她是很想搬回去，不過阮恙難得回來一次，重色輕友不是她的風格。

阮恙見她一臉單純的模樣，笑了笑：「想想妳離開的模樣，他挽留妳了嗎？放心的住，住到他親自來接妳，並且說很想妳回去的時候再回去，妳啊，總得要抓回點主動權，不能什麼都任由他拿捏。」

晏長晴聽得甚為贊同。

這段婚姻裡，她確實太沒主動權。不過想到宋楚楚那張清清冷冷的臉和高高在上的口氣，她頓時覺得自己要找回那麼一點的主動權都好難啊。

上午在片場裡，晏長晴基本上還是和文桐一起。

拍完戲後，一堆人圍著趙姝、池以凝她們嘰嘰喳喳，晏長晴不去湊熱鬧，一個人捧著手機玩。

文桐拿了便當過來，見她拍了張太陽照發微博，也不打字，只發了幾個笑臉在後面。

「妳這是想說天氣熱呢，還是又和宋楚頤和好啦？」文桐把便當遞給她。

晏長晴見鬼似得看著她：「妳怎麼什麼都知道啊？」她縮縮身子：「該不會在我身上裝竊聽器

吧？」

「妳那張臉要我裝竊聽器？全寫在臉上了。」文桐「呿」了聲：「今天下午有記者過來專訪，妳給我弄美一點。」

「喔。」晏長晴拿過便當吃完飯，心情極好的找化妝師Asa補妝。

「長晴，妳皮膚真好。」Asa邊幫她上妝一邊誇她：「每次幫妳上妝最簡單了，妳眼睛這麼大，基本上都不用畫，畫眼睛可以省掉很多時間。」

文桐在一旁說：「還是給她畫點眼線吧，今天是劇組第一次允許記者進來採訪。」

「放心吧，我一定把晏長晴畫的美過所有人。」Asa笑咪咪的說。

二十多分鐘後，晏長晴對著鏡子照了照，她也挺滿意。

記者來後，分別幫幾位主演做了幾段採訪，尤其是男主角柯永源，趙姝因為取代了管櫻的位置，話題性比較高，也採訪了二十多分鐘，輪到晏長晴時，花了十分鐘。

結束後，文桐生氣：「憑什麼池以凝訪問的時間跟妳一樣，她還是個女四呢！」

晏長晴嘆氣：「前兩天娛樂新聞不是說，拍到池以凝和于凱私下吃消夜嗎？記者可能想問她們的緋聞吧。」

「呸，什麼私下！分明是于凱在外面吃消夜，池以凝自己找去，我都懷疑她和于凱的緋聞都是她自己找人弄的。」文桐滿腹怨言，晏長晴也被文桐說的心情不大好。

晚上和阮恙吃消夜的時候，忍不住又把池以凝罵一遍。

吃一陣，又罵一陣，晏長晴心情好轉點說：「我們打包，等一下送去管櫻那邊吧。她在家整天坐著肯定很無聊。」

「好啊。」阮恙又吩咐老闆又做了幾樣消夜，回過頭又見晏長晴撓臉，皺眉道：「別抓了，抓的臉上都長痘了。」

「真的嗎？」晏長晴緊張兮兮的拿鏡子照了照，撓過的地方有點紅，還長了一顆小痘痘。

公眾人物最是在乎自己的臉，她臉色垮了。

「沒事啦，不就一顆嗎？」阮恙笑著安慰她。

消夜後，兩人提東西送到管櫻家，管櫻現在住的公寓是公司安排的，兩房一廳，社區環境隱私。

管櫻的骨頭還在康復階段，雖然出院了，但依然不能怎麼動，好在盧萍身體好了許多，家裡都是盧萍在照料她。

見這次不止晏長晴來，還多了個阮恙，盧萍看著阮恙都驚呆了：「妳不是……演那個《天劍》的女主角阮恙嗎？我的天啊，我竟然能夠親眼看到妳！在我們老家那邊，下至幾歲的小孩子，大到我們這個年紀的，都認識妳。」

「是嗎？」阮恙笑臉如花：「阿姨，妳好，我也是管櫻大學室友。」

「我們家管櫻實在太有出息了，竟然連妳都認識。」盧萍激動的讓她們進來。

管櫻坐沙發上，看到她們笑了笑：「阮恙，妳不是去新加坡了嗎？」

「今早回來了，剛和晏長晴去吃消夜，幫妳帶了一點。」阮恙把消夜打開。

管櫻笑道：「最近天天喝湯，聞著味道就流口水了。」

稍微吃一點吧，應該沒關係的。」晏長晴分外殷勤的給她剝蝦。

「長晴，妳現在戲拍的怎麼樣了？」管櫻狀似隨口的問道：「和趙姝對戲還和的來吧？」

「她演技一點都不好。」晏長晴撇嘴：「每次和她對戲，她只會無辜的瞪大眼、苦著臉，眼睛裡一點神彩都沒有，妳都不知道我演的有多辛苦。」

「明白，跟一個完全不會演戲的人對戲，確實難進入角色。」管櫻點頭：「不過她舞蹈底子很好，人也長得不錯，公司打算幫她往偶像藝人發展，公司現在挺看重她的。」她說著眸色黯然。

晏長晴怕她多想，忙安慰她：「妳放心吧，蘇導一點都不喜歡趙姝，嫌她演技太爛了，蘇導總是在片場說，要是妳沒出事就好了，他還說有機會還會找妳合作。」

「真的嗎？」管櫻聽了心裡稍安慰：「對了，妳在劇組要當心點，池以凝不喜歡妳，何詠穗雖然表面上挺好的，但心裡對妳也有意見，趙姝表面上單純，其實挺狠的，我聽說她是公司從一百名中韓選秀藝人裡選拔脫穎而出的，妳想想，她能PK掉這麼多藝人，可見她多有手段。」

晏長晴聽得有些心驚，不過她是主持人，趙姝是藝人，她是女一，自己是女二，應該沒擋著她路才對。

離開管櫻家差不多夜裡十二點，晚上，晏長晴非要和阮恙一起睡。

阮恙面露嫌棄：「真不想跟妳一起睡，每次跟妳睡，簡直把我當枕頭一樣弄來弄去，虧得宋楚頤沒嫌棄。」

「我有這樣嗎？」晏長晴倒抽了口涼氣，阮恙呵呵笑了兩聲。

最後晏長晴還是得逞的和她一起睡。

睡覺前晏長晴拿著手機又摸了一陣，阮恙涼涼道：「別看了，宋楚頤肯定睡了。」

想到今天一整天宋楚楚都沒電話和簡訊，晏長晴心情就不好：「我才沒等他簡訊呢，我看新聞。」

「不知道是誰，整個晚上看了幾十遍手機。」阮恙吐槽，晏長晴不再搭理她。

翌日，阮恙先醒過來，主要是被晏長晴兩條橫過來的腿給壓醒的。

她睜開眼，轉了個身，看到面朝著她這邊的長晴，心突然驚了驚，忙把給弄醒來：「妳快醒醒！」

「唔……幹嘛呀……」晏長晴翻了個身，揉眼睛。

「去看妳的臉，長滿痘痘，全紅了！」阮恙眉頭皺的很緊，晏長晴被她嚇得一點睡意都沒。

她爬起來往洗手間跑，看到裡面自己整張臉時，嚇得尖叫起來。

這根本不像她的臉啊！阮恙說的還算好聽，她臉紅的全部腫起來，腫就算了，臉上還長了不少紅色的痘痘，一塊一塊的。

她捏了捏自己臉，不敢相信，這是她嗎？她長這麼大，痘痘都長得少，更別說長這麼多啊。

「怎麼、怎麼會這樣……」她急的心頭一片冰涼：「這樣子怎麼去錄節目、怎麼拍戲？」

阮恙皺著眉走過來：「是不是吃什麼東西過敏了？」

「我基本上沒有對什麼過敏啊，妳是知道的。」晏長晴快哭了，她究竟倒了什麼楣。

「打電話給妳助理吧，這個樣子劇組和電視臺都沒法去。」阮恙說。

文桐接到電話，來的很快，看到晏長晴臉時，臉色頓時比晏長晴還要難看：「我的天啊，妳對自己臉做了什麼？」

「我沒做什麼啊，就昨天和阮恙吃了消夜，可阮恙一點事都沒有。」

晏長晴捂著臉：「我現在說話扯動臉皮臉都痛。」

「妳這樣子沒十天半個月根本好不了！」文桐要崩潰了，不管是電視臺還是劇組請假都不好請。

晏長晴也絕望了，一臉迷茫：「那該怎麼辦？」

文桐都不忍打擊她了：「先找個醫生看看。妳聯繫宋楚頤吧，反正醫院都是他們宋家的。」

「不行。」晏長晴哆嗦：「要是被宋楚楚看到我這個樣子，肯定不會想要我了，我現在整個就腫的一豬八戒啊。」

「豬八戒也得看！」文桐氣呼呼的說：「總要搞清楚，妳為什麼會變成這個樣子啊，宋楚頤看到妳這樣子不要妳了，這種男人也沒什麼好留戀。」

「說的是啊。」阮恙附和：「妳現在不說，他也會知道，妳這樣子不可能一、兩天就好，再說，妳要跑別的醫院去，萬一沒有保密，明天大家都會知道妳臉爛了，難聽的還會說妳整容失敗。」

「手機在哪，我打給宋楚頤。」文桐直接去找晏長晴手機，撥通宋楚頤號碼。

醫院手術更衣室裡。

宋楚頤邊穿手術服邊接電話，裡面傳來的女人聲音卻不是晏長晴：「宋醫生，晏長晴出事了，她今早起來臉腫了，還長滿了痘痘。」

宋楚頤一怔皺眉：「昨天早上不是還好好的嗎？」

「不清楚，得檢查一下。」文桐說：「你能不能幫她安排皮膚科醫生，這件事必須得封鎖，不能傳出去。」

「我現在正準備手術。」宋楚頤思考了一下：「這樣吧，我讓皮膚科的葉醫生過去，我跟他打聲招呼，他不會說的。」

「那再好不過了！」文桐瞄了一直縮在一邊豎著耳朵聽的長晴，又問：「那你什麼時候也來趟？晏長晴挺難受的。」

「我這裡正準備進手術室，恐怕要八、九個小時，我做完手術就去。」宋楚頤非常無奈的說。

「那行，再見。」

文桐掛了電話說：「宋醫生說，他等一下讓皮膚科的葉醫生過來。」

「那他自己呢？」晏長晴小聲的問。她現在心裡很矛盾，希望宋楚頤不要過來看到她這副模樣，又希望他能快點過來陪在身邊。

「妳剛不是還說不想讓他來嗎？」文桐打趣她：「現在又希望他來了？」

晏長晴懊惱的咬唇。

阮恙笑：「別戲弄她了，她最口是心非了。」

文桐遺憾的嘆口氣：「宋醫生不來，他正要進手術室，他說這個手術可能要到傍晚了。」

晏長晴面露沮喪。

她現在臉變成了這個鬼樣子，宋楚楚又不陪著她，她心情好糟糕。

第十九章　矯情、矯情

沒多久，宋楚頤介紹的葉醫生來了。看起來三十多歲的年紀，戴著眼鏡，模樣斯文。

他幫晏長晴做了檢查後皺眉道：「妳這不像是過敏，倒像是臉上沾染了什麼有害物質。」

晏長晴聽了一愣：「沒有啊，我最近臉都沒碰什麼東西。」

葉醫生搖頭道：「妳好好再想想，妳不像一般的皮膚過敏，就算吃錯了東西也不該是這樣。妳看，不止臉腫了，脖子下面這塊也紅腫，是不是化妝品有問題？」

「不可能啊，她用的化妝品都是國外的一級品牌。」文桐突然想起來什麼：「除非是在別的地方上妝的時候……我想起來了！昨天Asa幫妳上妝，護膚的時候，我們一般都是脖子和臉分開用保養品，但是只有護膚的時候，才會用一種粉同時蓋住幫臉和脖子遮瑕，這樣就不會出現兩截顏色了，正好她脖子那圈一下的就什麼都沒有。」

晏長晴不敢相信：「Asa和我在劇組的關係算不錯，她沒道理會這樣。」

「知人知面不知心，在這一行很難有真正的朋友。」文桐越想越有可能：「我們現在不能斷言是Asa幹的，但妳明明什麼都沒做，不可能會變成這樣，一張臉對一個藝人來說比一切都重要，妳想想，妳臉變成這個樣子，劇組肯定是暫時不能去了，電視臺的節目暫時也只能找人代替。」

晏長晴緊張的問葉醫生：「我這個要多久才能好？」

「妳這個樣子如果不治療，還會出現乾燥、脫皮，更嚴重的會潰爛。」葉醫生說：「我先幫妳吊鹽水消腫，避免再惡化下去，但是要完全痊癒的話，最少要十天，其實主要是臉上的痘痘會留下痕跡，這個不是說沒就沒的。」

「葉醫生，沒有別的辦法了嗎？」文桐聽得心裡撥涼撥涼的。

葉醫生搖搖頭：「我會盡力的，但妳不能用手去撓臉，手上有細菌，越摸越嚴重。」

醫生在樓上幫晏長晴配藥打點滴，文桐在樓下打電話給蘇導。

蘇導一聽又要請假，且時間還不短，頭疼不已：「不行啊，請這麼久，她也算是女二，八、九天不能來，會影響整個劇組的進程，全劇組不可能為了她，耽誤所有進程啊。」

文桐也煩，索性道：「蘇導，這事也不是我們樂意見到的，實在是沒辦法，她現在這個樣子根本沒法拍戲。」

「我跟製片、監製他們商量一下。」蘇導實在想發火，但看在傅愈面子上還是忍了，這事畢竟牽扯到傅愈。

蘇導思索再三，還是打了個電話給傅愈，傅愈一聽這事，臉都沉了：「你先答應文桐吧。」

「傅總，您這是為難我啊！」蘇導快崩潰了：「您讓我安排三天的假，我還能勉強答應，八天，這根本不可能，文桐現在也沒給我具體時間到底什麼時候好，就算我答應，那麼多演員他們不會答應啊，最近的拍攝時間排的滿滿當當，這樣子根本沒法拍下去。」

傅愈也知道他的難處，蘇導算好的，如果不是真沒辦法了，不會有膽子和他說這種話：「先給她安排三天的假，我去瞭解一下具體情況。」

傅愈掛斷電話後，立即又撥了電話給晏長晴。

晏長晴正沒精神的靠床上打點滴，看到來電時，皺了下眉，還是接了：「傅愈哥。」

「長晴，聽說妳臉上長滿痘痘是怎麼回事，是不是過敏了？」傅愈非常擔憂：「妳以前好像沒對什麼東西過敏啊，小時候連痘痘都沒長過。」

他還是這麼關心自己，晏長晴很感動，想把真實情況說出來，但又不想總是倚靠他，到時關係牽扯的更深，於是含含糊糊道：「我也不是很清楚，醫生說可能沾染什麼有害物質，現在也沒辦法拍戲，真的對不起，給劇組帶來麻煩。」

「……妳現在在哪？我去看看妳。」傅愈說。

「不用了，我現在在家裡，宋楚頤會照顧我的。」晏長晴猶豫了下說。

傅愈心裡一抽，握著話筒陷入死寂。

「我要打點滴了，下次再說吧。」晏長晴忍著心頭的愧疚低聲撒謊。

「好，那妳自己注意點，劇組那邊我會想辦法，先好好養病。」傅愈陰沉著臉掛斷了。

傍晚，阮恙在廚房裡做菜，晏長晴心情沮喪的躺沙發，聽到外面傳來門鈴聲，她緊張的跳起來，透過貓眼看了看，又手足無措的跑到廚房裡：「怎麼辦、怎麼辦，宋楚楚來了！」

「來了就來了唄，妳不是一直盼著他來嗎？」阮恙朝她翻了個白眼：「快去開門啊。」

「妳看我現在簡直跟豬八戒一樣，我不好意思。」晏長晴跺了跺腳，不去開門反而往樓上跑。

「矯情。」阮恙無語，現在滿腦子對她只有這兩個字，只好關了火，走過去打開門。

宋楚頤正按的不耐煩，打算打電話時，門打開了，看到門口繫著圍裙的女人，愣了那麼一秒，才清冷的開口：「阮小姐，不好意思，打擾了，長晴呢？」

「跑樓上了。」阮恙讓他進來，拿了雙拖鞋給他，似笑非笑：「臉難看了，不好意思見你。」

她說完觀察宋楚頤臉色，優雅好看的俊臉掠過啼笑皆非的弧度，她這才又笑了：「你去樓上看看她吧，一整天都挺沮喪的。」

「好。」宋楚頤點點頭。

阮恙突然又說：「對了，葉醫生應該跟你說病情了吧？我覺得這事有蹊蹺，應該是長晴劇組的人搞鬼，只是沒有證據。」

宋楚頤不語，眉頭掠過一絲陰霾。

阮恙望著他：「如果不快點弄清楚，長晴恐怕會被劇組給換了，臺裡的位置也會被人取代。」

宋楚頤深深看了她幾秒點頭：「我明白了。」

晏長晴背對門坐床上心裡緊張的七上八下，耳朵卻豎著聽外面動靜。

她聽到傳來的腳步聲不像阮恙的，阮恙腳步偏柔，這個步伐沉穩像男人，肯定是宋楚楚。

腳步聲到了門口，晏長晴緊張的乾脆捂住臉。

「葉醫生應該說過，讓妳別碰臉吧？手上細菌最多了。」宋楚頤的聲音隨著腳步越走越近。

晏長晴低頭看到，自己身邊多了一雙男用拖鞋，他灰色的亞麻長褲微捲，露出好看的腳踝。

「讓我看看。」宋楚頤彎腰握住她手腕。

「不要。」晏長晴慌張的捂得緊緊，手還蹭到藥膏：「很醜的。」

「本來也沒有好看到哪裡去。」宋楚頤涼涼的說。

「宋楚楚！」晏長晴生氣的朝他拖鞋上狠狠踩了一腳：「不安慰我就算了，還攻擊我！」她受傷的往被子裡鑽，越發難受。

「妳到底還要不要臉了，悶著會更難好。」宋楚頤撈住她腰，把她從被窩裡撈出來。

晏長晴死活不肯抬頭，還把頭髮拉下來擋住兩邊臉，委屈的說：「以前都覺得我醜，現在這個樣子還不得被你嫌棄死。」

「逗妳玩的，來，給我看看。」再這麼下去，她肯定要搞到天亮，宋楚頤放軟了口氣，輕柔的拂開她右邊垂下來的秀髮。

晏長晴緊張的想再次去捂臉，他眼疾手快的抓住她兩隻手，拖到他胸膛裡，他低頭，清楚的看到她躲避不及的紅腫臉頰，和令人心驚的痘痘。

他愣了愣，晏長晴桃花眼滲出濕潤的水光。

明明早上起來的時候沒哭，臺長打電話過來說，這期的節目錄製暫時由池以凝代替時沒哭，這一會兒卻莫名想哭。

「不許看我，醜……」她緊咬嘴唇，臉往一邊偏，眼淚在眼眶轉動，好像馬上就要掉下來。

宋楚頤覺得再打擊她的話，肯定會哭的更厲害，他攬她肩膀，柔聲著哄：「不醜，挺可愛的。」

「你剛才還嫌棄我原本就長得不好看，哪裡可愛了，明明醜的要死。」晏長晴沒忍住，大滴大滴的眼淚掉下來。

「我逗妳的。」宋楚頤從口袋裡拿手帕給她擦眼淚：「真不醜，臉蛋腫腫的才可愛。」

「才沒有……」晏長晴吸吸鼻子，沙啞的說。

「有。」宋楚頤低頭親了親她嘴唇，蠱惑又迷人的聲音從他薄唇裡溢出來：「別哭了，眼淚都把臉上的藥弄掉了，更難好。」

晏長晴被他親的甜滋滋的，卻還是嘟著粉唇說：「我要是好不了，你是不是就嫌棄我了？」

「怎麼會，人不可能一直漂亮，總有一天會變老、變醜，既然跟妳結婚，不管妳醜也好、老也好，我都不嫌棄，更何況我也會變老、變醜的。」宋楚頤眼睛深邃而溫柔的說。

晏長晴聽得心臟沒出息的加快，眼淚也瞬間收住，傻乎乎的抬頭，望著他精緻的眉目，沒法想像他變老後的樣子：「你們男人沒女人老得快，我以後老了，你肯定還是很帥。」

「放心，妳這麼笨我都不嫌棄，我肯定不會嫌棄妳變老的。」宋楚頤低笑的啄了下女人的唇瓣。

「哼，我還沒嫌棄你呢。」竟然嫌她笨。晏長晴報復的一口咬上他嘴唇。

宋楚頤抱著她坐到自己膝蓋上，低頭纏綿的吻她。

晏長晴勾著他脖子，只覺得今天所有的難過都在他這一吻中煙消雲散了。

兩片反復膠合的唇分開，晏長晴水潤又羞澀的眸子裡倒映出他英俊的模樣：「我怎麼聞到你身上有點血腥味和消毒水味啊？」

「今天動了手術還沒來得及洗澡、換衣服，難免有點。」宋楚頤見狀，放開了她：「今天晚上我陪妳回晏家睡吧，妳這個樣子還是回家比較好點，而且我明天上午休息，可以陪陪妳。」

「可是……」晏長晴想到阮恙剛失戀，留她一個人不放心啊。

「可是什麼？」宋楚頤看著她。

晏長晴想起昨天阮恙教育她的話，作為女人一定不能輕易的跟他回去，但是她現在是非常時期，還需要注意這麼多節操嗎？

「我們下去吧，應該快可以吃飯了。」晏長晴站起來說。

阮恙差不多弄好最後一個菜，樓上終於傳來動靜。

她抬頭，晏長晴扭扭捏捏的走在前面，桃花眼濕潤的動人，看起來有哭過的痕跡，不過沒有傷心，反而閃爍著甜蜜的光澤，而宋楚頤插著口袋，酷酷的走在她後面。

阮恙挑挑眉，掃了晏長晴一眼，用眼神嘲笑她沒事就愛作。

晏長晴被她看的也挺不好意思的，之前還躲閃著不肯見他，現在又像沒事一樣跟他下來，她也覺得自己太矯情了。

晚上，宋楚頤帶著晏長晴回晏家。

晏磊看到女兒這副模樣，心疼的緊，宋楚頤趁他們父女聊天的時候，打了電話給厲少彬。

「你讓我去找那個叫Asa的化妝師？」厲少彬不滿了：「上次不是才說要離婚嗎？老宋，你這主意變得也太快了。」

宋楚頤不想跟他囉嗦：「這事沒那麼簡單。」

「我知道沒那麼簡單，可是你們都要離婚了，你不會喜歡上人家了吧。」厲少彬說。

「叫你查你就查，那麼多廢話幹嘛？」宋楚頤冷著聲音，不大耐煩。

「行行行，查。老宋，我看你這輩子遲早栽在女人手裡。」厲少彬不服氣的挖苦他。

「查到眉目告訴我。」宋楚頤不跟他囉嗦，掛了電話回客廳。

晏磊朝他招招手，別有深意的問：「楚頤，你看晏長晴這個樣子，是不是有人害她？」

「爸，您放心，我剛讓朋友去查了。」宋楚頤非常明白晏磊話裡的意思，其實是想讓他出手。

晏長晴看看爸，又看看宋楚頤：「從哪查，不會是Asa吧？」

「這個要問妳，除了昨天化妝師外，還有沒有別的東西沾過妳臉？」宋楚頤說。

晏長晴仔細想了想，還是想不起來別的。

「等明天葉醫生給我檢查報告吧，看看妳臉到底是沾染了什麼物質。」宋楚頤喝著茶說。

翌日。

晏長晴心裡牽掛著臉上的事情，一大早醒來看臉，她的臉似乎沒比昨天好，只是紅腫稍微褪了點，但痘痘還是很多。

宋楚頤醒來便看到她無精打采的坐在鏡子前，對著臉上的痘痘又擠又掐。

「妳幹什麼呢？」他沉重嗓子輕斥。

「這顆痘痘被我擠的更大了，怎麼辦？」晏長晴苦著小臉要哭了。

「說了多少次讓妳別碰臉，妳還去擠，還要不要自己的臉了。」宋楚頤真想打她那隻手。

「我急啊，這樣子十天都不知道能不能好。」晏長晴現在是真急了：「我們電視臺這期的節目，總導演都讓我最討厭的池以凝代替我上臺，如果我不能快點好，下星期的還是池以凝頂，本來她就覬覦我位置，頂著頂著我位置都會沒了。」

「我會跟明惟打聲招呼，不會被換掉的。」宋楚頤嘆氣：「先養好這張臉吧。」

晏長晴心裡稍微好點，不過也沒好多少。也不止是怕位置被換，主要是池以凝換上臺後，如果節目收視率上去了，觀眾會說她不如池以凝，還有劇組的事情，蘇導只給了她三天假，三天過後呢？

上午九點鐘，葉醫生過來。

晏長晴剛吃完早餐，打針的時候，她就噘著嘴，只往宋楚頤懷裡躲。

葉醫生鬱悶，昨天宋楚頤不在不是還挺好的嗎？今天就疼了。

這女人還真跟電視裡看到的不一樣啊，宋楚頤這是提前當爸的節奏。

打完針後，葉醫生說：「我回去化驗了，晏長晴臉上應該是鉛汞過分超標，才會出現這種情況。」

晏長晴愣住：「難道是劇組的化妝品太劣質了？」

葉醫生搖頭：「現在含鉛汞的化妝品很多，但很少有人像妳這麼嚴重，妳比一般超標的化妝品，還超標幾萬倍，再多用幾次，整張臉都說不定會毀掉。」

晏長晴心驚，她只不過是個半紅不紅的主持人，也沒擋著別人什麼道，想害她的人也狠毒了點，而且她平時跟 Asa 處的不錯啊……

「其實也算慶幸。」葉醫生說：「可能妳之前用的化妝品都非常好，所以皮膚很敏感，用了不好的化妝品後才會立刻出現反應，如果只是長了幾顆痘痘，妳可能會一時疏忽，以為只是沒休息好，或者內分泌失調之類。」

晏長晴心裡發涼：「如果不是我的臉反應強烈，我再多用幾次，整張臉都會毀了？」

葉醫生點頭：「但是沒證據一定是化妝品有問題，我只能幫你們檢查出原因。」

「葉醫生，這件事謝謝你了。」宋楚頤客氣的說。

「沒事，大家都是朋友，又是同一個醫院裡的。既然你在，我就不等拔針，我先走了。」葉醫生笑說。

宋楚頤送他出去，葉醫生上車時，他低沉又意有所指的說：「如果有人來醫院打聽晏長晴的情況，葉醫生，麻煩你一句話都不要說。」

葉醫生愣了：「你這麼說我倒想起來了，昨天晚上還真有人打聽，聽說是上緯那邊的人。」

「謝謝。」宋楚頤眼神微妙，還真是如他所想，這個傅愈果真纏的緊啊，他順便在花園裡又打了電話給厲少彬後，才回客廳。

晏長晴正在和電視臺的鄭妍通電話，鄭妍說：「長晴，妳可得快點好起來回臺裡啊！我剛才聽到小道消息，聽說臺裡和上緯那邊商量，打算把妳女二的角色改成女三，由池以凝的女四取代女二的位置，反正現在戲還只拍了三分之一，劇本要改也不是不可以。」

「怎麼又是池以凝啊？」晏長晴緊張的挺起腰杆。

「看來池以凝就是妳這輩子難過的坎啊。」鄭妍都嘆氣了。

結束通話，晏長晴氣呼呼的跟宋楚頤抱怨：「肯定是池以凝害我，我出事，她是最大的受益者，現在連我劇組裡的角色可能都會被搶走。」

宋楚頤沒有抬頭的翻看雜誌，只懶懶的說：「也許吧。」

晏長晴見他這麼滿不在乎的樣子，生氣的搶走他手裡雜誌：「我在跟你認真的說話呢！你不覺得你太不尊重我了嗎？」

宋楚頤想了想說：「妳還是做好心理準備吧，妳這臉一時半一會兒好不了，勉強用粉遮是可以，但是會加重皮膚的負擔，只會更難好。」

晏長晴呆了呆，一臉受傷和沉重打擊的表情。

宋楚頤看著都有點後悔自己是不是說的太直接了，正想安慰幾句，晏長晴便忽然說：「算了，拍不了就拍不了吧，可能沒有當明星的命。」

宋楚頤嘴角抽了抽：「妳還真是容易想得開啊。」

「這沒辦法啊。」晏長晴嘆氣：「考大學那年，我爸就給我算命，算命的說讓我別考影視學校，說大紅大紫沒多大希望，我不信，偏要考，看來算命的說的也是有幾分道理。」

「這妳也信。」宋楚頤覺得不能和她這麼聊下去了，智商會被拉下來，乾脆打開電視機。

晏長晴蹭著屁股湊過來：「可不可以看《太陽的後裔》？」

「什麼東西？」宋楚頤皺眉，最近醫院一大堆女人也在提這個電視劇。

「我來。」晏長晴立即拿走他手裡遙控器，自家的電視劇都是可以連網路的，而且畫質清晰，六十五吋的超大電視機看的很爽。

宋楚頤看了一會兒，沒多大興致，又拿回雜誌看，耳邊不停的聽晏長晴在念叨：「哇，喬妹真的太美了……怎麼這麼美啊……啊啊，好萌啊。」

宋楚頤抬頭，看她雙眼放光的模樣，又看了看電視，心裡匪夷所思。

他記得醫院裡那些護士都是聊男主角，她對著一個女人花癡真的好嗎？他拿遙控器關掉電視機，晏長晴正看到緊要關頭，馬上抓狂：「你幹嘛關了！」

「我覺得妳接吻的技術實在太糟糕了，正好今天我們都有時間，乾脆我們來練練吧。」宋楚頤往她唇上靠過來。

「誰要給你練啊！」看著這張放大的俊臉，晏長晴緊張的手足無措。這也太跳躍了吧，剛才還在看電視啊！

「不要啦，張阿姨還在家……」

宋楚頤薄唇在她幾公分的位置頓住，看了她幾秒說：「算了，不親了，看著妳這個樣子有點親不下去。」他說完站起來就要走。

晏長晴深深的被傷害了，拿起沙發上的抱枕朝他後背扔過去：「宋楚楚，你這大壞蛋，有本事一輩子都別親我！」

可惡、可惡，竟然嫌棄他難看？大壞人！

厲少彬辦事效率極高，下午就打電話給宋楚頤，他已經把事情查的清清楚楚。

誰也沒料到這事竟然是趙姝幹的，趙姝讓助理在Asa的化妝盒裡動手腳，大家一天到晚在同一個劇組，又經常在化妝間裡，動手腳也是很簡單的事。

「趙姝？」宋楚頤倒有些難以置信：「為什麼是她？」

厲少彬低低一笑：「只有她有這個膽子，而且很意外，趙姝竟然是鼎文集團趙宗濤的私生女。當初趙姝就是利用這層關係，才有機會從選秀脫穎而出簽約上緯，本來這部戲的女一定的是趙姝，不過中途被管櫻給搶了，她早對管櫻恨之入骨，還有，趙姝的未婚夫辛子翱是東辰的副主席兼最大股東，但辛子翱卻不喜歡她，喜歡阮恙，這兩個讓趙姝恨之入骨的人，都是你老婆的朋友，所以她乾脆就在劇組裡向晏長晴動手。」

宋楚頤算是明白了這中間的恩怨情仇盤根錯結，不過說到底，晏長晴就是個受害者。

「你有證據沒有？」

「有，劇組化妝間的錄影帶，被我搶先拿到手了。」厲少彬得意的笑了起來。

「幹的不錯。」宋楚頤英俊的臉上流露出冷澈的暗光。

敢得罪他的女人，不管是誰，他都不會輕易饒過。

晏長晴在家養傷兩天，第三天早上，宋楚頤上完晚班回家，晏長晴趴床上睡得像隻小豬。

他洗完澡出來晏長晴也沒醒，他選了一個寬敞的位置躺下，很快也睡著了。

晏長晴睡醒，身子一翻，碰到床上多了個熱乎乎的身子，睜開眼，宋楚頤躺她身邊，睡姿安靜，白皙的眼皮下有疲倦的黑眼圈，嘴角上還有鬍渣，不過有鬍渣的樣子讓他看起來更有男人味，哪怕睡著都彷彿有了荷爾蒙的味道。

晏長晴注視了他一會兒，悄悄起來拿手機滑微博，不看不知道，一看嚇一跳，昨天晚上她睡著後，微博上有個叫「圈內一掌櫃」的人發了一則微博：

據圈內消息透露，最近剛開機不久，一個很受關注的劇組，有女演員暗害同劇組的另一女演員，導致差點毀容，現在該女演員因為臉部受傷，所有的節目和錄製全部取消被人取代，相關消息透露，該劇組正在停牌緊急商議中，很有可能該受害女演員的戲份會被刪減，哥可不是胡說。

晏長晴看的呆了呆，難道說的是她？暗害她的女演員難道是池以凝？

她趕緊點了下面的評論，網友們都紛紛猜到了是她現在拍的這部片子。

胡YY評論：受害的女演員肯定是晏長晴，我有個姐姐在電視臺工作，聽說《挑戰到底》的女主持人這期臨時替換成池以凝，並且臺裡也沒有明確說明晏長晴何時回歸，暗害她的人說不定是池以凝或者趙姝這幾個人。

吧啦吧啦評論：十有八、九是晏長晴，我昨天還在上海機場看到柯永源，按理說他們劇組正在北城趕拍，這個時間不應該在上海。

水賈子評論：哇靠，現在的女演員也太毒辣了吧，害人還要把人家戲份給刪了，這下毒手的女演員什麼來歷啊。

布布愛尿尿評論：不用說，肯定是池以凝這小賤人幹的，騷氣愛作就算了，沒想到心眼也毒。

晏長晴看的眼花撩亂，她和池以凝、趙姝幾人的名字全上了頭條，大部份的網友都在罵池以凝，直接罵到頭條第一名。

這時，晏長晴手機突然響了，竟然是馮臺長的電話。

晏長晴手軟了軟，池以凝可是馮臺長的心頭肉啊，這一會兒不會罵慘自己吧。

她想到旁邊還有個宋楚頤在睡覺，還是拿著手機下床往更衣室裡走：「馮臺長……」

「晏長晴，微博上那個『圈內一掌櫃』是不是妳找人做的？」馮臺長氣呼呼道：「今天早上臺裡電話都被打爆了，外面記者把電視臺大門堵得水泄不通，妳是不是以為有傅愈在後面撐腰，還真能為所欲為？我告訴妳，這部戲也有上緯的投資，妳這麼做也是把他們公司拖入難堪的境地。」

晏長晴被訓的委屈也心寒，好歹也在電視臺工作那麼久，馮臺長竟然一點也不關心她臉有沒有受到傷害，只關心電視臺的利益：「馮臺長，網路上的事我根本不知情。」

「我不管妳知不知情，妳馬上給我發聲明，澄清這件事和劇組、池以凝、趙姝她們都沒關係！」

晏長晴生氣：「但是事情是真的，我的臉確實差點被人毀了，是有人在Asa的化妝盒動手腳。」

「妳有證據嗎？人家又沒在妳盒子動手腳，說不定是妳自己臉出問題。」馮臺長冷漠的說。

晏長晴氣得身體發抖：「我不會發聲明的。」她掛了電話，冷靜下來，突然又變得不安。

完啦，馮臺長不會把她給開除吧？肯定會牽連傅愈投資的電視劇，怕是想幫也愛莫能助。

「妳坐在裡面幹嘛？」更衣間突然拉開，宋楚頤半瞇著眸懶洋洋的站在門口盯著她。

「宋楚楚……」晏長晴鼻子一酸，像看到救星一樣的看著他：「我好歹是你老婆，你能不能幫我找展局長說說好話……」

宋楚頤挑挑眉：「可以啊，不過妳找我幫忙，是不是要給點好處啊？」

「好處？」晏長晴呆愣：「我是你老婆，提好處太傷感情了。」

「不傷感情。」宋楚頤挺拔的身子朝她走前幾步，晏長晴下意識後退，被抵在衣櫃上，她仰起頭，氤氳的眸呆呆的看著他，直到他嘴角勾起抹似笑非笑的笑意，她才恍惚意識到他說的好處是什麼。

「你這人怎麼這樣啊。」晏長晴又羞又憤的說：「人家真的很著急啦，你還總想這種事。」

「傻瓜……」宋楚頤雙手撐在她兩邊，英俊如斯的臉慢慢放大，他聲音也輕輕淺淺：「有我在，妳覺得妳需要為這種事擔憂嗎？」

「啊？」晏長晴一時沒反應過來：「你知道發生了什麼事嗎？不是一般的事。」

「不是一般的事我也能搞定，但是妳現在要先把我搞定。」宋楚頤指腹刮了刮她眼角，然後在她朦朦朧朧的眼神中彎腰，溫熱的薄唇壓向她唇瓣。

晏長晴還在雲裡霧裡，他的意思是現在什麼都不要擔心。

真的什麼都不要擔心？她還是有點不大相信，不過轉念一想，是啊，展局長跟他是好兄弟，他還有個黑社會的哥們，馮臺長算什麼啊？一想著，她心裡就沒那麼擔憂了。

不過她這是要為了前途……出賣身體？算了，出賣就出賣吧，反正是自己老公。

——親愛的楚楚動人　待續

高寶書版集團
gobooks.com.tw

YH 065
親愛的楚楚動人（上）
作　　者　夜　雪
特約編輯　陳怡儒
助理編輯　高如玫
封面設計　ZZdesign
內頁排版　賴姵均
企　　劃　何嘉雯

發 行 人　朱凱蕾
出　　版　英屬維京群島商高寶國際有限公司台灣分公司
　　　　　Global Group Holdings, Ltd.
地　　址　台北市內湖區洲子街88號3樓
網　　址　gobooks.com.tw
電　　話　(02) 27992788
電　　郵　readers@gobooks.com.tw（讀者服務部）
傳　　真　出版部(02) 27990909　行銷部 (02) 27993088
郵政劃撥　19394552
戶　　名　英屬維京群島商高寶國際有限公司台灣分公司
發　　行　英屬維京群島商高寶國際有限公司台灣分公司
初　　版　2022年02月

阅文集团
原書名：原來你是這樣的宋醫生

國家圖書館出版品預行編目(CIP)資料

親愛的楚楚動人（上）/夜雪著. -- 初版. -- 臺北市：英屬維京群島商高寶國際有限公司臺灣分公司, 2022.02
冊；　公分
ISBN 978-986-506-309-2（上冊：平裝）
ISBN 978-986-506-310-8（下冊：平裝）
ISBN 978-986-506-311-5（全套：平裝）

857.7　　110020179